CAROLINE COURTNEY

LADY TARA

Roman

Deutsche Erstveröffentlichung

WILHELM HEYNE VERLAG
MÜNCHEN

HEYNE ALLGEMEINE REIHE
Nr. 01/6669

Titel der Originalausgabe
LADY TARA
Aus dem Englischen übersetzt von Iris Foerster

5. Auflage

Copyright © 1978 by Caroline Courtney
Copyright © der deutschen Ausgabe 1986 by
Wilhelm Heyne Verlag GmbH & Co. KG, München
Printed in Germany 1993
Umschlagillustration: NORMA, San Julian
Umschlaggestaltung: Design Team, München
Gesamtherstellung: Ebner Ulm

ISBN 3-453-02262-9

Erstes Kapitel

Das alte Holzschild, auf dem der Name des Gasthauses zu lesen war, bewegte sich leicht im sanften Wind. Die verwitterte Farbe blätterte immer mehr ab, doch die Buchstaben waren gerade noch zu erkennen: »*The Leather Bottle Inn für Wanderer und Reisende*«.

Eine alte Eiche, deren Zweige noch voller Blätter waren, stand majestätisch in der Mitte des Hofs.

Das Gasthaus selbst lag im Dunkeln. Nur auf der Rückseite schien ein einziges Licht.

Ein schlanker junger Mann war für einen kurzen Augenblick im schwachen Schein der im Wind schwankenden Laterne über der Tür zu sehen.

»*Au revoir*, Timbs«, sagte er mit klarer Stimme. »Dir und Annie vielen Dank für eure Hilfe.«

Ohne sich noch einmal umzublicken, ging er energisch zum Stall. Seine Schritte hallten laut auf dem Kopfsteinpflaster.

»Wie steht's? Sind wir fertig?« fragte er.

John, der gerade eine Satteltasche an sein Pferd band, blickte auf.

»Ja, Mi…«, begann er.

»Vorsicht, John! Vergiß nicht, daß du mich von jetzt an Master Gareth nennst«, unterbrach ihn rasch der junge Mann. »Nur für den Fall, daß etwas schiefgehen sollte. Niemand darf meinen wirklichen Namen erfahren.«

Er sprach mit einem leichten Akzent, der schwer zu identifizieren war und der auf keinen Fall in diesem Teil Englands gesprochen wurde.

»Das ist schön und gut, Master Gareth«, brummte John, er war ein alter Diener der Familie, »aber es ist nicht leicht, immer an alles zu denken.«

»Ich weiß«, sagte der junge Mann. »Vergiß nicht, John,

wenn wir heute nacht Erfolg haben, sind wir alle frei.« Er ging vor dem Stall auf und ab. »Sage mir, wie sehe ich aus? Furchterregend? Stark?«

John betrachtete die schlanke, elegante Gestalt. Ein schneeweißes Halstuch fiel über ein schwarzes Samtjakkett, das wie angegossen saß. Die Kniehosen schmiegten sich eng an die Oberschenkel, und die Reitstiefel glänzten so sehr, daß sie nur mit Champagner poliert worden sein konnten.

Das Gesicht war kaum zu sehen, denn der junge Mann stand nicht nur im Schatten der Laterne, die John an die Stallwand gehängt hatte, sondern er hatte auch seinen Hut tief ins Gesicht gezogen. Aber John sah im Geist jede Einzelheit vor sich — das energische Kinn, die fein geformten Wangen und die klaren, wachsamen blauen Augen. Er war in der Tat eine imponierende Erscheinung.

Ein bewundernder Ausdruck zeigte sich auf Johns Gesicht.

»Ja, Sie sehen sehr gut aus«, sagte er beifällig. »Aber was wir vorhaben, gefällt mir nicht. Wenn Lord Nestor das wüßte, würde er mir bei lebendigem Leib die Haut abziehen.«

Gareth machte eine leichte Verbeugung und blickte dann schelmisch auf.

»Das ist ein großes Lob, John, ich bin geschmeichelt.« Und in ernsterem Ton fuhr er fort: »Nestor darf niemals etwas davon erfahren. Aber nun komm, es ist Zeit, daß wir uns auf den Weg machen, falls Lord Rothermere früher als vereinbart auftauchen sollte.«

Ein Pferd wieherte.

John ging zu dem Tier hinüber und sagte leise:

»Schon gut, *Star*, ich weiß, für dich ist es jetzt Schlafenszeit, aber wir sind bald wieder zurück.«

John nahm die Zügel und führte das Tier aus dem Stall.

Gareth ging zu einem edlen schwarzen Pferd und pfiff dabei leise.

»Komm, *Thunder*, mein Junge. Es ist Zeit, wir müssen aufbrechen.«

Die Männer schwangen sich auf ihre Pferde und ritten über das Kopfsteinpflaster aus dem Hof.

Ein Hund bellte. Gareth befahl ihm zu schweigen.

Sie galoppierten eine Weile über die ungepflasterte Straße und genossen dabei den frischen Wind.

Thunder zerrte am Zügel und wollte seinen eigenen Kopf durchsetzen, aber Gareth hatte das Tier fest im Griff.

»Hoffentlich lösen sich die Wolken nicht auf«, sagte Gareth und zügelte das Pferd. »Sie sind für unser Vorhaben ein guter Schutz.«

Er blickte zurück und konnte das Dach des *Leather Bottle Inn* kaum mehr erkennen; denn das Gasthaus lag in einer Mulde.

»Beeilen wir uns!« drängte John. »Machen wir, daß wir auf die Heide kommen und das Dickicht vor dem Herzog erreichen. Ich werde froh sein, wenn alles vorbei ist.«

Sie ritten rasch weiter und fanden ohne Schwierigkeiten die Stelle, die Gareth für ihr Vorhaben ausgewählt hatte. Sie war ideal. Das Straßenstück unterhalb ihres Platzes wurde des ›Teufels Ellenbogen‹ genannt wegen seiner scharfen Kurven. Etliche Kutscher, die diese Strecke nicht kannten, waren hier verunglückt. Die Böschungen stiegen zu beiden Seiten steil an, und das Gebüsch, in dem sie sich versteckten, war dicht. Selbst ein scharfes Auge hätte die Pferde darin nicht entdecken können.

Die beiden Männer fluchten leise, als für einen Moment der Mond herauskam.

John schlug seinen Kragen hoch und zog den Dreispitz über die Augen. Sein Pferd wurde unruhig, es schnaubte und stampfte auf den Boden.

»Ruhig, *Star*, mache mir keine Geschichten«, flüsterte John. »Es dauert jetzt nicht mehr lange, und dann geht es wieder nach Hause in den Stall.«

Gareths Pferd, das die Unruhe des anderen Tieres spürte, warf den Kopf hin und her und tänzelte im Halbkreis.

»Ruhig, *Thunder*«, sagte Gareth und tätschelte den Hals des Pferdes. »Nur noch ein paar Minuten, und wir sind weg.«

Er sah zu John hinüber und lachte.

»John, alter Freund, du siehst prächtig aus. Selbst Timbs würde dich nicht wiedererkennen.«

John, der sich in einen großen Umhang gehüllt hatte, bot in der Tat einen bedrohlichen Anblick.

»Schade, daß Sie nicht die gleichen Vorsichtsmaßnahmen getroffen haben wie ich«, sagte John. »Wer Sie in diesem Aufzug sieht, erkennt Sie sofort.«

»Beruhige dich, zur rechten Zeit setze ich meine Maske auf und sehe dann genauso furchterregend aus wie du«, sagte Gareth. »Wenn der Mond hinter den Wolken bleibt, wird alles gutgehen.«

Die Männer schwiegen und spähten in die Nacht.

Gareths Plan war gewagt, und er ließ ihn sich ein letztes Mal durch den Kopf gehen. Er wußte, daß er sich auf John verlassen konnte, so ungern der Diener nun auch diese Rolle spielte. Gareth hoffte nur, der Coup würde gelingen. Er mußte wegen seines Bruders Erfolg haben.

Eine leichte Brise bewegte die Blätter und ließ Gareth frösteln. Wurde es tatsächlich kälter, oder fürchtete er sich nur so sehr?

»Das ist eine verlassene Gegend hier«, murmelte er. »Schon als Kind habe ich nachts ungern die Heide überquert. Erinnerst du dich noch an die Geschichten von dem Straßenräuber ohne Kopf, die du uns immer erzählt hast? Es ist ein merkwürdiger Gedanke, daß wir heute nacht selbst so eine Scharade aufführen. Ich hoffe, unsere geht glücklicher aus.«

John brummte etwas. Er konnte die Straße und die Kurve, in der sie die Kutsche erwarteten, nur in schwachen Umrissen sehen. Er rutschte unruhig auf seinem Sattel hin und her.

Beide Männer hörten zur gleichen Zeit Hufgeklapper.

Gareth zog die Maske über das Gesicht und entsicherte die Pistole. John nahm die Zügel in eine Hand und hob mit der anderen die Waffe.

Sie gaben ihren Pferden die Sporen und ritten schräg die steile Böschung hinab.

»Bete, daß alles gutgeht, John!«

»Dafür ist es jetzt zu spät«, flüsterte John.

Gareth näherte sich der Kutsche von hinten.

John, der nach rechts abgebogen war, galoppierte vor der Kutsche her. Er feuerte einen Schuß in die Luft ab.

»Stehenbleiben! Ausliefern!« schrie er.

Der Kutscher, der sich nach der gefährlichen Fahrt durch den ›Teufels Ellenbogen‹ gerade erleichtert in seinen Sitz zurückgelehnt hatte, zog scharf die Zügel an, als er den Schuß hörte.

Die vier Pferde bäumten sich erschrocken auf. Der Kutscher verlor einen kurzen Augenblick die Kontrolle über sie und fluchte laut, als er sie zu bändigen versuchte. Er blickte auf und sah, daß der Straßenräuber nähergekommen war und ihn nun direkt bedrohte. Er ließ jeglichen Gedanken fallen, nach seiner eigenen Waffe zu greifen.

»Wenn du deine Pferde endlich im Griff hast, wirfst du mir deine Waffe herunter, andernfalls hast du eine Kugel im Bauch«, schrie John. »Also mach keinen Unsinn!«

Der Kutscher fluchte wieder, aber er gehorchte.

Der einzige Fahrgast in der Kutsche hatte tief geschlafen, wachte aber abrupt auf, als er unstandesgemäß von seinem wohlgepolsterten Sitz auf den Boden fiel.

»Was, zum Teufel, ist los?« rief er.

Er zog sich auf den Sitz zurück und strich sich dabei instinktiv mit einer Hand über den makellosen Rock. Mit der anderen Hand rückte er sein Halstuch zurecht. Die Muskeln strafften sich unter seinen enganliegenden Hosen, und die mit Diamanten besetzten Schuhschnallen glitzerten im schwachen Licht der Kutschenlaterne.

Er beugte sich zum Fenster hinüber und öffnete es.

»Was soll das, zum Teufel, Matthews?« schrie er den Kutscher an und streckte den Kopf zum Fenster hinaus. »Es ist wahrhaftig unangenehm genug, mitten in der Nacht nach Chartley zu fahren, dann…«

»Einen Augenblick, Lord Rothermere«, unterbrach ihn eine Stimme dicht neben ihm. »Steigen Sie sofort mit erhobenen Händen aus der Kutsche!«

Der Herr blickte sich um und sah in die Mündung von Gareths Pistole.

Ohne mit der Wimper zu zucken, griff er mit der linken Hand nach der Pistole, die er immer in einer Tasche an der Kutschenwand mit sich führte.

»Sie haben es vielleicht auf Lord Rothermere abgesehen«, sagte er ruhig und zog dabei vorsichtig seine Waffe aus der Tasche. »Aber der bin ich nicht. Mein Name ist Raven...«

Mit einem enttäuschten Seufzer senkte Gareth die Hand, in der er die Pistole hielt, und ließ sie in seiner Verwirrung fallen. Er wendete das Pferd und rief John zu:

»Das ist die falsche Kutsche, John! Wir reiten zurück ins Dickicht!«

Gareth gab *Thunder* die Sporen, sein Herz schlug ihm bis zum Hals. Wie gut kannte er diese arroganten Gesichtszüge, diese hochgezogenen Augenbrauen und das energische Kinn. Ein Glück, daß er dem Mann nie von Angesicht zu Angesicht gegenübergestanden war. Aber ihre jetzige Begegnung war trotzdem ein verhängnisvoller Fehler.

Er war wegen eines Schurken hierhergekommen und nun einem anderen über den Weg gelaufen.

»Nicht so rasch, mein junger Freund!« rief Raven. Er begann, das Abenteuer zu genießen. »Nicht so rasch, sage ich!«

Er zielte sorgfältig auf den fliehenden Reiter und zog langsam den Abzug durch.

Bei dem Schuß bäumten sich die Pferde sofort wieder auf. Aber dieses Mal war Matthews vorbereitet und zügelte sie.

Mit einem befriedigten Lächeln sah Raven, wie sein Opfer zusammenzuckte und dann langsam vom Sattel rutschte und zu Boden fiel.

»Ich sagte ja, nicht so rasch!« wiederholte Raven.

Er stieg lässig aus seiner schwankenden Kutsche und legte seine Waffe wie einen Rohrstock über die Schulter, als er auf die am Boden liegende Gestalt zuging.

John, der schon halb die Böschung hinaufgeritten war,

hatte sich umgedreht, als er den Schuß hörte. Mit einem Fluch ritt er zu Gareth zurück.

Er galoppierte an Raven vorbei, sprang vom Pferd und kniete neben Gareth nieder.

»Ist Ihnen etwas passiert?« fragte er besorgt. »Wir müssen uns rasch davonmachen.«

Stöhnend drehte sich Gareth um und griff mit der linken Hand an seine rechte Schulter.

»Ich wurde an der Schulter getroffen, John. Ich spüre das Blut ... oh, wie entsetzlich! Ich kann dich kaum sehen, John ... gib mir die Hand und hilf mir aufstehen.«

»Erlauben Sie«, sagte Raven und beugte sich herunter. Er hob Gareth vom Boden auf. »Du meine Güte, sind Sie aber ein Leichtgewicht für einen Wegelagerer.«

Raven nahm Gareth die Maske vom Gesicht.

»Und dazu noch ein so junger!« sagte er. Dann wandte er sich John zu: »Ich schlage vor, Sie kümmern sich um die Pferde, während ich nachsehe, was für einen Schaden ich angerichtet habe.«

»Nein, M'lord, das ist nicht nötig«, sagte John rasch. »Wenn es Ihnen nichts ausmacht, sehe ich selbst nach, und dann machen wir uns davon. Wir wollten Sie wirklich nicht belästigen, M'lord, ehrlich. Es ging meinem Herrn nur um eine Wette. Und wenn Sie uns einen Gefallen tun wollen, vergessen Sie, was geschehen ist, und wir versprechen Ihnen, sie nicht länger aufzuhalten.«

John fuhr sich mit der Hand über die Stirn und sah ängstlich zu Gareth hinüber. »Glauben Sie, Master Gareth, daß Sie reiten können?«

Gareth versuchte, sich aus Ravens Griff zu befreien, stellte aber fest, daß dies unmöglich war, denn Übelkeit drohte ihn zu überwältigen.

»John, ich habe das Gefühl, daß dieser Herr unsere unbesonnene Belästigung nicht so leicht hinnehmen wird«, sagte Gareth und versuchte, ruhig zu sprechen. »Ich glaube, wir müssen...«

Die Anstrengung war zu groß, und John sah entsetzt, wie Gareth ohnmächtig wurde.

Raven legte ihn sanft auf den Boden.

»Wirklich, M'lord, wenn Sie mir behilflich sein wollen, dann können wir ihn auf *Star* binden. Ich setze mich dann hinter ihm aufs Pferd«, sagte John.

Amüsiert antwortete Raven:

»Da ich für die Notlage des Herrn verantwortlich zu sein scheine, schlage ich vor, wir legen ihn in meine Kutsche. Ich kenne ein gutes Gasthaus keine zwei Meilen von hier. Dort kann er die Nacht verbringen.«

Erschrocken erwiderte John:

»Nein, nein, M'lord, das ist nicht nötig. Ich weiß, mein Herr will in seinem eigenen Bett aufwachen, und ich kann die Wunde selbst versorgen.«

»Seien Sie vernünftig«, sagte Raven, »Sie wissen so gut wie ich, daß Ihr Herr auf keinem Pferd sitzen kann. Wir streiten jetzt nicht länger, und ich werde morgen Ihrem Herrn Rede und Antwort stehen.«

Raven winkte seinen Kutscher heran.

»Hilf uns, Matthews«, sagte er. »Und sorge dafür, daß er es in der Kutsche bequem hat. Ich reite inzwischen voraus und lasse im Gasthaus ein paar Zimmer herrichten.«

John sagte aufgeregt:

»Ich möchte Ihnen nicht noch mehr Scherereien machen, M'lord, aber wenn es Ihnen nichts ausmacht, reite ich selbst voraus und sage im Gasthaus Bescheid.«

Raven bemerkte Johns Angst und nahm an, daß dies irgend etwas mit dem Gasthaus zu tun haben mußte. Deshalb nickte er und sagte:

»Also gut, machen Sie sich auf den Weg. Und wenn Sie bitte auch für mich ein Zimmer mit einem Privatsalon reservieren lassen würden, so glaube ich, wäre alles auf das beste geregelt.«

Erschrocken stotterte John:

»Ein Zimmer für … M'lord …, aber es ist doch nur ein kleines Gasthaus … nichts, was ein Herr wie Sie gewöhnt ist.«

»Das weiß ich sehr wohl, aber jetzt haben wir lange genug geredet, guter Mann. Machen wir uns auf den Weg!

Ich bin entschlossen, heute nacht noch ein wenig zu schlafen, und dieser junge Mann hier muß dringend versorgt werden!«

Raven drehte sich um und hob Gareths Pistole auf.

John und Matthews legten Gareth vorsichtig auf einen Sitz in der Kutsche.

Gareth stöhnte leise.

»Nur ruhig, Master Gareth«, sagte John. »Bald geht es Ihnen wieder besser.« Er stieg aus der Kutsche.

»Ist er wieder zu sich gekommen?« fragte Raven.

John schüttelte den Kopf. Er pfiff *Thunder* zu sich.

Beide Pferde, die in der Nähe gegrast hatten, kamen angetrottet.

»Ich binde nur eben noch eines der Pferde an die Rückseite der Kutsche«, sagte John. »Dann bin ich sofort weg.«

»Ich frage mich, was das alles soll?« sagte Raven laut. »Ein irrtümlicher Überfall auf mich von einem jungen Mann und seinem Diener... eine sorgfältig gepflegte Duellpistole... und Pferde, um die sogar ich den Burschen beneide, und dazu Lord Rothermere. Wie merkwürdig.« Raven betrachtete nachdenklich die Waffe in seiner Hand.

Zweites Kapitel

John gab *Star* die Sporen und legte rasch die zwei Meilen zum *Leather Bottle Inn* zurück.

Das Pferd schwitzte stark, als John abstieg. Er lief zur Hintertür und stolperte dort über den schlafenden Hund.

Er hämmerte laut an die Tür.

»Timbs! Timbs! Timbs, rasch!« rief er.

Ungeduldig lief er zum Fenster und klopfte an die Scheibe.

»Um Himmels willen, beeile dich, Mann! Es ist ein Unglück geschehen. Wir bekommen Scherereien!«

»Was ist los?« schrie Timbs vom rückwärtigen Schlafzimmerfenster herunter. »Ich will verflucht sein, wenn das nicht John ist. Was ist los mit dir, Mann? Ich habe dich noch nie so aufgeregt gesehen.«

»Master Gareth ist verletzt, Timbs! Er ist angeschossen worden, und man muß ihm wahrscheinlich eine Kugel aus der Schulter holen. Was sollen wir nur machen? Ich wußte ja, daß dies nicht gut ausgeht...«

»Einen Augenblick, John, ich komme herunter, bevor du vollends durchdrehst.«

Timbs verschwand vom Fenster und schloß es mit einem lauten Knall. Ein paar Augenblicke später hörte John, wie Riegel zurückgeschoben und Ketten entfernt wurden.

»Beruhige dich, John, alter Junge, und erzähle mir die ganze Geschichte noch einmal. Master Gareth ist angeschossen worden, eh? Na, schon das allein wird peinlich werden... Und wenn es nicht zu neugierig von mir ist, wo ist sein Leichnam?«

»Timbs, hör mir zu«, unterbrach ihn John. »Wir haben die falsche Kutsche überfallen, obwohl ich mir nicht denken kann, weshalb ein anderer Mensch heute nacht auf dieser Straße war«, sagte er kopfschüttelnd. »Jedenfalls ist dieser Herr ein wirklicher Edelmann. Er ist auf dem Weg hierher und bringt Master Gareth mit. Außerdem möchte er für sich selbst ein anständiges Zimmer mit einem Privatsalon... ausgerechnet in diesem Gasthaus. Was sollen wir nur machen?«

Timbs ging in das Haus zurück.

»Komm herein, John, hier draußen ist nicht der rechte Ort für so ein Gespräch.«

John folgte Timbs.

»Annie, aufstehen!« schrie Timbs die Treppe hinauf. »Wir bekommen Besuch! Die Betten müssen gerichtet werden! Hörst du mich, Annie? Beeile dich, und sage Daniel, er soll sich an die Arbeit machen und in den Stall gehen. Sechs Pferde müssen versorgt werden!«

Timbs wandte sich an John.

»Setze dich, während ich für heißes Wasser sorge. Wenn Master Gareth schwer verletzt worden ist, brauchen wir viel davon.«

»Ich konnte den Herrn nicht davon abhalten, mit hier-
herzukommen«, sagte John niedergeschlagen. »Er hält es
für ein Abenteuer. Aber ich wußte von Anfang an, daß der
Überfall auf Lord Rothermere eine dumme Idee war. Ich
habe es gewußt.«

»Reiß dich zusammen, Mann, und gib dir nicht die
Schuld daran. Zum Jammern ist später noch reichlich Zeit.
Hole jetzt aus dem Brunnen Wasser und hilf dann oben
Annie, alles herzurichten.«

Kurze Zeit später hörte man eine Kutsche vorfahren.

Timbs wischte sich die Hände an der Schürze ab, ging
durch den Schankraum und schob die Riegel an der Haustür zurück. Er rief Daniel und trat in den Hof hinaus.

Matthews öffnete bereits die Kutschentür, und Timbs
sah, wie ein eleganter Fuß auf dem Trittbrett erschien. Ein
Herr stieg aus der Kutsche.

Timbs, der keineswegs klein war, blickte zu der stattli-
chen Gestalt auf, die makellos gekleidet war. Allerdings
sah er einige Blutflecken auf dem Mantel, den der Herr
trug.

Timbs erkannte in ihm einen Edelmann von vornehmer
Herkunft.

»Ich nehme an, man hat Ihnen schon von dem Mißge-
schick berichtet, das diesem jungen Herrn zugestoßen
ist?« sagte Raven zu Timbs.

»Ja, M'lord – Sir –, wir sind auf alles vorbereitet. Treten Sie ein. Wir tragen den jungen Mann sofort in das obere Zimmer.«

Raven nickte zustimmend.

»Sehr gut«, sagte er. »Und gehen Sie vorsichtig mit dem
Jungen um. Ich fürchte, er ist in einem schlimmeren Zustand, als ich dachte. Außerdem hat er eine Menge Blut
verloren. Hat schon jemand nach dem hiesigen Arzt geschickt?«

»Nein, M'lord«, sagte Timbs. »Es gibt hier in der Gegend keinen Doktor. Aber ich habe im Feld gelernt, wie
man Kugeln entfernt, ohne daß man dem Totengräber Arbeit gibt.«

»In diesem Fall kann ich behilflich sein«, sagte Raven, »weil auch ich zu meiner Zeit vielen Ärzten geholfen habe, und das mit einigem Erfolg.«

Matthews hustete laut, und Raven hob fragend eine Augenbraue.

»Wolltest du etwas sagen, Matthews?« fragte er.

»Wir müssen vor der Morgendämmerung Chartley erreichen, M'lord«, sagte Matthews. »Das heißt, wir müssen jetzt weiterfahren.«

»Ich habe aber nicht die Absicht aufzubrechen, mein Guter«, sagte Raven. »Du wirst bei Tagesanbruch mit einer Entschuldigung nach Chartley reiten. Diese Angelegenheit hier fesselt mich zu sehr, als daß ich jetzt weiterfahren könnte.«

»Wir wollen Sie wirklich nicht länger aufhalten, M'lord«, sagte Timbs. »John und ich haben schon oft zusammengearbeitet. Wir werden Master Gareth im Nu wieder auf die Beine stellen. Es war nicht Ihre Schuld, daß dies geschehen ist.«

»Ich versichere Sie, ich fühle mich in keiner Weise von Ihnen belästigt, und wie ich schon sagte, habe ich nicht die Absicht, diesen Ort zu verlassen«, sagte Raven. »Auch wenn ich vor Gericht für Master Gareths Verwundung nicht verantwortlich gemacht werden kann, fühle ich mich persönlich dafür verantwortlich, und ich muß mich vergewissern, daß alles gutgeht, ehe ich weiterreise.«

Timbs zuckte die Achseln und wandte sich an Matthews:

»Also machen wir uns an die Arbeit. Es ist die erste Tür im oberen Stock.«

Raven folgte ihnen ins Haus.

»Je weniger man mich belästigen will, um so mehr möchte ich belästigt werden«, sagte er zu sich selbst. »Ich bin gespannt, wie lange es dauern wird, bis ich diesem Geheimnis hier auf die Spur gekommen sein werde.«

Annie stand neben mehreren Töpfen, die heißes Wasser enthielten, im Schlafzimmer vor dem Kaminfeuer. Sie riß gerade ein Leinentuch in Streifen. Annie war wohlbeleibt und wirkte sehr mütterlich.

John, der neben dem Bett stand, wartete darauf, seinen Herrn zu entkleiden und auf die Operation vorzubereiten.

Zum ersten Mal konnte Raven sein Opfer genauer betrachten.

Er hielt den Atem an. Das war kein junger Mann, auf den er geschossen hatte, sondern fast noch ein Kind. Er hatte nicht einmal eine Spur von Bart auf den Wangen. Wer konnte es sein? fragte er sich. Er nahm die schlaffe Hand und fühlte den Puls. Gott sei Dank schlug dieser immer noch stark.

Annie unterbrach seine Gedanken. »Alle hinaus jetzt außer John und mir!« befal sie energisch. »Lassen Sie uns allein! Wir rufen dich, Timbs, wenn wir soweit sind, und vergiß den Kognak nicht und auch nicht den Lederstreifen. Master Gareth wird beides brauchen.«

Raven ging achselzuckend die Treppe hinab.

»Ich weiß, wie sehr Sie beschäftigt sind«, sagte er zu Timbs, »aber es wäre mir recht, wenn Sie mir kurz meine Zimmer zeigen würden. Ich möchte gern meine Manschetten wechseln.«

»Sofort, M'lord. Daniel kann Ihnen helfen. Wir haben im Augenblick leider zu wenig Personal.«

»Das ist nicht nötig«, sagte Raven. »Ich habe in Frankreich gelernt, selbst für mich zu sorgen. Es wird mir ein Vergnügen sein, mich ohne die mißbilligenden Blicke meines Dieners umzuziehen. Er hält mich eindeutig für eine Niete.« Raven hielt kurz inne und fragte dann: »Wer ist der Junge?«

Timbs antwortete nicht.

»Ein Bursche aus der Gegend hier?« fragte Raven.

»Nicht, daß ich wüßte«, antwortete Timbs. »Man hat mir nur gesagt, er sei ein Freund von John. Wenn Sie mich jetzt entschuldigen, lasse ich Ihnen von Daniel etwas Kognak bringen.«

»Gut. Rufen Sie mich, wenn Sie Hilfe brauchen«, sagte Raven.

17

Als Timbs in das obere Zimmer zurückgekehrt war, sahen zwei ängstliche Gesichter zu ihm auf.

»Es sieht nicht gut aus, Timbs«, sagte John heiser. »Aber wir sind soweit...«

Drittes Kapitel

Raven wechselte seine Manschetten und suchte dann nach der Küche. Er duckte sich, um sich nicht an den niedrigen Balken im Flur den Kopf anzuschlagen. Nachdem er mehrere Türen geöffnet hatte, fand er sie.

Nach wenigen Minuten hatte er sich eine halbe Wildpastete, ein paar Äpfel und etwas frisches Brot besorgt. Er trug alles auf einem Tablett in den Schankraum und fluchte leise, als er sich den Kopf am Türrahmen anstieß.

Er stellte die Speisen auf den Tisch und stocherte dann in den glimmenden Scheiten im Kamin herum, bevor er etwas Reisig darauf warf. Sobald das Feuer wieder brannte, setzte er sich gedankenverloren auf eine Holzbank und ließ das Essen unberührt stehen.

Die Affäre beunruhigte ihn, und er versuchte, das Gesicht des Jungen irgendwo unterzubringen.

Raven hatte einen schwachen Akzent herausgehört, als der Junge gesprochen hatte. Vielleicht stammte er vom Kontinent oder hatte einige Zeit in Frankreich gelebt. Und wie paßte Lord Rothermere in dieses Bild? Was hatte dieser junge Kerl mit einem so berüchtigten Mann zu tun?

Die makellose Reinheit seiner Haut und die zierliche Nase brachten Raven auf die Spur, und er runzelte die Stirn. Plötzlich sprang er auf.

»Das ist es!« rief er triumphierend und schnippte befriedigt mit den Fingern. »Der Junge ähnelt dem alten Herzog! Vielleicht ist er ein illegitimer Sproß?«

Raven ging im Zimmer auf und ab. Geistesabwesend griff er nach einem Apfel und biß hinein.

Das stellt sich als eine schöne Bescherung heraus, sagte

er sich. Er setzte sich wieder auf die Bank und starrte in das Feuer.

Gedämpfte Stimmen, eine sich öffnende Tür und eilige Schritte unterbrachen seine Gedanken.

Er stand auf und ging in die Halle. Annie kam rasch die Treppe herunter und sah ihn ängstlich an.

»M'lord, bitte, helfen Sie uns«, flüsterte sie. »Timbs und John kommen allein nicht zurecht.«

Raven rannte die Treppe hinauf.

»Bringen Sie noch mehr Kognak!« rief er über die Schulter zurück. »Und noch mehr heißes Wasser!«

Der Anblick, der sich ihm bot, als er das niedrige, von Kerzen beleuchtete Zimmer betrat, ließ ihn erstarren.

»Mein Gott«, keuchte er, »warum um Himmels willen hat mir niemand die Wahrheit gesagt?«

Auf dem Bett lag eine junge Frau.

Viertes Kapitel

»Ist das der junge Mann?« fragte Raven barsch.

John nickte.

Ravens Augen blitzten ärgerlich, als er das verwundete Mädchen betrachtete. Obwohl sie mit einem Leinentuch zugedeckt war, konnte Raven sehen, daß sie darunter nackt war. Das leuchtend rote Haar, das ihr Gesicht umrahmte, betonte ihre Blässe. Ihr Mund war leicht geöffnet und enthüllte perlweiße Zähne. Ihr leises Stöhnen war kaum hörbar, aber trotzdem mitleiderregend.

Raven sah die beiden Männer an und spürte, wie sie ihn wortlos baten, die Dinge in die Hand zu nehmen.

Er nickte zustimmend.

Rasch trat er an das Bett und fühlte ihren Puls. Er war schwächer geworden. Sie atmete schwer und offensichtlich unter Schmerzen. Blut sickerte aus der Wunde, und auf dem Leinentuch bildete sich ein immer größer werdender Fleck.

Raven spürte die Spannung, die in der Luft lag. Beide Männer waren offensichtlich mit ihren Nerven am Ende. Aus jahrelanger Kriegserfahrung wußte er, daß in einem solchen Augenblick eine sanfte Autorität notwendig war.

Er schüttelte seinen Ärger ab und sagte ruhig und fast beiläufig:

»Bringen Sie mir eine Wasserschüssel, John. Ich will mir die Hände waschen.«

Raven blickte auf das bewußtlose Mädchen hinab und spürte für einen Augenblick selbst etwas Furcht. Sein Herz schlug schneller, und ihm war klar, daß er mit dem Teufel selbst um ihr Leben kämpfen mußte, wer immer sie auch war.

Während er sich die Hände wusch, fragte er Timbs ruhig:

»Ist die Kugel draußen?«

»Ja«, sagte Timbs mit zitternder Stimme. »Aber es sieht so aus, als ob eine Arterie verletzt ist. Ich habe noch nie so viel Blut gesehen.«

Raven schlug vorsichtig das Tuch zurück und entblößte eine blutverschmierte Brust. Der Mann in ihm reagierte auf ihre makellose Schönheit. Er hatte noch nie unter solchen Umständen mit einer Frau zu tun gehabt. Er holte tief Luft und zwang sich, an nichts anderes zu denken als an seine Aufgabe. Trotzdem zitterten seine Finger leicht, als er vorsichtig die offene Wunde berührte. Wieder mußte er sich zusammennehmen, und er spürte dankbar, wie seine Selbstbeherrschung die Oberhand gewann.

»Wenn die Kugel draußen ist, will ich versuchen, ob ich die Blutung stillen und die Wunde säubern kann«, sagte er leise.

Ohne aufzublicken, fuhr er fort:

»Annie, geben Sie mir die Kognakflasche. Dann holen Sie die größte Nadel, den stärksten Faden und Ihre schärfste Schere. Vielleicht kann ich die Wunde so zunähen, daß sie nicht allzu sichtbar sein wird.«

Er nahm die Flasche, goß etwas Alkohol auf die Wunde und auf den Verband.

Das Mädchen stöhnte, und ihre Lider zitterten.

»Halten Sie sie fest«, sagte Raven zu John.

Annie kam wieder, und ihr üppiger Busen hob und senkte sich, weil sie eine solche Anstrengung nicht gewöhnt war.

»Ich habe die Nadel, M'lord«, sagte sie atemlos.

»Gut!« antwortete Raven. »Timbs, sorgen Sie dafür, daß die Nadel desinfiziert wird. Zünden Sie ein Streichholz an, und ziehen Sie die Nadel durch die Flamme, aber achten Sie darauf, daß Sie den gereinigten Teil nicht mehr berühren, außer mit einer Kompresse. Dann fädeln Sie die Nadel für mich ein und halten die Schere bereit.«

Das Mädchen atmete schwer.

Furcht packte Annie, und sie flüsterte:

»Stirbt Sie, Sir? Bitte, lassen Sie sie nicht sterben. O Gott, bitte, laß sie nicht sterben!«

Tränen liefen Annie die Wangen hinab.

»Na, na«, sagte Timbs mürrisch und tätschelte Annie kurz den Rücken. »Reiß dich zusammen, und sei ein braves Mädchen. Wir können uns nicht mit zwei ohnmächtigen Frauen gleichzeitig befassen. Dieser Herr hier weiß, was er tut, das steht fest! Gib mir den Faden und bring noch eine Schüssel Wasser.«

Schweiß trat auf Ravens Stirn und die Tropfen liefen an seiner Nase herab.

»Jemand soll mir die Stirn abwischen«, sagte er.

Timbs gehorchte.

Raven arbeitete rasch und reinigte die Wunde. Der Berg der Kompressen voller Blut zu seinen Füßen wurde immer größer.

Das Mädchen wurde unruhig, und John fiel es schwer, sie festzuhalten.

»Es dauert jetzt nicht mehr lange«, sagte Raven beruhigend. »Ich bin gleich fertig. Die Nadel bitte, Timbs. Annie, halten Sie den Kognak bereit, und wenn die junge Dame zu sich kommt, geben sie ihr einen großen, undamenhaften Schluck. Das Nähen tut vielleicht weh, aber es muß sein.«

»Zwanzig Minuten später sahen sich vier Menschen erleichtert an.

»Wir haben es noch nicht ganz geschafft«, meinte Raven. Er fuhr sich mit dem blutigen Handrücken über die Stirn und strich sich mit der anderen Hand über den Hals.

»Wenn Sie diese Nacht übersteht, haben wir gewonnen«, sagte Raven leise. »Wir müssen rund um die Uhr Wache halten. Aber das dürfen nur Sie drei tun, sonst ist diese junge Dame auf nicht wieder gutzumachende Weise kompromittiert.«

Schweigen folgte, als den anderen die volle Bedeutung seiner Bemerkung bewußt wurde.

»Ich schlage vor, daß Annie als erste hierbleibt«, fuhr Raven fort. »Sie beide, Timbs und John, treffe ich in zehn Minuten im Schankraum. Wenn wir aus diesem Schlamassel heil herauskommen wollen, müssen wir strategisch vorgehen, aber ehe ich einen Plan aufstellen kann, muß ich alle Fakten kennen.«

Sie stimmten zu, wagten aber nicht, einander anzusehen.

Fünftes Kapitel

Keine zehn Minuten waren verstrichen, als Raven den Schankraum betrat.

Timbs und John stritten sich, aber ihr Gespräch verstummte sofort und hinterließ ein verlegenes Schweigen, als sie Raven sahen.

Dieser ging ruhig zur Kognakflasche und reichte beiden Männern schweigend ihre Gläser.

John schüttelte den Kopf, und Timbs hob dankend seinen Bierkrug.

»Ich glaube, ich sollte mich vorstellen. Mein Name ist Raven, Earl of Woodstock.«

»Das haben wir uns gedacht, als Sie Chartley erwähnten, M'lord... Timbs und ich haben uns wegen Ihnen gestritten, bevor Sie hereinkamen«, sagte John steif. »Ich habe von Ihnen in Frankreich gehört... Timbs aber kennt Sie nur von Chartley her... und...«

»... ich kann erraten, worum dieser Streit ging«, beendete Raven für John den Satz. »Sie kennen mich als einen zuverlässigen Soldaten, und Timbs kennt mich als leicht lebigen Frauenheld. Habe ich recht?«

John nickte und errötete.

Timbs trat nervös von einem Bein auf das andere.

»Aber wir müssen Ihnen vertrauen, nicht wahr?« fragte John.

»Es bleibt uns nicht viel anderes übrig«, sagte Timbs.

Raven lachte sarkastisch.

»Sie haben recht, meine Freunde. Es bleibt Ihnen nichts anderes übrig. Wir alle müssen einander vertrauen. Mein Ruf steht ebenso auf dem Spiel wie der der schönen jungen Dame. Niemand darf jemals erfahren, daß ich auf eine Frau geschossen habe, gleichgültig unter welchen Umständen, und noch viel weniger, daß ich sie auf dem Krankenbett versorgt habe. Ich gebe Ihnen mein Ehrenwort, daß ich das Geheimnis der jungen Dame wahren werde. Nun sagen Sie mir, auf wen habe ich geschossen?«

»Auf Lady Tara Wardale, M'lord«, murmelte John mit gesenktem Kopf.

»In welcher Verbindung steht sie zum alten Herzog?« wollte Raven genauer wissen. »Ist sie sein uneheliches Kind?«

»Nein, wahrhaftig nicht, M'lord«, antwortete John würdevoll. »Sie ist seine Enkelin.«

»Mein Gott, das ist peinlich«, sagte Raven gereizt. »Und welche Rolle spielt Lord Rothermere bei alledem? Warum waren Sie beide so sicher, daß seine Kutsche heute nacht über diese Straße fahren würde?«

»Lady Tara arrangierte ein Treffen mit Lord Rothermere«, sagte John. »Lord Rothermere sollte uns hier den Brief übergeben. Nur wollten wir ihm diesen vorher abnehmen, bevor er das Gasthaus erreicht hätte, damit er Lady Tara nicht zur Heirat zwingen konnte...«

John sprach sehr leise, als er das Geheimnis enthüllte, von dem er geschworen hatte, es für sich zu behalten.

»Verstehe ich Sie richtig? Rothermere wollte Lady Tara zwingen, ihn zu heiraten?« fragte Raven ungläubig. »Warum ist der Brief so wertvoll?«

»Das ist eine lange Geschichte, M'lord«, sagte John und sah dabei Timbs hilfesuchend an. »Ich weiß nicht, ob Sie Näheres darüber nicht besser von Lady Tara selbst erfahren sollten. Es betrifft nämlich ihren Bruder, Lord Wardale...«

John hielt erschrocken inne, denn man hörte eine Kutsche näherkommen.

»Das wird Lord Rothermere sein«, flüsterte John aufgeregt. »Was sollen wir tun?«

»Hören Sie mir aufmerksam zu«, sagte Raven, »und gehorchen Sie mir aufs Wort, alle beide. Wir haben eine Chance, Lord Rothermere zu überlisten. John, Sie gehen zu Lady Tara und Annie hinauf. Versuchen Sie, Lady Tara ruhigzuhalten, was immer auch geschieht, und lassen Sie sich hier unten nicht blicken. Lord Rothermere darf nicht wissen, daß Sie hier sind.«

Raven wandte sich an Timbs:

»Sie gehen in den Stall und sagen Matthews und Daniel Bescheid. Wenn Lord Rothermeres Kutscher Fragen stellen sollte, warum meine Kutsche hier ist, dann erzählen Sie ihm, daß mein Leitpferd lahmte. Dann gehen Sie in die Küche und bleiben dort, bis Lord Rothermere nach Ihnen ruft. Lassen Sie ihn eine Weile vor dem Haus warten, ehe Sie die Tür öffnen, und dann führen Sie ihn hier in den Schankraum herein.«

Während die beiden Männer hinauseilten, hörte man, wie die Kutsche draußen langsam vorfuhr.

Raven lockerte rasch sein Halstuch, stieß ein Kognakglas um und ließ sich in einen Sessel fallen, wobei er mit einer Hand die Kognakflasche umfaßt hielt.

Eine Minute später unterbrach eine herrische Stimme das Schweigen.

»Wirt! Auf die Beine!«

Als Antwort bellte ein Hund.

»Aus dem Weg, Biest!« schrie die Stimme ärgerlich.

Der Hund jaulte.

»Aufmachen! Ich werde erwartet!«

Lord Rothermere hämmerte an die Tür.

»Augenblick!« rief Timbs. Seine Stimme kam aus der Küche. »Schlagen Sie mir nicht die Haustür ein, ich komme ja schon.«

Raven lächelte. Er hatte mit Rothermere eine alte Rechnung zu begleichen, und die Geschichte, die er bis jetzt von John gehört hatte, genügte, um Ravens Blut kochen zu lassen. Es schien so, als ob Rothermere auch in der Liebe unfair spielte. Was für ein Vergnügen würde es sein, ihn in die Knie zu zwingen.

Timbs öffnete schwungvoll die Tür und täuschte Überraschung vor bei dem Anblick, der sich ihm bot.

Ein kleiner Herr mit einem runden geröteten Gesicht stand mit erhobenem Stock draußen und war gerade im Begriff, an die Tür zu schlagen.

»Man erwartet mich«, sagte Rothermere barsch.

Timbs sah ihn verständnislos an.

Rothermere ging an Timbs vorbei und sah in den schwach beleuchteten Flur.

»Bringen Sie mir sofort etwas zu trinken«, befahl er, »und teilen Sie der jungen Dame mit, daß ich hier bin.«

»Hier ist keine junge Dame«, sagte Timbs laut. »Sie müssen sich im Gasthaus geirrt haben, Sir.«

Rothermeres Gesicht wurde purpurrot vor Zorn.

»Stellen Sie sich nicht so dumm, Mann! Ich weiß, daß ich im richtigen Haus bin. Beeilung, ich habe keine Zeit zu vergeuden! Ich habe mich ohnehin schon verspätet und will rasch weiter. Ich muß ein Schiff erreichen. Bringen Sie mir das Mädchen sofort hierher.«

Rothermere öffnete die Tür zum Schankraum und blieb auf der Schwelle stehen.

»Raven!« keuchte er. »Was machen Sie hier?«

Timbs kehrte taktvoll in die Küche zurück.

Raven, dem der Kopf auf die Brust gefallen war, wollte

sich aufrichten. Er öffnete ein Auge und versuchte den Mann anzusehen, der ihn angesprochen hatte, aber es gelang ihm nicht. Er fiel in sich zusammen und legte den Kopf auf den Tisch.

»Wasislos?« lallte er. »Is es schon… Zeit zum… Aufstehen?«

»Wirt!« schrie Rothermere in den Flur. »Was geht hier vor, um Himmels willen?«

Rothermere ging zu Raven hinüber, nahm den Krug und goß ihm das Wasser ins Gesicht.

»Reißen Sie sich zusammen!« schrie Rothermere. Er blickte nervös zur Tür.

Der Wirt durfte jetzt auf keinen Fall das Mädchen in den Schankraum bringen.

»Ich habe Sie noch niemals in einem solchen Zustand gesehen«, sagte Rothermere. »Was machen Sie heute nacht hier in dieser gottverlassenen Gegend, Raven?«

»Ah, Rothermere! Sie sind es, alter Freund!« sagte Raven verschlafen. »Was für ein glücklicher Zufall! Sie können mich nach Hause bringen! Mein Leitpferd lahmt. Wunderbaren Kognak hat dieses Gasthaus! Hier, versuchen Sie einmal!«

Raven goß Kognak in ein Glas. »Wirt!« schrie er. »Bringen Sie noch ein Glas!«

Er schüttelte heftig den Kopf. »Ich bin ganz naß«, verkündete er und betastete sein Jackett. »Regnet es?«

Timbs kam mit einem zweiten Glas hereingeeilt.

»Bringen Sie das Mädchen jetzt nicht herein«, flüsterte Rothermere Timbs zu. »Zuerst muß dieser Herr hier hinaus…«

»Wie ich schon sagte«, erklärte Timbs hartnäckig, »ich weiß nichts von einem Mädchen. Die einzige Frau, die ich in diesem Gasthaus kenne, ist meine eigene.«

Raven ließ den Kopf wieder auf den Tisch sinken, und ein Lächeln huschte über seine Lippen.

»Es gefällt mir nicht, was hier vorgeht«, rief Rothermere zornig. Er deutete auf Raven. »Geben Sie ihm diese Nachricht, wenn er wieder zu sich gekommen ist. Ich besuche ihn nächste Woche in London. Merken Sie sich meinen Namen: Rothermere, Lord Rothermere!«

Er verließ rasch den Schankraum, und ein paar Minuten später hörten Raven und Timbs, wie die Kutsche sich entfernte.

Raven sprang auf.

»Gut gemacht, Timbs. Gehen wir nach oben und sehen nach, wie dort die Dinge stehen.«

Sechstes Kapitel

»Bevor wir hinaufgehen, M'lord, möchte ich mich bei Ihnen entschuldigen, weil ich Ihnen nicht sofort vertraut habe«, sagte Timbs zögernd.

»Das ist nicht nötig, Timbs«, sagte Raven. »Sie haben schon richtig reagiert. Lady Tara hat Glück, daß sie von so loyalen Menschen umgeben ist.« Er lächelte freundlich. »Schluß mit den Entschuldigungen, es ist Zeit, daß wir uns mit dem Problem da oben beschäftigen.«

Nun huschte über Timbs verwittertes Gesicht ein Lächeln.

»Sir, Sie sind ein wirklicher Herr, genau wie mein Schwager sagte...« Er hielt inne, als er Ravens gerunzelte Stirn sah.

»Schwager?« fragte Raven.

»Ja, John ist mein Schwager, M'lord«, erwiderte Timbs. »Meine Annie ist seine Schwester.«

Raven nickte, als er zur Tür ging.

»Das erklärt, weshalb er dieses Gasthaus ausgesucht hat«, sagte Raven. »Aber wissen Sie, was mir ein Rätsel ist, Timbs?«

Timbs schüttelte den Kopf.

»Daß ich Lady Tara nie kennengelernt habe, obwohl der Besitz ihres Großvaters, des alten Herzogs, nur fünf Meilen von Chartley entfernt liegt.«

»Das ist leicht zu beantworten, M'lord«, sagte Timbs.

»Der alte Herzog schickte Lord Nestor und Lady Tara vor vielen Jahren nach Frankreich. Man könnte sagen, er hat sie verbannt, nachdem sein Sohn, Lord Harry — er ist ihr Vater — bei dem Versuch, seine Frau zu retten, ertrank.«

»Aber warum hat er sie dann verbannt?«

»Das haben wir nie erfahren, M'lord. Er schickte sie sogar noch vor der Beerdigung nach Frankreich. John begleitete sie. Der alte Herzog gab ihm genügend Geld für die Reise und sagte ihm, er solle sich später in England nach einer anderen Beschäftigung umsehen. Aber John kam nicht wieder, er blieb bei Lord Harrys Kindern.«

»Er machte es sich also zur Pflicht, die Kinder zu betreuen?« fragte Raven.

»So könnte man es ausdrücken, M'lord. John war Lord Harrys Pferdeknecht und ihm sehr ergeben. Ich weiß, er kümmerte sich um den jungen Grafen und um Lady Tara ganz im Sinne von Lord Harry.«

»Und wie denkt der alte Herzog darüber? Können wir irgendwelche Hilfe von ihm erwarten?«

»Überhaupt nicht, M'lord«, erwiderte Timbs und schüttelte den Kopf. »Wenn der alte Herzog herausfindet, daß Lady Tara in England ist, hat Lord Wardale nichts zu lachen. Aber ich glaube, John hatte recht, als er sagte, Lady Tara solle Ihnen das alles lieber selber erzählen.«

»Hoffentlich hat sie sich schon soweit erholt, daß sie sprechen kann; denn ich gestehe, ich bin sehr neugierig.«

Raven hob den Türriegel an.

»Ich denke, wir gehen jetzt am besten hinauf. Oben werden alle schon auf Neuigkeiten warten.«

Der Flur lag im Dunkeln. Die Lampe aus dem Schankraum warf nur ein schwaches Licht in den Gang. Raven fröstelte, als ein kühler Wind durch die offene Haustür hereinblies.

»Dieser verdammte Rothermere«, fluchte Raven. »Das sieht ihm ähnlich, die Türen offenzulassen, als stünden hinter ihm ein Dutzend Diener bereit.«

Raven stolperte über eine unebene Fliese und schloß die Haustür.

Timbs zündete die Kerzen im Flur an, und zum ersten Mal betrachtete Raven seine Umgebung.

Eine Binsenmatte war vom Wind verschoben worden, und zwei Bilder hingen schräg an den Haken. Trotzdem machte der Flur einen warmen, gemütlichen Eindruck. An den niedrigen Deckenbalken hingen Blasinstrumente, die hell im Kerzenlicht schimmerten.

»Was für eine einladende Atmosphäre haben Sie hier«, sagte Raven, als er über den gescheuerten Fußboden ging. »Ich wollte, ich könnte Sie beide nach Chartley mitnehmen. Mein Haus braucht dringend Leute, die es pflegen.«

Timbs, der sich über das Lob freute, ging die Treppe hinauf.

»Vielen Dank, M'lord«, sagte er über die Schulter. »Annie und ich tun unser Bestes, aber manchmal ist es schwer, in einem so ruhigen Haus zu leben. Es ist nicht mehr so wie in den alten Tagen, als der Herzog noch jünger war.«

Aus dem Krankenzimmer hörte man keinen Laut. Raven öffnete leise die Tür und sah vorsichtig hinein.

John legte einen Finger an die Lippen. Er kam auf Zehenspitzen zu ihnen herüber.

»Lady Tara ist eben eingeschlafen, M'lord«, flüsterte John. »Sie fühlt sich fiebrig an, aber ich glaube trotzdem, daß es ihr ganz gut geht. Annie denkt das auch.«

»Gut«, flüsterte Raven. »Rothermere ist weg, wenigstens vorerst. Wir sollten jetzt versuchen, alle etwas zu schlafen, wenn es Annie nichts ausmacht, heute nacht bei unserer Patientin zu bleiben.«

»Nein, M'lord. Wir haben eben, bevor Sie heraufkamen, das Rollbett für Annie in Lady Taras Zimmer gebracht.«

Raven blickte noch einmal auf die schlafende Gestalt.

Annie, die neben dem Bett saß, lächelte nervös.

Raven winkte sie zu sich in den Gang und schloß leise die Zimmertür.

»Eine wichtige Aufgabe ist es jetzt, Lady Taras Ruf zu schützen«, sagte er zu Timbs und John. »Ich weiß, meine Schwester wird gern als Anstandsdame fungieren, des-

29

halb möchte ich, daß Sie, John, nach London reiten und Lady Maybury einen Brief überbringen. Ich erkläre ihr darin kurz die Situation, und ich bin sicher, sie wird sofort hierherkommen. Außerdem wäre es wichtig, daß Sie Lady Taras Bruder ausfindig machen und ihn so rasch wie möglich zu uns bringen.«

John nickte.

»Das wird nicht schwer sein, M'lord. Denn Lord Nestor ist in London. Ich weiß, wo er wohnt.«

»Gut, aber sagen Sie ihm nichts, was ihn aufregen könnte«, erklärte Raven. »Und versuchen Sie, so schnell wie möglich wieder hier zu sein.«

Dann wandte sich Raven an Annie und Timbs:

»Leider fällt die ganze Last der Pflege auf Sie, Annie, bis meine Schwester hier sein wird. Die Situation gefällt mir nicht, aber wenn jeder von uns seine Rolle gut spielt, schaffen wir es ohne Schwierigkeiten.«

»Es ist mir ein Vergnügen, M'lord«, erwiderte Annie und machte einen Knicks. »Ich habe immer für Lady Tara gesorgt..., das heißt bevor sie England verlassen mußte...«

»Ja, das stimmt«, sagte Timbs stolz. »Annie war Lady Taras Kindermädchen, ehe sie mich heiratete.«

Raven lächelte über den Stolz, der aus Timbs Worten sprach.

Hier spürte er Zuneigung, die seinem eigenen Leben fehlte.

»Und was soll ich tun?« fragte Timbs, der Ravens plötzliches Schweigen nicht zu deuten wußte.

Raven zwang sich zu einem Lächeln und sagte:

»Sie übernehmen die Küche. Es wäre gut, wenn wir aus dem Dorf noch eine Hilfskraft bekämen, aber es darf nichts über die Ereignisse im *Leather Bottle Inn* durchsickern.«

Als sie im Zimmer ein Geräusch hörten, drehten sich alle besorgt um, und Annie ging rasch hinein.

»Es ist ja alles gut, Miß Tara«, sagte sie besänftigend und behandelte ihre Patientin wie ein kleines Kind. »Drehen Sie sich nicht auf die Seite, sonst tun Sie sich weh.«

Sie griff nach Taras Hand und hielt sie fest.

»Machen Sie keine Dummheiten, ich bin doch bei Ihnen und passe auf Sie auf.«

Tara öffnete die Augen und flüsterte heiser:

»Annie? Annie, bist du es wirklich? Ich habe solche Schmerzen. Bitte, bleibe bei mir.«

»Schon gut«, sagte Annie beruhigend. »Ich bleibe bei Ihnen. Versuchen Sie zu schlafen, und liegen Sie ganz ruhig.«

Annie stopfte vorsichtig ein Kissen unter Taras Rücken.

»So ist es besser«, murmelte sie. »Schlafen Sie jetzt, morgen werden Sie sich schon viel besser fühlen.«

»Ich weiß... morgen... schlafen... Nestor...«, murmelte Tara. Sie seufzte leise und schloß die Augen, hielt dabei aber Annies Hand fest.

Raven warf einen letzten Blick auf Tara, und wieder war er von ihrer Schönheit angerührt.

»Wenn sie unruhig wird, rufen Sie mich«, sagte er leise zu Annie. »Ich bleibe in der Nähe.«

Annie nickte.

Raven bemühte sich, nicht an Tara zu denken und statt dessen seiner Schwester einen Brief zu schreiben und ebenso Osland, seinem Verwalter in Chartley, um sein verspätetes Kommen zu erklären.

Osland sollte das Haus für die Besucher herrichten.

»Timbs, seien Sie so gut und bringen Sie mir Schreibpapier, Feder und Tinte in den Schankraum. Ich will zwei Briefe schreiben, damit John und Matthews sich bei Tagesanbruch auf den Weg machen können.«

Eine Kerze flackerte und erlosch, als Raven seinen zweiten Brief beendet hatte. Er stützte müde den Kopf in die Hände.

»Darf ich mir erlauben zu sagen, M'lord, Sie sollten sich jetzt auch ein wenig schlafen legen«, sagte John zögernd, dem zum ersten Mal auffiel, wie jung Raven war.

»Sie haben recht, John«, antwortete Raven. »Hier ist der Brief für Lady Maybury und ihre Adresse.«

Raven stand auf und zog aus seiner Rocktasche eine Geldbörse. Er nahm mehrere Münzen heraus und gab sie John. »Ich denke, das sollte Ihre Unkosten decken.«

»Das ist nicht nötig, M'lord«, sagte John verlegen. »Ich bekomme von Lady Tara genug Geld.«

»Keine Widerrede«, sagte Raven müde. »Ich vermute, Lady Tara kann ihr Geld für etwas Besseres gebrauchen.«

»Es wäre ihr gar nicht recht, Sir, wenn sie es wüßte«, sagte John. »Sie liebt ihre Unabhängigkeit und möchte niemandem verpflichtet sein.«

»Das klingt so, als wäre sie eine Xanthippe«, sagte Raven lachend. »Aber ich werde mich später mit ihren Beschwerden befassen, wenn sie welche vorzubringen hat. Gehen Sie jetzt ins Bett, John. Sie haben morgen einen anstrengenden Tag vor sich. Aber schicken Sie mir bitte vorher noch Matthews herein.«

»Wie Sie wünschen, M'lord«, sagte John.

Ein paar Minuten später kam ein schläfriger Matthews in den Schankraum.

»Sie wollten mich sprechen, Eure Lordschaft«, sagte Matthew müde. »Ich habe mehrere Stunden auf Ihre Anweisungen gewartet...«

»Matthews, werde nicht aufsässig«, sagte Raven. »Ich weiß, es mißfällt dir, wie ich mein Leben führe. Aber du kannst mich trotzdem nicht mehr behandeln, als wäre ich ein kleiner Junge in kurzen Hosen.«

»Ja, M'lord«, sagte Matthews gleichgültig. Er senkte den Kopf und fingerte nervös an seinem Hut. »Brechen wir jetzt nach Chartley auf?«

»Du brichst bei Tagesanbruch allein nach Chartley auf«, antwortete Raven. »Hier ist ein Brief für Mr. Osland, in dem ich ihm meine Verspätung erkläre und ihn angewiesen habe, das Haus für unerwarteten Besuch herzurichten.«

Raven wußte, daß er Matthews mit seinem scharfen Tadel verletzt hatte, und er legte ihm kameradschaftlich eine Hand auf die Schulter.

»Komm, Matthews, du kennst mich schon zu lange, um

32

gekränkt zu sein. Ich weiß, wenn ich deinen Rat angenommen hätte, früher nach Chartley aufzubrechen, säßen wir jetzt nicht in diesem Schlamassel... Aber du weißt auch, daß Mistreß Cora einfach zu verführerisch ist.«

Raven lächelte seinen Diener an, und ihm wurde plötzlich bewußt, daß er bis zu diesem Augenblick nicht mehr an den Zauber der blonden Cora gedacht hatte, die während der ganzen letzten Wochen täglich seine Gedanken beherrscht hatte.

»Schon gut, M'lord«, erwiderte Matthews freundlich, als die echte Zuneigung, die er zu seinem leichtsinnigen Herrn empfand, wieder die Oberhand gewann.

»Es wird bei dieser ganzen Geschichte hier nichts Gutes herauskommen, besonders nachdem Rothermere etwas damit zu tun hat«, sagte Matthews finster.

»Überlaß das mir«, sagte Raven beschwichtigend. »Ich habe mit meinen achtundzwanzig Jahren gelernt, auf mich selbst aufzupassen. Und Matthews, sage bitte zu niemandem ein Wort darüber, was hier wirklich geschehen ist.«

»Ja, Eure Lordschaft«, erwiderte Matthews und berührte mit einer Hand seine Stirn. »Ich komme so rasch wie möglich wieder, um hier behilflich zu sein.«

Siebentes Kapitel

In Taras Kopf wirbelten die Gedanken durcheinander. Wenn das, was Annie ihr erzählt hatte, wahr war, dann verdankte sie Raven ihr Leben.

Trotzdem zählte das nicht im geringsten und änderte auch nichts an ihren Gefühlen ihm gegenüber.

Wie konnte sie Annie die Gemeinheit erklären, zu der dieser Mann fähig war? Sie wußte, daß er den Tod ihres Freundes und Mentors Claude Duclos mit verschuldet hatte.

Auch wenn Rothermere ihn tatsächlich getötet hatte, weil er ihn für einen französischen Spion hielt, wußte sie doch, daß Raven hinter allem stand. Hatte sie nicht selbst die heimlichen Begegnungen zwischen Claude und Raven beobachtet?

Claude, der normalerweise alles mit ihr besprochen hatte, hatte ihr nicht sagen wollen, warum er sich mit Raven traf, aber er hatte genug verlauten lassen, um sie davon zu überzeugen, daß Raven ein harter Mann war.

Sie spürte, wie die Tränen in ihr aufstiegen, als sie an Claude dachte, und sie schwor sich, seine Ermordung zu rächen. Denn es war Mord gewesen, auch wenn Rothermere als Held gefeiert wurde, weil er angeblich einen Spion getötet hatte.

Das Denken fiel ihr im Augenblick schwer, und wenn sie einen Ausweg aus der Lage finden wollte, in der sie sich jetzt befand, dann brauchte sie einen klaren Kopf.

Der Kognak war schuld an ihren Kopfschmerzen, hatte Annie ihr erklärt. Nun, wenn sich die Männer jeden Morgen so fühlten, dann hatten sie es verdient, sagte sie sich.

Sie hatte eine unruhige Nacht verbracht, und der Schmerz in ihrer Schulter erinnerte sie ständig an ihre peinliche Lage.

Sie stöhnte, und die Sonnenstrahlen, die auf der Wand tanzten, ließen sie blinzeln.

Sie griff nach der Glocke, die Annie für sie bereitgelegt hatte. Vielleicht wußte Annie ein Mittel gegen den stechenden Schmerz. Sie wollte gerade läuten, als sie Schritte hörte.

Langsam drehte sie den Kopf, um zu sehen, wer ins Zimmer gekommen war. Es war Raven, und ihr Herz begann heftig zu pochen. Zu ihrem Ärger spürte sie, wie sie errötete.

Unfähig, sich eine angemessen frostige Begrüßung auszudenken, hob sie trotzig das Kinn und sah ihm in die Augen.

Raven ignorierte Taras sichtliche Verlegenheit und ging zum Fenster. Er wandte ihr den Rücken zu.

»Ich glaube, ich muß mich bei Ihnen entschuldigen, Lady Tara«, sagte er ruhig, während sein Blick auf Timbs ruhte, der unten im Hof arbeitete. »Wenn ich etwas von Ihren Plänen gewußt hätte, dann wäre ich niemals so voreilig mit meiner Pistole gewesen...«

»Ihre Entschuldigungen sind nicht nötig, Lord Raven«, unterbrach ihn Tara, und ihre Stimme klang kalt und unfreundlich. »Wenn sich überhaupt jemand entschuldigen muß, dann bin ich es.«

Raven drehte sich um, ihn überraschte der Ton, in dem sie mit ihm sprach. Sie musterte ihn feindselig.

Verwirrt wegen ihres Verhaltens richtete er sich zu seiner vollen Größe auf und erwiderte ihren Blick.

Er wußte nicht, wie bedrohlich er wirkte. Er zog seine dichten, schwarzen Augenbrauen zusammen. Sein ungepudertes Haar war streng in den Nacken zurückgekämmt und betonte seine energischen Gesichtszüge. Auch ohne die Hilfe seines Dieners war seine Kleidung makellos. Er trug einen eng anliegenden, modern geschnittenen schwarzen Samtrock ohne Schulterpolster. Ein weiches, weißes Halstuch fiel über ein ebenfalls blütenweißes Hemd, an dem eine Diamantnadel glitzerte. Beige Beinkleider bedeckten seine wohlproportionierten Schenkel, und braune Schaftstiefel vervollständigten seine Kleidung.

Unbeeindruckt von seinem Blick, hob Tara eine harmonisch geschwungene Augenbraue und sagte:

»Die Umstände haben uns für den Augenblick zusammengeführt, mein Herr. Aber ich habe nicht die Absicht, Sie noch länger aufzuhalten. Wie Sie sehen, bin ich, abgesehen von einem etwas steifen Arm, wieder völlig genesen.«

»Das freut mich zu hören«, sagte Raven mit ruhiger Stimme. »Aber leider werden Sie meine Gesellschaft bis morgen ertragen müssen, wenn meine Schwester hier eintrifft.«

»Ihre Schwester!« fauchte Tara. »Mit welchem Recht erlauben Sie sich, mich zu bevormunden? Ich dulde das nicht, und ich möchte Sie bitten, sich nicht länger in meine Angelegenheiten einzumischen.«

35

Unbeeindruckt von ihren Worten antwortete Raven höflich: »Sie haben vergessen, daß Sie mich in Ihre Angelegenheiten hineingezogen haben.«

»Bah! Wären Sie in der vergangenen Nacht nicht auf der Straße gewesen, dann wäre das alles nicht passiert.«

Raven ignorierte ihren Zorn.

»Die Anwesenheit meiner Schwester ist notwendig, Lady Tara, um Ihren Ruf zu schützen. Wenn Sie die kompromittierende Situation nicht sehen, in der Sie sich befinden, dann ist Ihr Diener John klüger als Sie.«

Tara senkte den Blick. Sie wünschte, sie wäre nicht in einer so hilflosen Lage. Vom Krankenbett aus konnte sie mit diesem Mann nicht angemessen umgehen. Er war zu beherrschend und arrogant.

»Es genügt völlig, wenn mein Bruder hier ist«, sagte Tara barsch. »Und ich werde ihn sofort holen lassen.«

Sie griff nach der Glocke.

»Das ist bereits geschehen«, sagte Raven ruhig. »Ich habe John mit der entsprechenden Nachricht nach London geschickt.«

Tara schlug ärgerlich mit ihrer freien Hand auf die Bettdecke.

»Sie nehmen sich zu viel heraus, mein Herr«, sagte sie scharf. »Ich muß Sie bitten, nicht die Grenzen des Anstands zu verletzen.«

Sie lehnte sich in die Kissen zurück und schloß die Augen.

Die Anstrengung, sich mit diesem verhaßten Mann auseinanderzusetzen, war größer, als sie gedacht hatte.

Ein weicher Ausdruck huschte über Ravens Gesicht, als er das zauberhafte Bild in sich aufnahm, das dieses nervenaufreibende Mädchen ihm bot.

Ihr Haar war zu einem Knoten zusammengebunden und schimmerte im Sonnenlicht, als stünde es in Flammen. Die langen schwarzen Wimpern warfen tiefe Schatten auf ihre hohen Wangenknochen, und ihre Nasenflügel zitterten leicht. Sie hatte eine kleine, nach oben gerichtete, zierliche Nase.

36

Raven senkte den Blick und sah rasch zur Seite. Das große Nachthemd, das Annie Tara geliehen hatte, war nicht zugeknöpft, so daß eine kleine Brust zu sehen war.

»Ihre offensichtliche Abneigung gegen mich ist verwirrend, Lady Tara«, sagte Raven vorsichtig. »Könnte es sein, daß wir uns schon früher einmal begegnet sind und Sie es als eine Beleidigung auffassen, daß ich Sie nicht wiedererkenne?«

Tara öffnete die Augen und blickte Raven zornig an. Dieser hatte sich als Claudes Freund ausgegeben.

»Nein, mein Herr«, sagte sie sarkastisch, »ich kann mich nicht erinnern, daß wir uns schon einmal begegnet sind.«

Sie sah ihn verächtlich an.

Es war für sie ein unerträglicher Gedanke, sich ihm gegenüber verpflichtet zu fühlen. Sie zog die Bettdecke bis zum Kinn hoch, denn sie hatte plötzlich bemerkt, daß sie halb nackt dalag.

Es war die Art, wie er sie ansah, die sie schließlich verlegen machte. Sie versuchte, dieses Gefühl abzuschütteln und sich daran zu erinnern, was Claude ihr über diesen Mann erzählt hatte.

Sie rümpfte in der Erinnerung daran die Nase. Raven sei von lüsternen Gedanken beherrscht, hatte Claude gesagt, und verkehre in der Halbwelt. Sie brauchte sich also in dieser Hinsicht keine Gedanken zu machen; denn Raven würde in ihr nicht viel mehr als ein Schulmädchen sehen.

Trotzdem beunruhigte sie sein Blick, und sie war dankbar, als er sich zum Fenster umwandte.

Raven fehlten die Worte. Er wußte nicht, wie er sich einer solchen Feindseligkeit gegenüber verhalten sollte.

Die Frauen, mit denen er bis jetzt zu tun gehabt hatte, abgesehen von seiner Mutter, seiner Schwester und Lady Caroline, waren alle reizende, fügsame Wesen gewesen, deren einziges Sinnen und Trachten darin bestanden hatte, ihm zu gefallen. Diese Göre brauchte eine ernsthafte Zurechtweisung, und doch mußte er vorsichtig mit ihr umgehen; denn sie besaß möglicherweise wertvolle Informationen über Lord Rothermere, Informationen, die sei-

37

ner Abteilung im Kriegsministerium nützlich sein konnten.

Er war unsicher, und das gefiel ihm nicht. So blickte er weiter zum Fenster hinaus. Der Gedanke an den skrupellosen Rothermere schürte seinen Ärger. Tara hatte vermutlich keine Ahnung von der Gefahr, die ihr von seiten dieses Mannes drohte, und er, Raven, hatte keine Zeit, mit ihr ein Katz-und-Maus-Spiel zu treiben. Es stand für alle zu viel auf dem Spiel.

Er drehte sich abrupt um, aber der Anblick Taras, die offensichtlich Schmerzen hatte, milderte seine Worte:

»Es tut mir sehr leid«, sagte er leise, »die Nachwirkungen der letzten Nacht sind stärker als ich angenommen habe. Vielleicht würden Sie jetzt gern ruhen. Wir können unser Gespräch später fortsetzen.«

Tara ignorierte sein Mitgefühl. »Ich habe nichts mit Ihnen zu besprechen, mein Herr«, sagte sie eigensinnig.

»Aber ich muß Ihnen leider einige Fragen stellen«, erwiderte Raven. »Ich muß Näheres über Lord Rothermere von Ihnen erfahren…«

»Diese Angelegenheit betrifft ausschließlich Rothermere und mich«, unterbrach ihn Tara scharf. »Unsere Auseinandersetzung geht keinen anderen Menschen etwas an. Ich möchte Sie bitten, mich nun zu verlassen. Ich habe Ihnen nichts mehr zu sagen.«

Sie schloß die Augen.

Raven sah, daß es im Augenblick zwecklos war, sie weiter zu bedrängen. Er spürte, wie sich seine Hilflosigkeit in Ärger verwandelte, weil er diesem dickköpfigen Mädchen nicht beikam.

Ohne einen Blick zurückzuwerfen, verließ er das Zimmer und rief nach Daniel.

Dieser kam aus dem Schankraum gelaufen.

»Wünschen Sie etwas, M'lord? Kann ich etwas für Sie tun?« fragte er eifrig.

»Ich möchte so bald wie möglich zu Mittag essen. Und danach sattelst du mir bitte *Thunder*. Ich möchte heute nachmittag ausreiten.«

Achtes Kapitel

Philippa, Lady Maybury, Countess of Leicester, bewegte ihre Zehen und zog sich ein schönes, handgesticktes Leinentuch bis zum Kinn. Blonde Locken sahen unter ihrer Morgenhaube hervor, und sie hob eine zarte Hand in die kalte Luft, steckte sie aber sofort wieder unter die Decke.

Die großen, schlecht schließenden Fenster in ihrem Schlafzimmer klapperten, sobald ein Windstoß die Scheiben traf, und die schweren Samtvorhänge, die das Tageslicht ausschlossen, sich sanft bewegten.

Die Scheite im Kamin wärmten das Zimmer nicht, sondern warfen nur ein schwaches Licht auf ihre unmittelbare Umgebung.

Lady Maybury drehte sich seufzend um.

»Es hat keinen Zweck«, murmelte sie mürrisch, »ich kann ohne Giles einfach nicht schlafen.«

Ihr Stirnrunzeln wich einem Lächeln, als sie an ihren Mann dachte. Es war unmodern, wegen der Abwesenheit ihres Mannes melancholisch zu sein, aber es war einfach so, daß sie ihn zärtlich liebte und ihn nicht nur nachts schrecklich vermißte.

Wäre sie nicht in anderen Umständen gewesen, so hätte nichts sie davon abbringen können, mit ihm nach Gibraltar zu segeln. Aber seine Sorge um ihre Gesundheit war so groß, daß er trotz all ihrer Bitten dabei blieb, allein zu reisen.

Sie mußte sich mit dem Gedanken zufriedengeben, daß er noch vor der Niederkunft nach England zurückkehren würde.

Wenn diese ungehobelten Seeleute nicht einen diplomatischen Zwischenfall verursacht hätten, dann hätte das Tribunal nicht neun Monate früher als eigentlich geplant zusammentreten müssen.

In ihre Gedanken vertieft, hatte sie nicht gehört, daß ihre Zofe Sally eingetreten war. Sie wurde erst aus ihrem Tagtraum gerissen, als die Vorhänge zurückgezogen wurden und das helle Tageslicht ins Zimmer flutete.

»Meine Güte, hast du mich erschreckt«, sagte sie. »Es ist doch nicht etwa schon Zeit zum Aufstehen?«

Sally machte einen Knicks, als sie zu ihrer Herrin hinüberging. »Nein, Ma'am, aber unten wartet ein Besucher... Er will Sie unbedingt persönlich sprechen.«

»Ein Besucher?« fragte Lady Maybury und richtete sich im Bett auf. Sie fröstelte und nahm dankbar den Schal, den Sally ihr reichte.

»Ja, Ma'am«, sagte Sally.

Sie nahm ein Tablett mit heißer Schokolade vom Nachttisch.

Die Gräfin ließ sich die Tasse reichen.

»Kann mir Jenkins nicht ausrichten, was er will?« fragte Lady Maybury und schlürfte nachdenklich die Schokolade.

»Der Mann sagt, er habe von Lord Raven eine Botschaft für Sie, und er darf sie Ihnen nur persönlich überbringen.«

»Von Lord Raven!« rief die Gräfin und stellte rasch die Tasse auf das Tablett zurück. »Wer überbringt diese Nachricht? Ist es vielleicht einer von Ravens Dienern?« fragte sie hoffnungsvoll.

Eine schreckliche Vision schoß ihr durch den Kopf. Es war doch nicht etwa ein wütender Verwandter von Ravens vielen Geliebten? Sie schob den Gedanken rasch beiseite. Ein Mensch aus diesen Kreisen würde nicht den Mut haben, sie zu besuchen.

»Nein, das glaube ich nicht, gnädige Frau. Ich kenne ihn nicht, und er sieht furchtbar staubig aus, so als wäre er lange geritten.«

Philippas Mut sank. Konnte es sein, daß Raven mit einer Frau durchgebrannt war? Kaum hatte sie sich an dieser Vorstellung erbaut, kam ihr in den Sinn, daß er vielleicht ein weibliches Wesen verführt hatte. Nein, dachte sie, das war nicht Ravens Stil.

Philippas Miene wurde besorgt. Oder hatte Raven einen Unfall erlitten? Das mußte es sein! Sie wußte, daß er gestern nach Chartley aufgebrochen war; denn er hatte sie gefragt, ob sie ihn begleiten wolle.

Aber weshalb schickte er dann einen fremden Diener mit einer wichtigen Botschaft zu ihr?

Eilig warf sie die Bettdecke zurück, streckte ein letztes Mal ihre Zehen und sprang aus dem Bett.

»Hilf mir rasch beim Anziehen, Sally«, sagte sie. »Wenn ich noch länger darüber nachdenke, was Dominic wohl auf dem Herzen haben könnte, rede ich mir vielleicht noch ein, es sei ihm etwas Schlimmes zugestoßen.«

Sie benützte Lord Ravens Vornamen.

Sally lief in das Ankleidezimmer hinüber, während Philippa ihren warmen Morgenmantel anzog.

»Bring mir das blaue Batistkleid«, rief Philippa, »und die blaue Spitzenhaube... ja, das ist genau das Richtige«, sagte sie beifällig, als Sally zurückkam.

»Wie heißt der Mann? Und in welches Zimmer hat Jenkins ihn geführt?« fragte sie ungeduldig. »Ich hoffe wirklich, jemand hat daran gedacht, ihm eine Erfrischung anzubieten. Er muß durstig sein, wenn er lange geritten ist.«

Sally war noch nicht lange im Maybury-Haushalt, aber sie hatte rasch gelernt, daß Lady Maybury gern Fragen stellte und selten eine Antwort abwartete.

»Jenkins führte ihn in den braunen Salon, Ma'am«, sagte Sally und schloß den letzten Knopf des Kleides. »Ich hörte, wie Jenkins nach seinen Wünschen fragte.«

»Gut, gut«, murmelte Lady Maybury. Sie fuhr sich durchs Haar, als sie sich vor den Spiegel setzte.

Unwillkürlich beugte sie sich vor und suchte ängstlich nach Falten in ihrem Gesicht. Zufrieden stellte sie fest, daß sie nicht nach vierundzwanzig Jahren, sondern wesentlich jünger aussah.

»Ich sehe keine einzige Falte, Sally«, sagte sie stolz. »Aber Gott weiß, wie viele ich bekommen werde, wenn der Graf nicht bald wieder nach Hause kommt.«

Sally lächelte. Sie hatte ihre Herrin sehr gern, aber sie mußte ihr täglich mehrmals versichern, daß sie nicht älter als zwanzig aussah.

Lady Maybury lehnte sich in den kostbaren Sessel zurück und schloß die Augen, während Sally ihr langes,

41

blondes Haar bürstete. Ihre zarte weiße Haut schien im Sonnenlicht durchsichtig zu sein, und ihre dunklen Wimpern, die zwei grüne, fröhliche Augen einrahmten, lagen wie Seide auf ihren Wangen. Lady Maybury war eine zierliche, sehr anmutige Frau.

Ihr Aussehen hatte Aufsehen erregt, als sie vor ein paar Jahren in die Gesellschaft eingeführt worden war, und ihre griechische Frisur war von jeder ehrgeizigen Debütantin nachgeahmt worden.

Natürlich war sie selbst die schönste Debütantin gewesen. Anfangs hatte sie es genossen, mit allen jungen Männern zu flirten. Aber deren dandyhaftes Auftreten hatte sie rasch gelangweilt. Sie gab sich Mühe, nicht unfreundlich über die Sonette und Oden zu urteilen, die man über ihre ›perlweißen Zähne‹ und die ›Rosenknospenlippen‹ geschrieben hatte, aber sie hatte heimlich dafür gesorgt, daß die meisten Blumensträuße, die täglich für sie von Verehrern eintrafen, in ein nahegelegenes Krankenhaus gebracht wurden.

Raven hatte nicht weniger als fünf Heiratsanträge für sie entgegengenommen und alle abgelehnt.

Sie selbst hatte eifrige Verehrer weggeschickt, und am Ende der Saison war sie immer noch ungebunden und frei gewesen.

London langweilte sie. Es hatte ihren lebhaften Geist nicht genügend beschäftigen können.

Als dann die Nachricht eintraf, daß ihre Tante, die ihre Anstandsdame war und ihr das Debüt ermöglicht hatte, dringend zu einer sterbenden Verwandten fahren mußte, nahm Philippa dies mit einer gewissen Erleichterung auf.

Sie lächelte, als sie daran dachte, mit welchem Eifer sie ihre Tante davon überzeugt hatte, daß es Raven nichts ausmachen würde, wenn sie ihn für kurze Zeit auf seinen Landsitz nach Chartley begleiten würde.

In der Eile des Aufbruchs stimmte die Tante zu, und Philippa fand sich dankbar in Freiheit wieder.

Sie hatte ihren Bruder so lange bedrängt, bis er eingewilligt hatte, einige Gäste nach Chartley einzuladen. Darunter befand sich ein besonders enger Freund von Dominic, der Earl of Leicester.

Er war gerade wegen einer Verletzung, die er sich bei einem Unfall zugezogen hatte, aus dem aktiven Dienst in der Marine ausgeschieden.

Sally betrachtete ihre Herrin im Spiegel, während sie deren Haar kämmte.

Lady Maybury lächelte verträumt, und Sally wußte instinktiv, daß ihre Herrin jetzt an ihren Mann dachte.

Ravens Probleme traten in Philippas Gedanken in den Hintergrund, als sie an ihre erste Begegnung mit dem Grafen zurückdachte. Sobald sie seinen festen Händedruck gespürt und Sympathie in seinen lachenden braunen Augen bemerkt hatte, stand ihr Entschluß fest, daß sie ihn näher kennenlernen wollte.

Aber so sehr sie es auch versuchte, es gelang ihr nicht, seine Aufmerksamkeit auf sich zu lenken. Er schien völlig desinteressiert daran zu sein, mit ihr näher bekannt zu werden.

Später gestand er ihr, daß er vom ersten Augenblick an von ihr verzaubert gewesen sei. Aber da er ihren Ruf als ›Herzenssammlerin‹ kannte, hielt er sich zurück, weil er ihre Liste der abgewiesenen Verehrer nicht verlängern wollte.

Am Abend, bevor die Gäste aufbrachen, bat Philippa ihren Bruder, den Grafen zu überreden, noch etwas länger bei ihnen zu bleiben. Sie seufzte, als sie daran dachte, wie rasch Giles zugestimmt hatte.

Während der ersten Tage war Dominic bei den zahlreichen Vergnügungen dabeigewesen, die Philippa arrangiert hatte, doch dann beschäftigte er sich mit seinen Bewässerungsanlagen, und so kam es, daß die temperamentvolle, schöne Philippa und der zurückhaltende, stattliche Graf oft miteinander allein waren. Ihre Liebe hatte Zeit aufzublühen, und selbst die Rückkehr der Tante brach nicht den Zauber, der die Liebenden umgab.

Einen Monat später hielt der Graf um Philippas Hand an und erhielt Ravens Einwilligung.

Sie war glücklich gewesen, und sie liebte Giles mehr denn je.

Ihre Stirn legte sich in Falten, als sie wieder an ihren Bruder dachte. Dominic machte ihr wirklich Sorgen. Sein ausschweifendes Leben während der letzten Monate wurde von jedermann, mit dem sie zusammenkam, verurteilt.

Sie hatte immer wieder versucht, ihm junge Damen zuzuspielen, die sie für geeignete Ehefrauen hielt. Aber er bevorzugte Mädchen vom Theatre Royal in der Drury Lane..., und jetzt hatte er ein Verhältnis mit dieser Cora.

Jemand hatte ihr diese Frau vor ein paar Tagen gezeigt.

Lady Mayburys Stirnrunzeln vertiefte sich. Cora war eine reizende Frau und hatte nichts Gewöhnliches an sich. Sie sah ganz wie eine Dame aus, als sie im Phaeton ihre Pferde durch den Hyde Park lenkte.

»Ich glaube, wir sind soweit, M'lady«, unterbrach Sally Philippas Gedanken.

Sally trat zurück und wartete auf Beifall.

»Es ist in Ordnung«, sagte Lady Maybury und warf einen letzten Blick in den Spiegel.

Sie verließ das Zimmer und ging anmutig die Treppe hinab. Zwei Diener, die sich unten in der Halle gelangweilt hatten, standen stramm, als sie erschien.

Jenkins, groß und ernst, trat aus dem Schatten der riesigen Uhr, die seit Generationen majestätisch an der gleichen Stelle stand.

»Der Besucher ist im Braunen Salon, M'lady«, sagte Jenkins. »Er hat jede Erfrischung abgelehnt.«

»Gut«, erwiderte Lady Maybury und ging auf den Salon zu. Sie runzelte die Stirn und sagte ängstlich: »Ich läute, falls ich Ihre Hilfe brauche, Jenkins.«

»Ich werde zur Stelle sein, M'lady«, antwortete Jenkins würdevoll.

Er wußte, daß sein Leben keine fünf Pence mehr wert wäre, wenn Lady Maybury etwas zustoßen sollte.

»Ich bin sicher, Ihre Hilfe wird nicht notwendig sein, aber es ist gut zu wissen, daß Sie in der Nähe sind«, erwiderte sie mit einem tapferen Lächeln.

Jenkins öffnete die schweren Türen und verkündete mit lauter Stimme:

»Lady Maybury!«

Er trat beiseite, und Philippa ging ins Zimmer.

John drehte sich nervös um. Er stand mitten im Raum und offensichtlich war ihm unbehaglich zumute; denn er zuckte mit den Fingern.

John schien es, als habe er endlos gewartet, und er machte seine frühe Ankunft in London dafür verantwortlich. Er sah auf die Porzellanuhr, die auf dem Kamin stand. Es war elf Uhr.

»Mein Diener sagt, Sie haben eine Nachricht von meinem Bruder für mich«, erklärte Philippa und setzte sich auf eine Chaiselongue neben der Tür.

»So ist es, Ma'am«, erwiderte John. Er verbeugte sich, blieb aber an Ort und Stelle stehen. »Ich habe einen Brief von Lord Raven, in dem er alles erklärt.«

Lady Maybury war erleichtert, daß John den Titel ihres Bruders erwähnte. Sie versuchte, ihre Ungeduld zu verbergen, während John in dem Beutel an seinem Gürtel nestelte.

Schließlich zog er den Brief heraus.

Philippa, die von einer plötzlichen schlimmen Vorahnung ergriffen war, sprang auf und nahm John den Brief aus der Hand.

Sie brach rasch das Siegel auf. Die bekannte Handschrift beruhigte sie etwas. Langsam ging sie zur Chaiselongue zurück und setzte sich. Sie las den Brief zweimal durch.

»Liebste Schwester,
wiederum muß ich Dich um Hilfe bitten. Ich bin im *Leather Bottle Inn* in der Nähe von Chartley und brauche Dich sofort.
Die unangenehme Situation, in der ich mich diesmal befinde, hat nichts mit dem, was Du meine ›Ausschweifungen‹ nennst, zu tun, sondern wurde durch die Bemühungen eines sehr tapferen jungen Mädchens hervorgerufen, seinen Bruder zu beschützen.«

45

Ein Lächeln huschte unwillkürlich über Philippas Gesicht. Natürlich mußte eine Frau mit im Spiel sein, dachte sie.

»Es ist eine lange Geschichte, und ich konnte bis jetzt selbst nicht alle Details erfahren.
Der Mann, der Dir diese Nachricht überbringt, ist John Williams, der treue Diener des jungen Mädchens.«

Philippa blickte auf und bemerkte zum ersten Mal die besorgte Miene des Mannes.

»Die Gründe für meinen Aufenthalt hier im Gasthaus werden Dir einleuchten, wenn Du hier bist. Ich kann nur sagen, daß Du der einzige Mensch bist, der mir unter diesen Umständen helfen kann. Wäre es anders, liebste Schwester, dann würde ich Dich nicht den Freuden Londons entziehen. Ist es zuviel erhofft, daß ich mit Deiner Ankunft morgen rechnen kann? Und darf ich Dich bitten, keinem Menschen außer Jenkins zu sagen, wo Du hinfährst? Ich verlasse mich darauf, daß Du die passenden Erklärungen finden wirst.
Sei sicher, daß wir so rasch wie möglich nach Chartley weiterfahren werden.
Es ist möglich, daß ich Deine Hilfe eine ganze Woche lang benötige. Aber Du weißt, daß Du gern so lange bleiben kannst, wie Du willst.
Wie immer,
Raven

Philippa lächelte. Es sah ihrem Bruder ähnlich vorzugeben, er tue ihr einen Gefallen.

John sah Lady Maybury aufmerksam an. Sie schien recht nett zu sein. Aber würde sie die Bitte ihres Bruders erfüllen?

John senkte den Blick, als er sah, daß sie den Brief zu Ende gelesen hatte. Schließlich fragte er nervös:

»Darf ich Seiner Lordschaft ausrichten, daß er Sie morgen erwarten kann?«

»Ja, das können Sie«, sagte Lady Maybury und lächelte vor Freude über das Abenteuer, das ihr bevorstand. Ihre Angst war vergessen. »Und Sie können Lord Raven versichern, daß ich mein möglichstes tun werde, um schon heute abend bei ihm eintreffen zu können. Meine Neugier ist zu groß.«

»Sehr wohl, Ma'am«, sagte John. »Ich werde es Lord Raven mitteilen.«

Lady Maybury stand auf und zog an der Klingelschnur.

Sekunden später ging die Tür auf, und Jenkins trat besorgt in den Salon.

»Jenkins, es ist alles in Ordnung«, sagte Lady Maybury fröhlich. »Bitte, seien Sie so freundlich und führen Sie diesen guten Mann hinaus. Schicken Sie dann sofort Sally zu mir.« Sie wandte sich an John:

»Reiten Sie vorsichtig, und wenn alles gutgeht, sehe ich Sie heute abend wieder.«

John nickte und folgte Jenkins in die Halle.

Philippa drückte den Brief an ihre Brust und ging ungeduldig im Salon auf und ab.

Ein Dutzend Gründe für Ravens Bitte gingen ihr durch den Kopf.

Aber warum tat ihr Bruder so geheimnisvoll? Wer war dieses Mädchen? Was hatte sie getan und wodurch hatte sie Ravens Bewunderung geweckt?

Soweit sie informiert war, hatte sich Raven seit Jahren nicht mehr um eine Frau bemüht. Es war wirklich merkwürdig.

Schließlich kam Sally in den Salon.

»Sie haben mich rufen lassen, M'lady«, sagte sie. »Ist alles in Ordnung?«

»Ja, aber hole bitte rasch meinen Terminkalender und bringe ihn in mein Boudoir. Ich komme gleich nach«, erwiderte Lady Maybury.

»Sie werden heute abend nirgends erwartet, Ma'am«, sagte Sally hilfreich.

»Ich weiß, ich weiß. Stehe hier nicht herum, Mädchen. Wir haben viel zu tun.« Lady Maburys liebenswürdiger

Ton nahm ihren Worten die Schärfe, aber ihre Erregung war ansteckend, und Sally lief rasch hinaus und fragte sich, was all das wohl bedeutete.

Jenkins hörte zum zweiten Mal die Glocke und betrat den Salon.

»Sie haben geläutet, M'lady?« fragte er steif.

Lady Maybury dachte angestrengt nach, wie sie diesen alten Diener am besten für ihre Pläne gewinnen konnte.

Jenkins war Giles sehr ergeben, und sie hatte immer seine Mißbilligung wegen ihrer frivolen Art gespürt. Ein paarmal hatte sie Giles deswegen angesprochen, aber er hatte lachend ihre Besorgnis beiseite geschoben und gesagt, daß Jenkins eben klare Vorstellungen vom Benehmen einer Gräfin habe.

»Jenkins«, begann Philippa langsam, »ich muß nach Chartley. Lord Raven hat offenbar einen Unfall gehabt«, log sie unbeschwert, weil sie den wahren Grund nicht preisgeben wollte. »Er ist von einer dieser neumodischen Maschinen verletzt worden.«

»Sehr wohl, M'lady«, erwiderte Jenkins in einem Ton, der leicht ungläubig klang. »Wann beabsichtigen Sie aufzubrechen, Madam?« fragte er. »Morgen?«

»Nein«, sagte Philippa und richtete sich zu ihrer ganzen Größe auf. »Bitte, sorgen Sie dafür, daß die Kutsche in einer Stunde bereitsteht.«

Jenkins konnte seine Überraschung nicht verbergen.

»Sie wird bereit sein, Madam«, sagte er mit monotoner Stimme. »Wer wird mit Ihnen reisen?«

»Ich nehme Sally mit, Jenkins«, sagte Lady Maybury energisch. »Übrigens, Jenkins… Lord Raven ist sehr daran gelegen, daß geheim bleibt, wo ich mich aufhalte. Niemand darf mein wahres Reiseziel erfahren. Sollte jemand fragen, wo ich bin, dann sagen Sie, ich sei auf dem Land in Leicestershire…«

Sie hielt inne, denn Jenkins' Mißbilligung über ihren geheimnisvollen Aufbruch war ihm deutlich anzusehen.

»Ich werde dafür sorgen, daß Ihre Anweisungen befolgt werden«, sagte er steif.

Um die Notwendigkeit der Geheimhaltung zu unterstreichen, sagte Lady Maybury vertraulich:

»Ich weiß, ich kann mich auf Sie verlassen, Jenkins. Deshalb sind Sie auch der einzige, dem ich anvertraue, wo ich wirklich hinfahre. Aber Lord Raven hat in seinem Brief ausdrücklich betont«, sie sprach in vertraulichem Ton, »daß wegen einer Wette, die er letzte Woche abgeschlossen hat, niemand etwas von seinem Unfall erfahren darf.«

Die Geschichte gefiel ihr so sehr, daß sie Jenkins auf eine so neckische Art und Weise anlächelte, wie man es von einer Dame ihres Ranges eigentlich nicht erwartete.

Jenkins, ein loyaler, etwas förmlich wirkender Mann, konnte sich ihrem Charme nicht entziehen und verzog das Gesicht zu einem steifen Lächeln.

Ravens war ein guter Mann, ganz gleichgültig, was für Gerüchte über ihn in den Dienstbotenquartieren umgingen, dachte er. Und er würde Ihre Lordschaft nicht bemühen, wenn es nicht wirklich notwendig wäre, besonders in ihrem Zustand.

»Sie können sich auf mich verlassen, Madam«, sagte Jenkins, ohne sich seine Gedanken anmerken zu lassen. »Ich werde alle Besucher wegschicken, ohne daß diese Ihren wahren Aufenthaltsort erfahren.«

Jenkins fühlte sich geschmeichelt, daß Lady Maybury ihm vertraute. Es bestätigte ihn in seinem Glauben an seine eigene Überlegenheit.

»Aber wenn ich Ihnen einen Vorschlag machen darf...«, er hüstelte diskret, »... es ist klüger, wenn ich den Besuchern erkläre, Sie halten sich in Bath zur Kur auf.« Er hielt kurz inne. »Wegen Ihrer Unpäßlichkeit, Madam.«

Philippa klatschte begeistert in die Hände.

»Jenkins, Sie sind ein Juwel«, sagte sie lachend. »Genau das werde ich überall sagen, und niemand wird einen Verdacht schöpfen.«

Sie rauschte zufrieden mit sich selbst aus dem Salon.

Neuntes Kapitel

Das *Leather Bottle Inn* schien wie ausgestorben, als die beiden Reiter von der Landstraße her in den Hof einbogen. Das einzige Geräusch machte das Gasthausschild, denn es bewegte sich knarrend im Wind hin und her.

Nicht einmal der Hund bellte. Die letzten Strahlen der Nachmittagssonne fielen durch die Eiche und warfen ein Schattenmuster auf das Kopfsteinpflaster. Beide Männer stiegen rasch von ihren Pferden, und John ging zum Stall hinüber.

Er war erleichtert, als er Daniel sah.

»Da bist du ja, Daniel«, sagte er. »Ich dachte schon, es sei niemand mehr im Haus. Es sieht so verlassen aus.«

»Ich vermute, alle holen den Schlaf von der vergangenen Nacht auf«, sagte Daniel freundlich. »Und Lord Raven ist mit Lady Taras Pferd ausgeritten. Ich schätze, er wird bald wieder da sein.«

Daniel schwieg, als er den zweiten Reiter bemerkte.

»Versorge bitte die Pferde, Daniel«, sagte John. »Ich führe Lord Wardale zu seiner Schwester.«

Nestor reichte Daniel die Zügel und folgte John wortlos zur Haustür.

Zwei rote Flecken brannten auf Nestors Wangen, und seine tiefliegenden Augen blitzten zornig. Er war ein großer, stattlicher junger Mann, und sein Zorn schien seine Unreife noch zu betonen.

John hatte ihn vor drei Stunden getroffen, und die Überraschung, seinen alten Diener wiederzusehen, machte bald dem Ärger Platz, als John ihm erzählte, daß Tara verwundet worden war.

Nestor schob alle Erklärungen Johns beiseite und blinder Zorn auf seine Schwester Tara stieg von neuen in ihm auf.

Wie konnte sie es wagen, ihm dies anzutun, und dazu noch praktisch vor der Türschwelle ihres Großvaters! Warum war sie überhaupt nach England gekommen?

Sie kannte die Bedingungen ihres Großvaters, unter denen dieser sich bereitgefunden hatte, ihm eine Stellung im Außenministerium zu besorgen.

Nestors Zorn, den er die ganze Zeit unterdrückt hatte, wollte sich Luft machen.

»Danke, John«, sagte Lord Nestor. »Ich finde mich allein zurecht.«

John schüttelte besorgt den Kopf. Er kannte Nestors unbeherrschte Ausbrüche und wußte, daß Tara darunter leiden würde. John hatte gehofft, daß Lord Raven da sein und als Puffer fungieren würde. Aber nun sah es so aus, als ob Tara die ganze Wucht von Nestors Zorn zu spüren bekommen würde.

Johns Stirnrunzeln vertiefte sich, als er an Nestors Reaktionen dachte, nachdem er ihm die Nachricht überbracht hatte. Er hatte sich sehr darum bemüht, es schonend zu tun, aber nach einem kurzen Augenblick der Sorge um Taras Wohlergehen hatte Lord Nestor John gemaßregelt, weil er Tara erlaubt hatte, nach England zurückzukehren.

Nestor hatte ihm keine Gelegenheit gegeben, ihm die näheren Umstände des Unfalls zu erklären. Seine einzige Sorge war es gewesen, der alte Herzog könnte etwas von Taras Anwesenheit in England erfahren.

Wie ein verzogener Junge hatte er gewütet und darüber geklagt, eine Schwester auf dem Hals zu haben, die sich eben in eine Lage gebracht hatte, durch die er ruiniert werden konnte.

Nach dem ersten Wutausbruch hatte Nestor seine Lippen zusammengepreßt und es abgelehnt, während ihres Rittes auch nur ein einziges Wort zu sprechen.

John stand verlegen da und wußte nicht recht, ob er Nestor folgen sollte. Schließlich gewann die Sorge um Tara die Oberhand über seinen Groll auf Nestor, und er eilte ihm nach.

Daniel hielt die beiden Pferde und sah ihm nach. »Na«, sagte er sich, »da steht ihm was bevor.«

Er hörte Hufgeklapper näherkommen, und ein Lächeln huschte über sein Gesicht. Wenn es Lord Raven war, dachte er, ist es am vernünftigsten, ich bleibe hier stehen.

Er erinnerte sich an das Trinkgeld, das Lord Raven ihm das letzte Mal gegeben hatte. Vielleicht würde er heute noch eine weitere Münze bekommen, wenn er *Thunder* versorgte.

Seine Geduld wurde belohnt. Lord Raven galoppierte in den Hof. Er runzelte beim Anblick der beiden Pferde, die Daniel hielt, die Stirn und sah ihn fragend an.

»Haben wir Besuch bekommen?« fragte Raven.

Der Ausritt hatte seinen Ärger über Taras Unfreundlichkeit vertrieben, und er lächelte Daniel freundlich an.

»Aye, M'lord«, erwiderte Daniel und ließ die Zügel der Pferde los. »John ist mit Lord Nestor wiedergekommen. Es scheint Ärger zu geben.«

Raven stieg lässig vom Pferd und warf dem Jungen eine kleine Münze zu.

»Sorge für die Pferde. Sie müssen alle drei tüchtig abgerieben werden«, sagte Raven.

Als er auf das Gasthaus zuging, wurde seine Miene ernst. Er hatte sich noch keine Meinung über Nestor bilden können, aber aus den wenigen Bemerkungen von John und Annie hatte er eine vage Vorstellung davon bekommen, was er von dem jungen Mann zu erwarten hatte. Es war schade, daß er bei seiner Ankunft nicht hier gewesen war. Er fragte sich, wieviel Nestor von der Verbindung Taras mit Rothermere wußte.

Raven blieb kurz vor der Haustür stehen. Er hörte im oberen Stockwerk entrüstete Stimmen. Beunruhigt ging Raven die Treppe hinauf und trat in das Krankenzimmer.

Was er sah, gefiel ihm nicht. John und Annie standen an Taras Bett, so, als ob sie diese beschützen wollten.

Nestor stand am Fußende des Bettes und beugte sich wütend vor.

»Mir sind die näheren Umstände gleichgültig, Tara!« schrie Nestor. »Hast du vergessen, was aus mir wird, wenn Großvater erfährt, daß du in England bist?«

»Bitte, Bruder«, erwiderte Tara und hob eine Hand, um ihn zum Schweigen zu bringen. »Bitte, höre mir zu. Es ist nicht so, wie du denkst...«

52

Sie wandte sich hilfesuchend an John.

Da trat Raven an das Bett und sagte: »Vielleicht kann ich helfen, Ihren Bruder zu überzeugen, Lady Tara.«

»Wer, zum Teufel, sind Sie?« fragte Nestor grob. »Mit welchem Recht betreten Sie das Zimmer meiner Schwester?«

Raven nahm sein Monokel, das an einem breiten schwarzen Band hing, und hob es langsam an ein Auge.

Nestor wurde unsicher.

»Nestor, wie kannst du so unhöflich sein«, sagte Tara tadelnd.

Raven mußte über ihre Zurechtweisung lächeln. Offensichtlich hatte sie ihre eigene Unhöflichkeit vergessen.

»Lady Tara, bitte regen Sie sich meinetwegen nicht auf«, sagte er lakonisch.

Er nahm Taras wütenden Blick freundlich auf und fuhr fort:

»Ihr Bruder hat jedes Recht dazu, Sie zu beschützen.«

Tara bemerkte seinen sarkastischen Tonfall und blickte Nestor an.

»Nur, daß du es weißt, Nestor, du sprichst mit dem Earl of Woodstock«, sagte sie spitz.

Nestor sah Raven überrascht an. Er schluckte und zupfte dann nervös an seinem Halstuch.

»Lord Raven!« sagte er leise, und sein Zorn machte Ehrfurcht Platz.

Er sah Tara an und dann wieder Raven, als suche er nach einer Erklärung.

Raven ignorierte seine Verwirrung.

»Wenn ich es recht verstehe, sind Sie Lord Wardale«, sagte Raven. »Wir haben Sie erwartet.«

Nestor nickte schweigend.

Wie sehr wünschte er jetzt, er hätte John erlaubt, ihm die Lage genau zu erklären. Er spürte, wie er unter Ravens Blick errötete.

»Ich schlage vor, wir lassen Lady Tara sich ausruhen«, sagte Raven freundlich. »Ich werde Ihnen alle Fragen beantworten.«

Annie und John sahen einander erleichtert an. Es bestand kein Zweifel daran, Lord Raven konnte mit Nestor umgehen.

Nestor war klar, daß er zustimmen mußte, wenn er sich und Tara weitere Peinlichkeiten ersparen wollte, aber da er Ravens Ruf kannte, fragte er sich, wie seine Schwester mit diesem Frauenhelden zusammengekommen war.

Nun gewann seine Zuneigung zu Tara die Oberhand, und da er für sie das Beste wollte, schob er seine selbstsüchtigen Gefühle beiseite.

»Ja, mein Herr, es ist ganz offensichtlich, daß es einige Fragen gibt, die einer Antwort bedürfen«, sagte er mit so viel Würde, wie er aufbringen konnte.

»Wenn Sie nichts dagegen haben«, unterbrach Tara barsch, »dann bitte ich darum, daß ich an Ihrer Diskussion teilnehmen darf, da ich die Ursache dafür bin…«

»Ich glaube nicht«, sagte Nestor mannhaft und wollte John und Annie aus dem Zimmer schicken. »Ich möchte gern mit meiner Schwester unter vier Augen sprechen.«

Raven nickte und sagte:

»Gut, wenn Lady Tara die Kraft dazu hat.«

Tara sah Raven überrascht an. Dies war das zweite Mal, daß er sie beschützen wollte.

Nestor errötete, denn der versteckte Vorwurf schmerzte ihn. Er schämte sich, als ihm bewußt wurde, daß er nicht einmal wußte, woran seine Schwester litt. Wie hatte er nur so selbstsüchtig sein können. Er ging zum Fenster hinüber.

Tara bemerkte Nestors Not und überlegte, daß es besser war, wenn ihr Bruder mit Lord Raven sprach; denn dies würde ihr Zeit lassen, die nächsten Schritte zu überdenken. Sie sah John an und fragte sich, ob sie sich immer noch auf seine Hilfe verlassen konnte.

Sie lächelte John freundlich an und sagte:

»Danke, daß du Nestor hergebracht hast.« Ihre Stimme zitterte und verriet ihre wahren Gedanken.

Sie wandte sich an Annie: »Ich läute, wenn ich etwas brauche.«

Raven folgte John aus dem Zimmer und schloß leise die Tür hinter sich.

»Was haben Sie dem Jungen erzählt, daß er so aufgebracht ist?« fragte Raven.

John sah Raven unglücklich an und antwortete besorgt:

»Er hat mir keine Gelegenheit gelassen, ihm irgend etwas zu erklären. Wenn er einmal wütend ist, hört er auf niemanden, das ist sein Wesen, M'lord.«

Raven nickte.

»Das erklärt auch seinen unfreundlichen Ausbruch, als er meine Anwesenheit feststellte. Dann hat ihm auch noch niemand gesagt, daß meine Schwester morgen hier eintrifft?«

John schüttelte den Kopf. »Nein, M'lord. Außerdem will Lady Maybury schon heute abend hier sein.«

Raven lachte. Er hatte gewußt, daß Philippas Neugier sie so schnell wie möglich hertreiben würde. Jetzt, nachdem er Lord Wardale kennengelernt hatte, war er sogar noch dankbarer für ihr spontanes Handeln; denn ein Abend in der Gesellschaft dieses jungen Mannes war keine verlockende Aussicht.

Annie nützte die Gelegenheit und sagte:

»Wir sind ein bißchen knapp an Schlafzimmern, M'lord. Würde Lady Maybury wohl ein Hinterzimmer ablehnen?« fragte sie zögernd.

»Wir geben ihr erst gar nicht die Möglichkeit dazu«, erwiderte Raven. »Sie richten ihr mein Zimmer her, und ich ziehe in das Hinterzimmer.«

»Vielen Dank, M'lord«, sagte Annie erleichtert. »Ich mache mich sofort an die Arbeit.«

Als Tara mit ihrem Bruder allein war, überlegte sie, wie sie das unbehagliche Schweigen brechen konnte.

Doch es war Nestor, der schließlich neben ihrem Bett niederkniete.

»Tara, kannst du mir je meine Selbstsucht verzeihen«, sagte er leise. »Du mußt mich für einen ungehobelten Tölpel halten.«

»Beruhige dich, Nestor«, erwiderte Tara besänftigend und strich ihm über das dunkle Haar. »Du mußt dir nicht die Schuld daran geben...«

Sie unterbrach sich, denn Nestor konnte nicht wissen, daß sie über den Brief sprach. Sie biß sich auf die Lippen und überlegte, wieviel sie ihm enthüllen sollte.

Es war denkbar, daß er in seinem jetzigen Zustand unbesonnen handeln und Rothermere sofort aufsuchen würde. Aber es war noch wahrscheinlicher, daß er Raven davon erzählen und ihn somit noch weiter in ihrer beider Leben hineinziehen würde.

»Großvater wird nicht erfahren, daß ich in England bin«, sagte sie statt dessen. »Ich reise so schnell wie möglich nach Frankreich zurück.«

Es wird Rothermere überraschen, wenn er mich in Frankreich wiedersieht, so als wäre nichts geschehen, dachte sie. Ich werde behaupten, einen Unfall gehabt zu haben, was ja auch der Wahrheit entsprach, und deshalb hätte sie ihn nicht informieren können.

Sie lächelte erleichtert, als ihr bewußt wurde, daß sie eine Lösung gefunden hatte. Nun brauchte sie nur noch John zu sagen, er solle vor Nestor und Lord Raven den wahren Grund ihrer Anwesenheit in England geheimhalten, und dann mußte sie ihn überreden, sie nach Frankreich zurückzubegleiten.

Befriedigt darüber, daß sie nicht das Mißtrauen ihres Bruders geweckt hatte, tätschelte sie ihm zärtlich den Kopf.

»Laß Lord Raven nicht länger warten«, sagte sie schmeichelnd. »Ich bin überzeugt, daß wir sein Feingefühl auf eine Weise verletzt haben, wie er es nicht gewöhnt ist.«

»Keine Sorge, Schwester«, sagte Nestor ernst und stand auf. »Ich lasse dich diesmal nicht im Stich.« Er zögerte. »Übrigens, Tara... wie hast du Lord Raven eigentlich kennengelernt?«

Tara stöhnte innerlich auf. Es war schwieriger als erwartet, dem Bruder die Wahrheit zu verschweigen. Sie täuschte deshalb Müdigkeit vor, schloß die Augen und sagte:

56

»Das soll dir Lord Raven erklären. Ich möchte mich jetzt von den ganzen Aufregungen erholen.«

Nestor blickte Tara besorgt an.

»Gut, Tara«, murmelte er unglücklich. »Ich sehe später noch einmal bei dir herein.«

Tara nickte schwach.

»Danke, Nestor... Würdest du bitte, ehe du zu Lord Raven gehst, John zu mir hereinschicken? Ich möchte mich vergewissern, daß es *Thunder* gutgeht. Lord Raven ist heute nachmittag mit ihm ausgeritten...«

»Dann hat *Thunder* einen guten Ritt gehabt«, sagte Nestor. »Was für Fehler auch Lord Raven haben mag, er ist einer der besten Reiter im Land. Aber ich schicke dir John; denn ich weiß, du gibst nicht eher Ruhe, als bis du dich selbst vergewissert hast.«

Er ging mit einem besorgten Stirnrunzeln hinaus.

Nach wenigen Minuten trat John in Taras Zimmer. Und als er sie zwanzig Minuten später wieder verließ, war ihm die Sorge über ihren neuesten Plan deutlich anzumerken.

Zehntes Kapitel

Lord Raven ging ungeduldig im Schankraum auf und ab, als Nestor endlich erschien.

»Entschuldigen Sie, daß ich Sie habe warten lassen«, sagte Nestor, »aber ich hoffte, von Tara eine Erklärung für ihr seltsames Verhalten zu bekommen.«

»Sie wissen also nicht, weshalb sie nach England gekommen ist?« fragte Raven erstaunt. »Was für eine Verbindung hat sie zu Lord Rothermere?«

»Lord Rothermere?« sagte Nestor überrascht. »Was hat Lord Rothermere damit zu tun? Ich habe mich schon gefragt, wie Sie meine Schwester kennengelernt haben. Nun, Tara scheint es wirklich herausgefunden zu haben, wie man in schlechte Gesellschaft kommt.«

Raven ignorierte die Beleidigung; denn augenscheinlich

57

hatte der Junge keine Ahnung, was seine Schwester im Sinn hatte, und er konnte auch nicht mit ihr umgehen.

»Ich glaube, es wäre vernünftig, wenn ich Ihnen die Geschichte erzähle, soweit ich sie kenne«, sagte Raven. »Vielleicht können Sie einzelne Teile ergänzen, die mir wiederum unbekannt sind.«

Nestor nickte und setzte sich neben Raven in einen Sessel.

»Soviel ich weiß«, fuhr Raven fort, »handelt es sich um einen Brief, den Rothermere besitzt. Ich glaube, Sie sind in diese Geschichte verwickelt, oder ist es zufällig ein Brief, den Sie selbst geschrieben haben?«

»Ich weiß von keinem Brief«, sagte Nestor verwirrt.

»Das spielt im Augenblick auch keine Rolle«, sagte Raven. »Auf jeden Fall benützt Rothermere einen Brief, um Lady Tara zur Ehe zu zwingen.«

»Was macht er?« schrie Nestor. »Ich werde ihn für diese Gemeinheit herausfordern! *Il a un âme-de-boue!*«

Nestor war aufgesprungen und lief wie ein gefangener Panther im Zimmer auf und ab. »Sir, sind Sie mein Sekundant?« fragte er mit entschlossener Stimme.

Raven versuchte ein Lächeln, das dem jugendlichen Überschwang galt, zu unterdrücken. Vielleicht war er in seinem Urteil über den Burschen zu voreilig gewesen. An Mut fehlte es ihm nicht.

»Ich verstehe Ihren Zorn, Lord Nestor«, sagte Raven beruhigend. »Aber ich habe das Gefühl, daß jetzt Diskretion am Platz ist. Wir kennen die Umstände nicht, die das seltsame Verhalten Ihrer Schwester erklären würden. Wenn meine Vermutung richtig ist, muß dieser Brief sehr wichtig sein, sonst hätte Lady Tara es nicht riskiert, sich als Wegelagerer zu maskieren, um in den Besitz dieses Schreibens zu kommen.«

Nestor sah Raven ungläubig an.

»Vielleicht sind Sie so freundlich und erzählen mir alles von Anfang an, Sir«, sagte er mit unsicherer Stimme. »Ich habe den Eindruck, daß das Verhalten meiner Schwester...«, er hielt inne und suchte nach dem richtigen Wort,

»... ihr... ihr... Verhalten nicht dem einer Dame von guter Herkunft entspricht.«

»Aber es ist erfrischend«, sagte Raven zu sich selbst, und dann erzählte er Nestor die ganze Geschichte.

Geschickt vermied er es, die Rolle zu erwähnen, die er selbst in der vergangenen Nacht bei der dramatischen Szene im Schlafzimmer gespielt hatte. Er fragte sich, ob das in Taras Sinn war.

Sie mußte sich zwar selbst die Schuld an der kompromittierenden Lage geben, in der sie sich nun befand, aber Raven hatte das Gefühl, daß Tara höchst unbehaglich zumute wäre, wenn Nestor alles wüßte.

»Ich gebe mir an allem die Schuld«, sagte Nestor, als Raven geendet hatte, »und natürlich unserer Cousine. Wir behandelten Tara während der letzten Jahre als ebenbürtig, aber seitdem wir England verlassen haben, fehlte Tara eine feste Hand. Madame Duclos tat ihr möglichstes, aber...«

Er unterbrach sich, denn er sah, daß Raven bei der Erwähnung des Namens von Madame Duclos zusammenzuckte.

»Sie kannten Claude Duclos?« fragte Raven.

»Ja, Tara und ich lebten auf Duclos' Besitztum, nachdem unsere Eltern gestorben waren. Claude war für uns beide wie ein Bruder. Sein Tod war für uns ein großer Schock, besonders unter diesen Umständen. Ich jedenfalls habe niemals geglaubt, daß er ein französischer Spion gewesen sein soll.«

Raven atmete tief ein. Hier war eine weitere Verbindung zu Rothermere.

»Auch ich weiß, daß dies nicht wahr ist«, sagte er bestimmt. »Aber solange es keinen konkreten Beweis für Lord Rothermeres Verrat gibt, kann Claude Duclos' Name nicht reingewaschen werden.«

Nestor sah Raven fragend an.

»Sie wissen etwas über diesen Fall, mein Herr?« fragte er.

Raven zögerte kurz, und es fiel ihm schwer fortzufah-

59

ren. Gedanken an seinen engsten Freund gingen ihm durch den Kopf. Am Abend, als Claude ermordet worden war, war er auf dem Weg zu Raven gewesen mit dem unwiderleglichen Beweis dafür, daß Rothermere Geheimnisse an die Franzosen verkaufte. Rothermere hatte von Claudes Absicht erfahren und ihn erschossen.

Es gab noch viele ungeklärte Fragen im Zusammenhang mit diesem Mord. Wie hatte Rothermere von der Zusammenkunft zwischen ihnen erfahren? Und wo waren jetzt die Dokumente, die Claude bei sich gehabt hatte?

Rothermere hatte behauptet, man habe bei der Leiche keine Dokumente gefunden. Selbst nach einem eindringlichen Verhör durch Sir Jack Newton, den Mann, der den Einsatz einer Handvoll Agenten wie Claude und auch ihn selbst kontrollierte, war Rothermere in seiner Behauptung nicht schwankend geworden, Claude sei ein französischer Spion gewesen. Er hatte sogar ein paar Zeugen vorgeführt, die seine Anschuldigung bestätigten. Alle im Sold Frankreichs, dachte Raven.

Sir Jack hatte nichts gegen Rothermere unternehmen können, denn ohne die notwendigen Papiere, die das Gegenteil bewiesen, konnte Rothermeres Anschuldigung nicht widerlegt werden.

Um Rothermere in Sicherheit zu wiegen, hatte Sir Jack ihn öffentlich als einen Helden gefeiert. Nur wenige Menschen kannten die Wahrheit. Alle Bemühungen, den kompromittierenden Beweis sicherzustellen, den Claude in jener Nacht bei sich getragen hatte, hatten zu nichts geführt. Raven war so erbittert darüber gewesen, daß er sich in der vergangenen Nacht veranlaßt sah, auf Oslands Bitte hin nach Chartley zu fahren.

»Ja, ich weiß etwas über den Fall«, sagte Raven ernst.

»Sie sind doch nicht etwa einer von Sir Jacks Leuten, Sir, oder?« fragte Nestor begierig. Seine Augen leuchteten vor Aufregung, und Taras Probleme waren im Augenblick vergessen.

»Kein sehr guter, wenn ich so leicht zu durchschauen bin«, sagte Raven.

»Sie vergessen, Sir, daß ich ebenfalls im Außenministerium arbeite, und ich habe es mir angelegen sein lassen, die Entwicklungen genau zu verfolgen. Ich hatte gehofft, eines Tages vielleicht selbst in der Lage sein zu können, Claudes Namen reinzuwaschen.«

»Sehr gut«, sagte Raven und lenkte das Gespräch wieder auf Tara. »Nachdem ich nun Ihre Verbindung zu Claude kenne, sehe ich allmählich, wie Ihre Schwester Rothermere kennenlernte. Ich habe gehört, daß er den Duclos-Besitz regelmäßig besuchte.«

Nestor schlug sich mit der Hand auf die Stirn.

»Natürlich! Wie dumm von mir, daß ich die Verbindung nicht früher gesehen habe. Es würde Tara ähnlich sehen, Claudes Tod rächen zu wollen. Aber... da gibt es immer noch diesen mysteriösen Brief...«

»Ja«, sagte Raven geistesabwesend und dachte an die Umstände, die zu Claudes Tod geführt hatten. »Der Brief! Ich denke, es ist an der Zeit, daß wir John rufen; denn ich glaube, er weiß mehr, als er bisher gesagt hat.«

Raven griff gerade nach der Klingelschnur, als es an die Tür klopfte.

»Herein!« sagte Raven laut und drehte sich um.

John sah ängstlich über die Schulter zurück, ehe er mit einem besorgten Gesicht in den Schankraum trat. Er schloß leise die Tür hinter sich.

»Was ist, John?« fragte Raven freundlich.

»Lady Tara verlangt, daß ich sie wieder nach Frankreich zurückbringe, M'lord«, sagte John leise.

»Ich habe nichts dagegen. Sie etwa, Lord Wardale?« sagte Raven ruhig. »Aber natürlich erst, wenn ihre Verletzung verheilt ist.«

»Das ist es ja gerade, wenn Eure Lordschaft verzeihen...«, sagte John aufgeregt. »Sie möchte schon morgen abreisen.«

»Morgen!« rief Nestor. »Warum, um alles in der Welt?«

John sah Raven hilfesuchend an.

»Hat es etwas mit diesem Brief zu tun, den Sie erwähnt haben, John?« fragte Raven ruhig.

»Ja, M'lord«, murmelte John, dankbar für ein solches Einfühlungsvermögen. »Lady Tara ist wie von Sinnen. Sie fürchtet, Lord Rothermere könnte seine Drohung wahrmachen.«

John hielt inne, und das Schuldgefühl, das er empfand, weil er sein Versprechen Lady Tara gegenüber brach, war ihm deutlich anzusehen.

Raven versuchte ihn zu beruhigen.

»Sie haben recht daran getan, uns von Lady Taras Vorhaben zu unterrichten, John. Wir werden ihr helfen und sie vor Lord Rothermere beschützen. Aber wir müssen wissen, warum dieser Brief so wichtig ist; denn ich fürchte, wir können nichts unternehmen, bis das geklärt ist.«

»Das ist richtig«, stimmte Nestor ernst zu. »Niemand tadelt Tara, aber wir werden es tun, wenn sie uns alles verschweigt, John.«

»Nun, ich weiß nicht, wie Sie das aufnehmen werden, Lord Nestor«, sagte John zögernd. »Ich möchte Sie nicht kränken. Außerdem glaubt Lady Tara nicht, daß es wahr ist, so wenig wie ich..., aber Lord Rothermere hat einen belastenden Beweis...«

»Was für einen Beweis? Sprich weiter, John«, sagte Nestor ungeduldig.

»Sie haben einmal einen Brief an den Grafen geschrieben, und diesen Brief wollten wir heute nacht Lord Rothermere abnehmen«, sagte John zu Nestor.

Dann wandte er sich an Raven: »Das war der Cousin.«

»Aha«, sagte Raven. »Und was stand in diesem Brief?«

»Ich habe ihn nicht gesehen«, sagte John hastig, »nur die Abschrift. Lord Rothermere sagte, er verwahre das Original in England. Sie, Lord Wardale, haben in dem Brief Ihre ersten Eindrücke von England nach der neunjährigen Abwesenheit geschildert.«

John hielt inne und wischte sich über die Stirn.

Raven warf Nestor einen skeptischen Blick zu.

»Bis jetzt klingt das alles ja ganz harmlos. Was für eine Indiskretion stand in dem Brief, die Lord Rothermere gegen Lord Nestor ausspielen wollte?«

»Der Brief enthielt einen Absatz über die Marineeinrichtungen in Portsmouth, und Lord Rothermere überzeugte Lady Tara, daß die Information zu detailliert und deshalb... gleichbedeutend mit Verrat war, zumal Lord Nestor an einen französischen Spion geschrieben hatte...«

Nestor erblaßte, als er die Bedeutung von Johns Worten begriff. Er wollte heftig protestieren.

Raven brachte Nestor mit einer Handbewegung zum Schweigen.

»Und wie kam Lord Rothermere zu diesem Brief?« Ravens Stimme klang gelassen.

»Er hat ihn bei der Leiche des Grafen gefunden, nachdem er ihn getötet hatte... Er sagte Lady Tara, dies würde bedeuten, daß Lord Wardale ebenfalls ein französischer Spion sei, denn sonst hätte er nicht über die Marineeinrichtungen berichtet.«

Raven sprang auf.

»Wollen Sie damit sagen, daß Lord Rothermere tatsächlich Lady Tara gegenüber behauptet hat, er habe diesen Brief bei Claudes Leiche gefunden?« rief Raven und bemühte sich, die Erregung in seiner Stimme zu unterdrükken.

John, der sich der Bedeutung seiner Worte nicht bewußt war, sagte: »Ja, M'lord. Und Lord Rothermere versprach, den Brief an dem Tag zu vernichten, an dem Lady Tara ihn heiraten würde.«

Hier war endlich der Beweis, dachte Raven. Endlich war es ihm möglich zu beweisen, daß Rothermere einen Meineid geschworen hatte.

Aber sein Hochgefühl war kurzlebig, denn ihm wurde die Gefahr bewußt, in der Lady Tara dadurch schwebte. Sobald Rothermere etwas von ihrer Verbindung zu ihm erfuhr, wäre ihr Leben nicht mehr sicher.

Er sah zu Nestor hinüber. Dieser blickte auf den Fußboden, den Kopf in die linke Hand gestützt, ein Bild wahrhaften Elends.

Nestor spürte plötzlich Ravens fragenden Blick und sah auf. Sein Gesicht war weiß.

»Es ist nicht wahr, mein Herr«, sagte Nestor ruhig. »Es ist einfach nicht wahr!«

Er sah Raven unverwandt an, bis John leise hustete und die beiden an seine Anwesenheit erinnerte.

»Vielen Dank, John«, sagte Nestor. »Ich weiß, wie schwer es dir gefallen sein muß, mir die Wahrheit zu sagen. Und Dank auch dafür, daß du Rothermeres Verleumdungen nicht glaubst.«

»So ist es, Sir Nestor«, sagte John. »Es tut mir nur leid, daß ich Lady Tara nicht dazu bringen konnte, sich Ihnen anzuvertrauen. Aber Sie wissen ja, wie sie ist. Wenn sie sich etwas in den Kopf gesetzt hat, dann kann sie niemand davon abbringen.«

Raven stand auf und hielt Nestor die Hand hin.

»Kommen Sie, lassen Sie sich von den Lügen eines Erpressers nicht in Verzweiflung stürzen. Wir werden Rothermere als den entlarven, der er ist, bevor er häßliche Gerüchte über Sie verbreiten kann.«

Nestor lächelte schwach, dann stand er auf und schüttelte Raven die Hand. Sein Griff war fest und beruhigend.

»Eines ist mir noch nicht klar, John«, sagte Raven. »Wenn es Lady Tara nicht gelungen wäre, den Namen ihres Bruders zu schützen, hätte sie dann Lord Rothermere geheiratet?«

»Nein, M'lord, niemals«, grollte John. »Denn bevor es dazu gekommen wäre, hätte ich ihn getötet.«

Raven lachte.

»Ich beneide Sie nicht um Ihre Aufgabe, Lady Tara aus Schwierigkeiten herauszuhalten, John. Aber ich glaube nicht, daß sie einen besseren Beschützer hätte finden können als Sie.«

John freute sich über das Kompliment.

»Ich tue nur mein möglichstes«, sagte er.

Raven dachte an Tara. Ihr Mut und ihre Naivität waren gleich groß.

»Wir müssen eine Möglichkeit finden, Lady Tara davon zu überzeugen, daß sie sich zuerst in Chartley erholen muß, ehe sie nach Frankreich zurückreist«, sagte Raven.

»Aber wir können Ihre Gastfreundschaft nicht so lange in Anspruch nehmen«, sagte Nestor rasch. »Ich glaube, mir bleibt nichts anderes übrig, als meinen Großvater zu bitten, daß er uns hilft.«

Nestor war sich der Vergeblichkeit dieses Vorschlags sofort bewußt, aber er war zu stolz, noch länger Ravens Hilfe anzunehmen.

»Und wenn sich Ihre Schwester weigert? Was dann?« fragte Raven.

»Ich muß mir einen triftigen Grund ausdenken«, erwiderte Nestor. »Aber Großvater kann uns diesmal nicht im Stich lassen, besonders dann nicht, wenn es sein Name ist, den wir schützen wollen.«

»Dann muß ich streng sein, Lord Nestor. Ich befehle Ihnen und Lady Tara, nach Chartley zu kommen«, sagte Raven bestimmt. »Ich muß übermorgen nach London fahren, aber das kann ich nur tun, wenn ich Sie beide in Sicherheit weiß. Lord Rothermere hat versprochen, mich noch in dieser Woche zu besuchen. Ich muß wissen, was wir von ihm zu erwarten haben. Bis dahin müssen Sie und Lady Tara sich versteckt halten. Meine Schwester wird in der Zwischenzeit Lady Taras Anstandsdame sein.«

Raven wandte sich an John.

»Ich weiß, ich kann mich darauf verlassen, daß Sie auf die beiden aufpassen.«

»Wenn Sie es so sehen, kann ich Ihre Einladung nicht ablehnen, M'lord«, sagte Nestor steif. »Aber vielleicht sollten wir zuerst die Zustimmung Ihrer Schwester abwarten, ehe wir einen endgültigen Entschluß fassen.«

»Das ist schon geschehen, Lord Wardale«, sagte Raven, gereizt über die Dickköpfigkeit Nestors, die offensichtlich eine Familieneigenschaft der Wardales war.

»So wie ich meine Schwester kenne, wird sie jeden Augenblick hier eintreffen.«

Nestor war es peinlich, daß er sich so lange geziert hatte, nach Chartley zu fahren, aber er war ungern jemandem verpflichtet. Doch er wußte, daß er Raven vertrauen konnte.

Nestor fürchtete sich vor seinem Großvater. Was würde der Alte tun, wenn er herausfand, daß Tara sich seinen Wünschen widersetzt hatte? Er verdrängte den Gedanken.

»Wie sollen wir Tara von ihrem Vorsatz abbringen, wieder nach Frankreich zurückzukehren?« fragte er Raven.

»Ich glaube, meine Schwester wird diese Herausforderung mit großem Vergnügen auf sich nehmen«, antwortete Raven. »Wir werden Lady Tara allerdings sagen müssen, daß John sich uns anvertraut hat.«

John nickte unbehaglich.

»Aber ich bin sicher, daß Lady Maybury die Wogen glätten wird«, ergänzte Raven. Er lächelte bei dem Gedanken daran, und er war sicher, daß Lady Tara auf den Sanftmut und den gesunden Menschenverstand seiner Schwester ansprechen würde.

Elftes Kapitel

Raven und Nestor waren zu dem Entschluß gekommen, daß es am besten wäre, Lady Tara von Johns Vertrauensbruch zu unterrichten, bevor Lady Maybury eintraf. Aber dieses Thema mit ihr durchzusprechen, war nicht so leicht, wie Raven erwartet hatte.

Tara hörte ihm schweigend zu, und ihre Enttäuschung über Johns Verhalten verwandelte sich in Trotz. Denn es wurde ihr klar, daß sie Ravens Plänen zustimmen mußte.

Ravens Sorge galt in erster Linie der Sicherheit seiner einzigen Zeugin, die gegen Rothermere aussagen konnte, und deshalb ignorierte er ihren Ärger. Er wollte so rasch wie möglich nach London aufbrechen, um mit Rothermere zu sprechen und, was noch wichtiger war, Sir Jack Newton von der Entwicklung zu unterrichten.

Tara warf Raven einen vernichtenden Blick zu.

»Erwarten Sie von mir keinen Dank dafür, daß Sie sich als unser Beschützer aufspielen, mein Herr«, sagte sie kalt.

»Tara!« ermahnte sie Nestor schockiert. Er stand neben ihrem Bett. »Achte darauf, was du sagst! John hat uns zu deinem eigenen Besten informiert...«

»Ihr Bruder hat vollkommen recht, Lady Tara«, unterbrach ihn Raven ruhig. »Sie werden in Chartley vor Lord Rothermere sicher sein.«

Raven gelang es auf bewundernswerte Weise, seinen Ärger über Taras Verhalten zu unterdrücken. Er zwang sich, freundlich zu bleiben, und fuhr fort:

»Es interessiert mich, wann Sie Lord Rothermere zum ersten Mal getroffen haben.«

Tara sah ihn trotzig an. Sein Blick erweckt Vertrauen, dachte sie. Aber nein, sie ließ sich nicht von ihm täuschen. Sie wußte, daß er derjenige war, der ihren Freund verraten hatte.

»Sie können mich vielleicht zwingen, Ihr Gast zu sein, Lord Raven, aber nicht dazu, Ihre Fragen zu beantworten«, sagte Tara kalt.

Nestor wandte sich an Raven.

»Sir, bitte entschuldigen Sie meine Schwester«, sagte er verlegen. »Ich weiß wirklich nicht, warum sie sich so unmöglich verhält. Vielleicht kann ich sie zur Vernunft bringen, wenn Sie uns einige Minuten allein lassen.«

»Daran zweifle ich«, sagte Raven sarkastisch. »Das einzige, was diese junge Dame zur Vernunft bringen könnte, wäre eine gute, altmodische Tracht Prügel — zehn Peitschenhiebe...«

Er war von dieser Göre auf unerträgliche Weise gereizt worden, doch nachdem er die Worte gesagt hatte, bereute er sie.

»Wenn ich ein Mann wäre, würde ich mich angemessen mit Ihnen befassen«, fauchte Tara ihn wütend an. »Aber glauben Sie ja nicht, daß Sie mich einschüchtern können, nur weil ich eine Frau bin.«

»Wenn Sie ein Mann wären, wüßte ich ebenfalls sehr gut mit Ihnen umzugehen«, erwiderte Raven. »Was immer Sie für törichte Vorstellungen von mir haben mögen, sie entspringen einer übereifrigen Fantasie.«

67

Was hatte dieses Mädchen nur an sich, daß er auf sie so unbeherrscht reagierte?

Er zuckte die Achseln.

Sie hörten eine Kutsche vor dem Gasthaus vorfahren.

»Ich nehme an, das ist meine Schwester.« Raven ging zur Tür. »Ich überlasse Ihnen vorerst Lady Tara, Wardale«, sagte er im Hinausgehen.

»Du... du..., wie konntest du mich so verraten?« fauchte Tara ihren Bruder an. Sie versuchte, sich aufzusetzen, und sah Nestor wütend an.

»Bist du von allen guten Geistern verlassen, Mädchen«, sagte Nestor. »Wie bist du überhaupt auf diesen lächerlichen Einfall gekommen? Jetzt hast du eine Schußwunde, keinen Brief, und du hast Lord Raven in unsere Angelegenheiten hineingezogen. Ich hätte dich niemals für so töricht gehalten...«

Tara unterbrach ihn herrisch: »Nestor, ich habe nur getan, was ich für das beste hielt.« Plötzlich hatte sie Grübchen in den Wangen und sagte lächelnd: »Verzeih mir, und laß uns wieder gut sein, bitte.«

»Ich wollte noch sagen, daß du ums Leben hättest kommen können«, erwiderte Nestor steif. »Du bist manchmal entsetzlich unreif, Tara. Von allen Dummheiten, die du bis jetzt gemacht hast, war diese die größte!« Seine Stimme wurde sanfter. »Aber bitte höre mir jetzt genau zu, denn ich möchte das, was ich jetzt sage, nicht wiederholen.«

Sein energischer Ton überraschte Tara. So hatte sie ihren Bruder noch nie gesehen, und sie war beeindruckt.

»Wir wissen, daß Rothermere gefährlich und unbarmherzig sein kann. Aber der Brief, den er in seinem Besitz hat, ist nutzlos für ihn. Begreifst du das?«

Tara nickte. »Ich weiß, aber die Umstände...«

Nestor runzelte die Stirn.

»Die Umstände kümmern mich im Augenblick nicht. Was mich bekümmert, ist deine Feindseligkeit Lord Raven gegenüber. Egal, was für Gefühle du ihm gegenüber hast, du mußt dich beherrschen, denn er will uns helfen, und er kann uns helfen.«

68

»So wie er Claude geholfen hat, nehme ich an«, sagte Tara bitter.

»Was meinst du damit?« fragte Nestor.

»Oh, nichts!« sagte Tara ausweichend.

Nestor war eindeutig nicht in der Stimmung, sich seine Achtung für Raven nehmen zu lassen.

»Claude hat mir erzählt, was für ein Leben Raven führt«, beharrte Tara. Sie hoffte, ihren Abscheu deutlich genug ausgedrückt zu haben.

»Dann bist du dumm, wenn du den Gerüchten glaubst, die Claude dir erzählt hat. Er hatte keinen Grund, Raven zu verleumden«, sagte Nestor.

»Vielleicht bin ich eifersüchtig auf die Freiheit, die du genießt«, sagte Tara nachdenklich. »Egal. Ich gebe zu, wir brauchen Hilfe, um wieder in den Besitz deines Briefes zu kommen, selbst wenn Rothermere ihn niemals gegen dich benutzen kann. Aber es wäre trotzdem nicht gut, wenn Großvater etwas davon erführe. Aber ich kann dir nicht versprechen, einem Mann gegenüber freundlich zu sein, dessen Lebensweise ich verabscheue. Ich will versuchen, meine Zunge im Zaum zu halten.«

Nestor sah zu seiner Schwester hinüber und war plötzlich besorgt. Sie war kein Kind mehr, sie war eine attraktive Frau geworden, seitdem er sie zum letztenmal gesehen hatte. Unter normalen Umständen würde sie jetzt ihr Debüt machen und aller Wahrscheinlichkeit nach viele junge Männer betören.

Sie brauchte eine feste Hand, aber sie würde dem Mann, den sie heiratete, nicht untreu sein.

Nestor schüttelte mürrisch den Kopf. Ihre Situation war nicht angenehm, und ihr Großvater war nicht dazu zu bewegen, sie in die Gesellschaft einzuführen. Wenn er etwas von ihrem Aufenthalt in England erfahren sollte... Nestor schauderte bei dem Gedanken, was das für Tara und für ihn selbst bedeuten würde.

»Wir sind vorerst von Lord Raven abhängig«, sagte Nestor bedrückt.

Weder Tara noch Nestor hatten gehört, daß die Tür geöffnet wurde, und sie waren beide überrascht, als sie Lord Ravens Stimme hörten.

»Tapfer gesprochen«, meinte Raven.

Lady Maybury trat ins Zimmer und lächelte Tara freundlich an.

»Sie armes Kind«, sagte sie warmherzig, als sie auf Tara zuging. »Sie armes, armes Kind.«

Tara sah Ravens spitzbübisches Vergnügen über den empörten Blick, den sie ihm zuwarf.

Sie schluckte eine patzige Antwort hinunter, die ihr schon auf der Zunge gelegen hatte.

»Meine Schwester, Lady Maybury«, sagte Raven ruhig. »Philippa, darf ich dir Lady Tara Wardale und ihren Bruder Lord Wardale vorstellen.«

Nestor verbeugte sich tief und murmelte undeutlich einige Worte.

»Ma'am«, sagte Tara, »es tut mir leid, daß ich Ihnen Ungelegenheiten bereite.«

»Mein liebes Kind, was hat mein Bruder nur getan, daß Sie sich so aufregen?« fragte Philippa besorgt.

Raven warf Nestor einen Blick zu und winkte ihn zu sich. Beide Männer gingen aus dem Zimmer.

»Es ist am besten, wir lassen die beiden Frauen allein«, sagte Raven. »Ich glaube, Ihre Schwester benötigt dringend weibliche Gesellschaft.«

Nestor nickte stumm, da er seiner Stimme nicht traute. Die Schönheit von Lady Maybury hatte ihn verwirrt.

»Ich habe Timbs gebeten, das Abendessen um eine Stunde zu verschieben«, fuhr Raven gutgelaunt fort. »Wir sehen uns später.«

Raven ging in sein Zimmer und überließ Nestor seinen Tagträumen.

Das Abendessen war schon lange vorüber, aber die drei verweilten immer noch am Tisch. Lady Maybury hatte sich einige Male zurückziehen wollen, aber sowohl ihr Bruder als auch Nestor hatten darauf bestanden, daß sie ihnen Gesellschaft leistete.

70

Raven schob seinen Stuhl zurück und schlenderte zum Kamin hinüber. Er hielt einen dünnen Wachsdocht in die Flammen und kehrte damit an den Tisch zurück, um eine ausgegangene Kerze neu anzuzünden.

»Dominic, Liebster, wann glaubst du, können wir mit Tara nach Chartley aufbrechen?«

»Wie? Sehnst du dich jetzt schon nach deiner Bequemlichkeit?« neckte sie Raven. »Du bist doch erst seit wenigen Stunden hier.«

»Du weißt genau, wie ich es meine, du gefühlloser Mensch«, erwiderte Philippa und warf Nestor einen hilfesuchenden Blick zu. »Wir laden diesen guten Leuten hier zu viel Arbeit auf.«

Sie machte eine Geste in Richtung zur Tür, um anzudeuten, über wen sie sprach. »Sind Sie nicht auch meiner Meinung, Nestor?«

»O ja, gewiß, Madam«, erwiderte er. Er konnte einem so göttlichen Wesen nicht widersprechen. »Doch glaube ich nicht, daß ihnen die zusätzliche Arbeit etwas ausmacht.«

Raven sah Nestor amüsiert an. Nestors anfängliches Zögern, nach Chartley mitzukommen, war in dem Augenblick verschwunden, als er Philippa gesehen hatte. Wie ein Schoßhündchen hatte sich Nestor in seinen Bemühungen überschlagen, für ihre Bequemlichkeit zu sorgen. Ravens Schwester hatte wie gewöhnlich die Aufmerksamkeit genossen. Sie blühte immer auf, wenn junge Männer sie umschwärmten.

Auch Tara war Philippas Charme erlegen. Und seit ihrer Ankunft war die Atmosphäre im Gasthaus weniger förmlich.

Philippas Augen strahlten vor Freude, und ihre weichen, blonden Locken ringelten sich unter ihrer Haube hervor. Sie war nicht die alte Matrone, vor der Tara sich gefürchtet hatte.

Philippa sprudelte vor Freude und brachte ohne die geringste Mühe beide Wardales mit ihren Aussprüchen zum Lachen.

Lady Maybury hatte sich für die Wardales sofort erwärmt, und nachdem sie Taras Geschichte gehört hatte, küßte sie diese auf die Wange und sagte: »Bravo!«

Das Mitgefühl für Nestors Situation, das sie während des Essens gezeigt hatte, war aufrichtig und kam von Herzen. Ihre Bemerkungen über den Großvater der Geschwister waren unfreundlich, und das machte sie in Nestors Augen noch sympathischer.

»Ich denke, daß wir morgen früh nach Chartley aufbrechen«, sagte Raven. »Matthews versicherte mir, daß dort alles für den Empfang unserer Gäste gerichtet ist.«

»Gut, dann kann ich in dem Bewußtsein zu Bett gehen, daß ich die Unbequemlichkeit hier nur eine Nacht ertragen muß«, sagte Lady Maybury.

Nestor stand auf.

»Darf ich Ihnen eine gute Nacht wünschen, Lady Maybury?« sagte er bescheiden. »Und wenn ich irgend etwas für Sie tun kann, um es Ihnen hier angenehmer und bequemer zu machen, so sagen Sie es mir bitte.«

»Unsinn«, lachte Lady Maybury, »ich scherze nur. Ich habe mich seit dem Tag, an dem Giles nach Gibraltar fuhr, nicht mehr so amüsiert.« Sie hielt inne und sah Raven schelmisch an. »Tara und ich sind zu dem Schluß gekommen, daß ich ohne dieses Abenteuer zu Hause melancholisch geworden wäre. Was bedeutet schon eine Nacht Unbequemlichkeit bei der Aussicht auf die Kurzweil, die mir bevorsteht.«

Nach diesen Worten schwebte sie aus dem Zimmer und ließ zwei überraschte Männer zurück.

»Frauen!« murmelte Raven. »Oder, um genauer zu sein, Schwestern!«

Nestor lachte zustimmend.

»Aber trotzdem glaube ich nicht, daß ich meine verkaufen würde, Sir. Ich kann mir keinen Menschen denken, der das für mich getan hätte, was Tara für mich tat.«

Nestor hustete verlegen.

»... außer Ihnen natürlich«, fügte er leise hinzu.

»Glorifizieren Sie mein Handeln nicht«, sagte Raven. Er wollte ein ernstes Gespräch vermeiden. »Ich hoffe, es wird für uns alle gut ausgehen. Der einzige, der leiden soll, ist Rothermere.«

Aber Nestor ließ sich nicht von seinem Thema ablenken.

»Ich habe Ihnen noch nicht dafür gedankt, was Sie für uns getan haben. Und ich frage mich, weshalb Sie sich mit zwei Fremden, denn das sind wir ja für Sie, belasten.«

Er sah Raven fragend an.

»Ich kann nicht sagen, daß ich mich bis jetzt übermäßig verausgabt hätte«, erwiderte Raven heiter. »Außerdem habe ich mit unserem Freund Rothermere eine alte Rechnung zu begleichen.«

Plötzlich dachte Raven an Cora, und er fragte sich, wie sie wohl reagieren werde, denn er konnte seine morgige Verabredung mit ihr nicht einhalten. Er zuckte gleichgültig die Achseln.

»In Wirklichkeit glaube ich, sollte ich dankbar dafür sein, daß Sie mich so gut unterhalten«, sagte Raven.

Nestor, der es nicht gewohnt war, in einer so vornehmen Gesellschaft zu verkehren und von einem Mann in Ravens Stellung Komplimente zu bekommen, schwieg. Es fiel ihm schwer, mit Lord Raven ungezwungen umzugehen.

Bisher hatte er den Namen Raven mit Ehrfurcht ausgesprochen und den Menschen Raven bewundert. Wie oft hatte er versucht, sein Halstuch ebenso zu binden wie Raven. Denn er hatte Mode gemacht. Wie oft hatte er gehört, daß eine Bemerkung von Raven einen Schneider zu Ruhm verhelfen oder ihn ruinieren konnte. Nestor sah Raven schüchtern an.

»Lady Mayburys Anwesenheit tut Tara gut«, sagte er schließlich. »Sie war völlig verändert, als ich sie vor dem Abendessen besuchte.«

»Meine Schwester kann jeden um den kleinen Finger wickeln«, bemerkte Raven. »Sie ist völlig verzogen, aber das ist auch ein Teil ihres Charmes.«

»Ich fürchte, daß auch Tara verzogen worden ist. Ja, Sir, ich glaube, Claude hat es übertrieben. Es scheint so, als wäre er zu nachsichtig mit ihr umgegangen. Offenbar hat er sogar mit Tara über Ihr Privatleben gesprochen. Das entnehme ich ihren Bemerkungen über Sie. Denn ich kann mir nicht vorstellen, woher sie sonst diese Ideen haben könnte.«

Nestor sprach sehr ernst.

»Ich erwähne es deshalb, weil es vielleicht Taras ungehöriges Verhalten Ihnen gegenüber erklärt. Tara ist sonst wirklich ein höfliches Mädchen und hat Manieren.«

»Vermutlich haben Sie recht, Nestor«, sagte Raven.

Er wollte Nestor beruhigen.

»Ihre Schwester wird sich wohler fühlen, wenn ich nach London aufgebrochen bin«, sagte Raven.

Nestor wurde plötzlich von Müdigkeit überwältigt.

»Darf ich mich jetzt entschuldigen, Sir«, sagte er. »Ich bin todmüde.«

»Gute Nacht, Nestor«, sagte Raven freundlich. »Und machen Sie sich keine schlaflose Nacht.«

Allein gelassen, ging Raven im Raum auf und ab. Er dachte an Tara und fragte sich, weshalb Claude mit Tara über ihn gesprochen hatte. Nicht, daß er sich seines Verhaltens schämte, aber er war schockiert bei der Vorstellung, daß sein Freund sich mit einem Kind über seine amourösen Abenteuer unterhalten hatte.

Ravens Gedanken schweiften zu Rothermere ab. Es mußte eine Möglichkeit geben, ihn zu stürzen, ohne Tara noch einmal in den Fall hineinzuziehen. Und doch wußte Raven, daß eine direkte Gegenüberstellung mit ihr der erfolgreichste Weg wäre.

Raven war nicht glücklich bei der Aussicht auf diese Konfrontation, und er glaubte auch nicht, daß Sir Jack es gutheißen würde. Er nahm nicht an, daß Tara unfähig wäre, die Rolle der Anklägerin zu spielen, ganz im Gegenteil. Sie würde die Rolle mit Wonne übernehmen, sobald sie die ganze Geschichte kannte.

Raven lächelte, als er an ihr mutiges Verhalten dachte, und er lachte laut, als er sich an ihre Bemühungen erinnerte, seine eigenen Pläne zu durchkreuzen.

Niemand außer seiner Schwester hatte es jemals gewagt, ihn mit so wenig Respekt zu behandeln. Aber dieser kleinen Dame war es offensichtlich egal, ob sie ihn beeindruckte oder nicht.

Er hätte gern gewußt, was seine Schwester und Tara an diesem Nachmittag miteinander gesprochen hatten. Das einzige, was Philippa dazu sagte, war:

»Überlasse Tara mir. Ich sorge dafür, daß sie deine Fragen beantworten wird.«

Immer noch lächelnd ging Raven die Treppe hinauf und blieb vor Taras Zimmertür stehen. Er zögerte, und dann öffnete er leise die Tür.

Das Licht neben dem Bett verbreitete einen schwachen Schimmer, und Raven konnte nur mit Mühe die schlafende Gestalt erkennen.

Tara atmete gleichmäßig. Ein leises Schnarchen kam aus einem anderen Teil des Zimmers, und Raven erinnerte sich daran, daß auch Annie hier schlief. Vorsichtig schloß er die Tür und ging in sein eigenes Zimmer.

Zwölftes Kapitel

Sie brachen früh am nächsten Morgen vom *Leather Bottle Inn* auf. Die Sonne war durch dunkle, tiefhängende Wolken verdeckt, und John warf einen besorgten Blick zum Himmel. Er hoffte, daß es nicht regnen würde, bis sie Chartley erreicht hatten.

»Guten Morgen, John«, sagte Nestor und unterbrach die Gedanken des Dieners.

Nestor war absichtlich früh aufgestanden, um allein mit John zu sprechen. Trotz Ravens beruhigenden Worten hatte er eine schlaflose Nacht verbracht, und sein Kopf schmerzte. Er freute sich nicht auf das Gespräch mit John, aber mit seinem neuerworbenen Mut wollte er sich für sein Verhalten am Tag zuvor entschuldigen.

»Guten Morgen, M'lord«, erwiderte John steif. »Kein sehr guter Reisetag.«

75

»Nein, wahrhaftig nicht«, sagte Nestor. »Ich hoffe sehr, das Wetter hält, denn ich lasse mich ungern durchweichen.«

Nestor war zu seinem Pferd gegangen, während er sprach, und streichelte dem Tier über die Nüstern.

»John, ich... ich möchte mich für mein gestriges Verhalten entschuldigen. Es... war töricht von mir, daß ich dir nicht zuhören wollte...«

»Machen Sie sich darüber keine Gedanken mehr«, sagte John. »Es ist schon alles vergessen. Ich weiß, Sie haben es nicht böse gemeint.«

»Du bist ein guter Mann, John«, sagte Nestor dankbar.

»Wie geht es Lady Tara heute?« fragte John und wechselte das Thema.

»Sie ist gut gelaunt«, erwiderte Nestor, »nur noch ein wenig steif.«

Nestor sah John an und bemerkte dessen besorgte Miene.

»Mach kein so ernstes Gesicht, John«, fuhr Nestor fort. »Und mache dir vor allem keine Vorwürfe, weil du Taras Vertrauen gebrochen hast. Lady Maybury hat meiner Schwester überzeugend klargemacht, wie dumm ihr Verhalten war. Das haben weder Lord Raven noch ich fertiggebracht.«

Die Bewunderung für Lady Maybury war seiner Stimme deutlich anzuhören.

John grinste.

»Ich versichere Ihnen, M'lord, Lord Raven ist ein kluger Mann und weiß, was für Sie beide das Beste ist.«

»Davon bin ich jetzt auch überzeugt, John«, erwiderte Nestor. Er ging über den Hof auf das Gasthaus zu. »Und ich bin entschlossen, den mir aufgezwungenen Müßiggang so lange wie möglich zu genießen. Lord Raven ist überhaupt nicht so, wie ich ihn mir vorgestellt habe. Jedenfalls gehe ich jetzt zu ihm und erkläre ihm, daß alles für die Reise bereit ist.«

Er verschwand im Gasthaus und kam kurze Zeit später mit Lady Maybury wieder heraus.

76

»Beeilen Sie sich, Matthews«, sagte John zu Ravens Kutscher. »Öffnen Sie rasch die Kutschentür. Lord Raven ist mit Lady Tara schon unterwegs.«

Matthews öffnete die Tür, als Raven mit Tara im Hof erschien. Er trug sie in seinen Armen und blieb neben John stehen, so wie Tara es gewünscht hatte.

»John, ich weiß, du hast getan, was du glaubtest tun zu müssen«, sagte sie ungezwungen. »Vielleicht wird alles gutgehen. Aber was auch immer geschieht, du darfst dir keine Vorwürfe machen, weil du meine Pläne anderen anvertraut hast.«

»Danke, Lady Tara«, murmelte John verlegen. »Ich bin froh, daß Sie mich verstehen.«

Raven blickte auf Tara herab. Er war nicht überrascht gewesen, als sie ihn darum bat, kurz bei John stehenzubleiben, denn er nahm an, daß ihr Gerechtigkeitsgefühl sie drängen würde, Johns Beweggründe zu akzeptieren und ihm zu verzeihen. Aber er war überrascht, daß sie es in aller Öffentlichkeit tat.

Raven sah seine Schwester an und lächelte. Dann sagte er zu Tara:

»Wenn Sie alles besprochen haben, Lady Tara, sollten wir uns auf den Weg machen, glaube ich.«

»Wie Sie wünschen, M'lord«, sagte Tara mit so viel Würde, wie sie aufbringen konnte.

Sie hatte sich gewehrt, als sie hörte, daß Raven sie die Treppe hinuntertragen wollte, und steif und fest behauptet, sie käme ohne fremde Hilfe zurecht. Aber als sie dann zu gehen versuchte, begann sich das Zimmer auf erschreckende Weise um sie herum zu drehen, und sie wäre gestürzt, wenn Philippa und Annie sie nicht aufgefangen hätten.

Jetzt trug Raven sie in seinen Armen, und sie spürte seine Stärke und verabscheute sich, weil sie sich einer solchen Schwäche hingab.

Raven setzte Tara vorsichtig in die Kutsche und stieg dann aus, damit seine Schwester sich weiter um Tara kümmern konnte.

77

Philippa sorgte für Decken, wickelte Tara darin ein und wartete, bis Timbs die heißen Backsteine brachte.

Tara machte es sich zwischen den Kissen bequem und schloß die Augen, weil ihre Schulter schmerzte. Sie hörte die Geräusche von draußen, wo die letzten Vorbereitungen für die Fahrt getroffen wurden.

Dann schwankte die Kutsche leicht, als jemand zustieg.

Als Tara die Augen öffnete, um Philippa zu begrüßen, sah sie zu ihrem Ärger Raven gegenübersitzen.

»Was soll das?« fragte sie gereizt. »Ich dachte, Lady Maybury würde mir Gesellschaft leisten.«

»Entschuldigen Sie meine Aufdringlichkeit«, erwiderte Raven. »Meine Schwester zieht die Bequemlichkeit ihrer eigenen Kutsche vor und möchte außerdem ihr Mädchen bei sich haben. Sie fühlt sich heute morgen nicht sehr wohl.«

»Oh, es ist doch hoffentlich nichts Ernstes«, sagte Tara besorgt.

»Nein, ich glaube, die gestrige Fahrt von London hierher war anstrengender, als wir alle dachten«, erwiderte Raven. »Sie fühlt sich nur ein wenig schwach.«

In Wahrheit wunderte sich Raven selbst über das eigenartige Verhalten seiner Schwester. Unter dem Vorwand, sich nicht wohl zu fühlen, wollte sie nicht mit Tara in der Kutsche fahren. Und doch war sie beim Frühstück sehr vergnügt gewesen.

Raven zuckte die Schultern. Vielleicht nahm sie an, er würde die Reise nützen und Tara einige Fragen stellen. Aber da täuschte sich Philippa, denn er hatte nicht vor, Tara während der Fahrt zu belästigen.

Er blickte sie an und sah, wie sie sich auf die Unterlippe biß. »Lady Tara, tut es sehr weh?« fragte er leise. »Wir können immer noch umkehren.«

»Nein, mein Herr«, erwiderte sie. »Es liegt nur an diesem Geholpere.«

»Vielleicht sind wir doch zu früh aufgebrochen«, sagte Raven mit sorgenvoller Miene. »Ich möchte nicht, daß die Wunde noch einmal aufreißt.«

Tara legte ihre Hand auf die verletzte Schulter. »Ganz gleich, was geschieht, ich will auf keinen Fall in das Gasthaus zurück; denn die Gefahr, Rothermere dort zu begegnen, ist zu groß.«

Sie versuchte, ein Gähnen zu unterdrücken. Das Schlafmittel, das Lady Maybury ihr gegeben hatte, begann zu wirken.

»Außerdem glaube ich nicht, daß die Wunde aufgeht. Der Verband, den Annie mir heute morgen gemacht hat, liegt immer noch fest an.«

Seine Sorge schien echt zu sein, dachte sie schläfrig.

»Sie sollten es sich trotzdem etwas bequemer machen«, beharrte Raven. »Man weiß nie, ob die Schlaglöcher nicht noch tiefer werden.«

Er zog ein paar Kissen hinter sich hervor, beugte sich zu ihr hinüber und schob sie ihr vorsichtig hinter den Rükken.

»Vielleicht hilft das«, sagte er.

Er erhielt keine Antwort, denn Tara war bereits eingeschlafen.

Raven konnte der Versuchung nicht widerstehen und schob Tara eine weiche rote Locke aus der Stirn. Er wickelte sie sanft um seinen Zeigefinger. Mit der anderen Hand fühlte er ihren Puls.

Ohne zu wissen, wie es geschah, spürte er plötzlich ihre kleine Hand in seiner, und ihr Griff verstärkte sich. Ein zufriedenes Lächeln spielte um ihre Lippen.

Vorsichtig strich er ihre Haarlocke zurück, mit der er gespielt hatte, und seine Hand streichelte ihr schönes Gesicht. Seine Finger hielten bei dem Grübchen in ihrer Wange an, bevor sie ihren Hals erreichten.

Mit Mühe unterdrückte Raven sein Verlangen und dachte statt dessen intensiv an Cora und die Freuden, die er erwarten konnte, wenn er wieder nach London kam.

Auch Sally war überrascht gewesen, als sie sah, daß Lady Maybury zu ihrer eigenen Kutsche ging, und sie wunderte sich über das schelmische Lächeln ihrer Herrin.

Aber Lady Maybury vertraute ihrer Zofe die Gründe für

79

ihren plötzlichen Sinneswandel nicht an, und sobald der Kutscher auf die Straße eingebogen war, schloß sie die Augen.

»Wecke mich, wenn wir in Chartley einfahren, Sally«, sagte sie freundlich.

»Sehr wohl, Madam«, erwiderte diese.

Sally wollte sich nicht ausruhen und betrachtete deshalb die Landschaft.

Sie sah die Hügel der Downs zu ihrer Linken, wo Schafherden sich aneinanderdrängten, um sich vor dem Wind zu schützen. Verstreute Baumgruppen boten den Tieren einen spärlichen Schutz.

Sally fröstelte, weil der Wind durch die Kutsche pfiff. Sie zog die Decken enger um ihre Knie und dachte an Chartley.

Sie wußte, daß Chartley Lord Ravens Landsitz war und er ihn gerade renovieren ließ. Aber für sie war es Geldverschwendung, da das Haus nur einmal im Jahr für einen Monat benutzt wurde.

Schatten huschten am Fenster vorbei, und Sally sah Nestor und John vorüberreiten.

John war ein merkwürdiger, wortkarger Mann, aber auf seine Art sehr stattlich. Vielleicht würde es ihr nichts ausmachen, für eine Woche auf das Land verbannt zu sein, wenn er dort wäre. Sie lächelte verschmitzt, lehnte sich zufrieden zurück und träumte von der angenehmen Zeit, die ihr bevorstand.

Matthews fuhr nun langsamer, und Raven sah, daß sie sich der Einfahrt von Chartley näherten.

Vorsichtig löste er seine Hand aus Taras Griff und lehnte sich im Sitz zurück.

Er betrachtete kritisch seinen Besitz und bemerkte, daß an der unteren Seite ein Zaun umgefallen war. Die Kutsche fuhr um eine Kurve, und das Haus kam in Sicht.

Chartley hatte keinen bestimmten Stil. Die alte Burg war im 13. Jahrhundert erbaut worden und mußte ein kräftiges schmuckloses Gebäude gewesen sein. Die späteren Generationen, Ravens Vorfahren also, hatten wahllos Seitentrakte angebaut, die nicht zueinander paßten. Deshalb sah das Gebäude sehr eigenartig aus. Die alten Türme zerbrökkelten, und Raven fürchtete, daß die Wände einstürzen würden, wenn man den Efeu von ihnen entfernte. Kamine ragten in allen möglichen Richtungen auf dem Dach empor, und die meisten davon brannten.

Trotz des architektonischen Wirrwarrs hing Raven an Chartley. Er ließ es nach und nach restaurieren. Das einzige große Problem war die fehlende Heizung. Er hatte erst kürzlich Sir John Sloane damit beauftragt, ein Heizungssystem zu entwerfen.

Die Kutsche hielt vor einer imposanten Eingangstreppe. Ein Diener erschien und öffnete die Kutschentür.

Osland begrüßte Raven, als dieser aus der Kutsche stieg.

»Guten Morgen, Osland«, sagte Raven. »Ich hoffe, es ist alles in Ordnung?«

»Ja, alles, M'lord«, sagte Osland und riß erstaunt die Augen auf, als er Tara sah, die in der Kutsche schlief.

Raven bemerkte seine Überraschung und sagte:

»Lady Tara Wardale.«

Osland runzelte leicht die Stirn. Eine Dame wie diese war ungewöhnlich für Lord Raven. Sie sah eigentlich so aus, als gehöre sie noch in das Kinderzimmer.

Osland drehte sich um, als er die zweite Kutsche vorfahren hörte. Er entschuldigte sich bei Raven und begrüßte Lady Philippa.

Ein zweiter Diener erschien und trat neben Raven.

»Danke, Edmund, ich komme hier schon allein zurecht«, sagte er.

Der Diener nickte und ging zur anderen Kutsche hinüber.

»Aufwachen, Lady Tara«, sagte Raven und stieg zu ihr in die Kutsche. »Wir sind in Chartley!«

Tara öffnete langsam die Augen. Es dauerte ein paar Minuten, bis sie wußte, wo sie war.

»*Oh, mon Dieu!*« rief sie und versuchte sich aufzurichten. »Wir sind schon da?«

»Ja, und ich hoffe, Sie hatten keine zu starken Schmerzen«, erwiderte Raven.

»Überhaupt keine«, antwortete Tara, »obwohl ich bei Beginn unserer Fahrt überzeugt gewesen war, daß jedes einzelne Schlagloch eigens in die Straße gebohrt worden war, um mir das größtmögliche Unbehagen zu bereiten.«

Raven lachte und war glücklich, daß Tara freundlich war.

»Bleiben Sie ruhig sitzen, ich trage Sie sofort ins Haus«, sagte Raven.

Er hob Tara vorsichtig aus der Kutsche. Sie stöhnte leise.

»Wir sind gleich in Ihrem Zimmer«, sagte Raven liebevoll.

Tara bemerkte, daß sie von besorgten Gesichtern umringt war, und lächelte tapfer. Aber sie traute ihrer Stimme nicht und schwieg deshalb.

»Gehen Sie vorsichtig mit ihr um, M'lord«, sagte John besorgt.

»Komm, Raven«, sagte Philippa und ging den anderen voraus ins Haus, während sie die Bänder ihrer Haube löste.

»Tara, liebste Schwester«, murmelte Nestor. »Rothermere wird dafür büßen.«

Tara lächelte schwach und spürte wieder die kräftigen Arme, die sie trugen.

Dann bewunderte sie die hohe Holzdecke in der Eingangshalle, die für ihre Größe viel zu hoch zu sein schien.

Zwei Bogen öffneten sich neben der Treppe zu den Zimmerfluren, und handgeschnitzte Balkone stiegen in Rängen empor. Dieser ganze seltsame Prunk führte hinauf zu einer kleinen Bibliothek mit einem Eßzimmer auf der einen und dem Empfangssalon auf der anderen Seite.

Kostbare Tapisserien schmückten die Wände, und als Raven die Treppe hinaufging, sah Tara in die traurigen Augen eines Mannes, der eine bemerkenswerte Ähnlichkeit mit Raven hatte.

»Mein Großvater«, erklärte Raven, als er sie an dem Bild vorbeitrug. »Er war ein grimmiger, alter Mann.«

82

»Sie sind ihm sehr ähnlich, mein Herr«, sagte Tara gleichgültig.

»Richtig«, erwiderte Raven, ärgerlich darüber, daß sie wieder ihre feindselige Haltung eingenommen hatte. »Man sagt, ich sei ebenso grimmig.«

»Nein, Sir«, unterbrach ihn Nestor und blickte Tara tadelnd an. »Sie sind keineswegs so, wie ich Sie mir vorgestellt hatte.«

Er errötete, als ihm bewußt wurde, was er gesagt hatte, und er war erleichtert, als Raven über seinen unbeabsichtigten Fehler lachte.

»Aber fliehen Sie, wenn ich grolle!« rief Raven und umfaßte Tara unbewußt noch fester. »Meine Schwester sagt, mein Biß sei schmerzhaft.«

Philippa, die schon im Schlafzimmer war, blickte auf.

Sie hielt den Atem an, als sie den Blick sah, den Raven Tara zuwarf, und war glücklich über sein fröhliches Gesicht. Er war fast wieder so wie früher.

Die Haushälterin hatte die Decken zurückgeschlagen, und das Vierpfostenbett wirkte einladend.

Ein Feuer brannte im Kamin, und die zarten Farben der Vorhänge schimmerten im Sonnenlicht. Eine lange Chaiselongue, die mit rosarotem Brokat bezogen war, stand neben dem Kamin und ein zierlicher Schreibtisch in der Fensternische.

Maiglöckchen und gelbe Narzissen standen überall herum und füllten den Raum mit einem starken, süßen Duft.

Raven legte Tara auf die Chaiselongue.

»Wie schön ist es hier«, murmelte sie. »Wo kommen die vielen Blumen her, Philippa?«

»Aus meinem Treibhaus, Tara«, antwortete Raven und freute sich darüber, daß sie sie bemerkt hatte. »Bis auf die Schneeglöckchen«, fuhr er fort, »die müssen aus dem Garten sein.«

Er ging zur Tür.

»Sorgen Sie dafür, daß Lady Tara alles hat, was sie braucht, Mrs. Johnson«, sagte er zur Haushälterin und wunderte sich über das seltsame Pochen seines Herzens.

83

»Philippa, bleibst du bei unserem Gast und leistest ihm Gesellschaft?« fragte Raven.

»Natürlich, Dominic«, antwortete sie. »Aber ich vermute, daß Tara uns auf der Chaiselongue einschläft, wenn wir uns nicht beeilen.«

Sie schloß die Tür hinter Raven und Nestor.

»Mrs. Johnson, bitte helfen Sie mir, Lady Tara auszuziehen«, flüsterte sie leise.

Tara hatte die Szene durch halb geschlossene Augen beobachtet, aber jetzt öffnete sie sie und sagte:

»Bitte, lassen sie mich noch eine Weile hier liegen. Ich möchte mich etwas ausruhen. Annie wird mir später helfen.«

»Gut, mein Kind«, erwiderte Philippa. »Ich kann verstehen, daß Sie sich lieber von Ihrem eigenen Mädchen bedienen lassen«, sagte sie diplomatisch, damit Mrs. Johnson nicht gekränkt war. »Aber wir wollen Ihnen wenigstens aus dem Kleid helfen.«

Dies war leicht, denn Philippa hatte am Morgen, bevor sie abgereist waren, einen Ärmel abgeschnitten und den Stoff über der Schulter zurückgeschlagen. Sie hatte nicht gezögert, das unmoderne Kleid aufzutrennen, zumal sie angenommen hatte, daß es zu Taras Maskerade gehört hatte. Weder Taras noch Annies Proteste hatten sie davon abhalten können, den Ärmel von dem einzigen Kleid, das Tara nach England mitgebracht hatte, abzutrennen.

Aber Tara schob ihr Entsetzen darüber beiseite, als sie sich ihrer Situation bewußt wurde, und außerdem fühlte sie sich in ihren Kniehosen ohnehin viel wohler.

Sie mußte bei dem Gedanken daran lachen, wie erstaunt alle reagiert hatten, als sie zum ersten Mal in Männerkleidern erschienen war. Ihre Augen leuchteten, als sie an den Spaß dachte, der ihr auch hier wieder bevorstand.

»Sie sehen sehr vergnügt aus«, bemerkte Philippa. »Ich habe das Gefühl, daß es Ihnen allmählich besser geht.«

»Die Freundlichkeit und Aufmerksamkeit, die man mir hier entgegenbringt, habe ich schon lange nicht mehr erlebt«, erwiderte Tara.

Sie schloß die Augen, als wäre sie müde, und Philippa entließ Mrs. Johnson mit einem Kopfnicken.

Die Tür schloß sich leise, und Philippa setzte sich auf einen Stuhl neben Taras Bett.

Sie hatte in der vergangenen Nacht lange über die Geschichte nachgedacht, die sie gehört hatte, und sie bewunderte Taras Mut. Ihr war es unvorstellbar, daß ein Mädchen so wagemutig sein konnte, und sie war glücklich darüber, wie Tara ihren Bruder innerhalb von zwei Tagen verwandelt hatte.

Philippa sagte sich, daß sie vorsichtig vorgehen mußte, denn Raven durchlebte offenbar Gefühle, die er selbst noch nicht richtig deutete und die er seit langem nicht mehr kannte. Ein falsches Wort oder eine falsche Geste von ihr, und er würde sich wieder hinter die Mauer zurückziehen, die er vor vielen Jahren um sich herum aufgerichtet hatte.

Tara selbst war zu jung, um die Wirkung zu sehen, die sie auf Raven ausübte.

Philippa glaubte nicht, daß ihr Bruder noch an Lady Caroline dachte, aber die Wunde, die diese Frau ihm zugefügt hatte, war tief. War es schon neun Jahre her?

Dominic war damals noch ein unerfahrener, naiver Junge gewesen. Es war kurz vor seinem neunzehnten Geburtstag gewesen.

Unfähig, seine Gefühle für die raffinierte, heimtückische Caroline zu unterdrücken, hatte er ihr offen den Hof gemacht, und sie hatte ihn darin bestärkt.

Philippa seufzte, als sie daran dachte, wie der Klatsch darüber sogar bis in ihr Kinderzimmer gedrungen war, und sie erinnerte sich daran, daß die Dienstboten Wetten darüber abgeschlossen haben, wann die Verlobung bekanntgegeben werden würde.

Ihr Herz schmerzte, als sie an den Abend vor ihrem eigenen vierzehnten Geburtstag dachte. Sie hatte dem Tag mit freudiger Erwartung entgegengesehen, als Raven plötzlich bei ihr aufgetaucht war − unglücklich, erregt und außer sich.

Er hatte seinen Kopf in ihren Schoß gelegt und geschluchzt, und seine Geschichte hatte ihr Mitleid hervorgerufen.

Offenbar hatte Lady Caroline ihn nur dazu benutzt, den Duke of Somerset für sich zu gewinnen. Alle ihre Liebesgeständnisse waren leere Worte gewesen. Sie hatte gelogen und ihn betrogen und dann ohne Vorwarnung grausam verkündet, daß sie ihn nicht mehr empfangen und nie wieder mit ihm allein sein wolle.

Philippa war damals reif genug gewesen, um ihren Bruder trösten zu können, und sie waren bis lange nach Mitternacht zusammen gewesen und hatten ihren Geburtstag vergessen.

Trotzdem hatte sie nicht verhindern können, daß ein heiterer, fröhlicher Junge zu einem Zyniker wurde. Während er vorher rücksichtsvoll und großzügig gewesen war, wurde er jetzt unbekümmert, hart und gleichgültig. Er stürzte sich in die unheilvollsten Abenteuer, begann zu spielen, zu trinken, hielt sich in schlechter Gesellschaft auf und tat alles mögliche, um Caroline zu zeigen, daß ihm ihr Verhalten völlig gleichgültig war. Aber er sprach ihren Namen nie wieder aus, und wenn er ihr in Gesellschaft begegnete, lächelte er freundlich und ging weiter.

Philippa hatte an diesem Morgen Unwohlsein vorgetäuscht, um Raven und Tara einander näherzubringen. Sie lächelte bei dem Gedanken an ihr Komplott und beschloß, sich von Nestor den Hof machen zu lassen, solange Raven in Chartley war.

Dann wurden ihre Gedanken romantisch, denn sie vergegenwärtigte sich, wie zärtlich Giles sie umworben hatte. Sie fühlte, daß Tara genau die Frau war, die Raven brauchte. Das Mädchen war intelligent und fürchtete sich offenbar nicht vor ihm.

Philippa betrachtete Tara ein letztes Mal, dann verließ sie das Zimmer.

Tara öffnete vorsichtig die Augen und war erleichtert, als sie feststellte, daß sie allein war. Sie richtete sich langsam auf und blickte sich im Zimmer um.

Sie hätte gern gewußt, wer vorher hier geschlafen hatte. Das Bett war riesig, und sie fühlte sich in diesem Meer von Federn verloren. Sie mußte über sich selbst lächeln. Und dann fing sie an, über ihre Situation nachzudenken.

Da war einmal Raven. Er war arrogant und verdiente eine ernsthafte Zurechtweisung. Und doch schien es so, als wolle er ihr Schutz bieten, einen Schutz, den sie nicht mehr gekannt hatte, seitdem ihr Großvater sie nach Frankreich geschickt hatte.

Nun ängstigte sie der Name Rothermere nicht mehr. Aber wie konnte sie Raven vertrauen, daß er Nestor und sie selbst wirklich beschützen wollte?

Sie dachte an den Skandal, der unvermeidlich wäre, wenn Rothermere tatsächlich entlarvt würde.

Großvater würde Nestors Taschengeld streichen, und dies würde bedeuten, daß Sie beide nach Frankreich zurückkehren mußten. Sie wünschte, sie könnte Nestor das Offizierspatent kaufen, das er sich ersehnte.

Und John, was würde aus John werden? Wenn Großvater herausfand, daß John an ihrem Plan beteiligt gewesen war, würde er ihn sofort entlassen.

Tränen liefen an ihren Wangen herab, als ihr bewußt wurde, wie sehr sie John vermissen würde... ihren treuesten Freund.

Ärgerlich schob sie ihre Gefühle beiseite und beschloß, ihre Ängste für sich zu behalten, bis sich eine Lösung gefunden hatte.

Nichts war für die anderen nervenaufreibender als eine hysterische Frau. Sie mußte ihre Zeit nutzen, um Erinnerungen zu sammeln für die einsamen Tage, die zweifellos vor ihr lagen.

Dreizehntes Kapitel

Tara fiel in einen unruhigen Schlaf, und in ihren Träumen vermischte sich das Gesicht ihres Großvaters mit dem von Lord Raven. Es waren unangenehme Situationen.

Sie war dankbar, durch Annies Eintreten geweckt zu werden.

»Geht es Ihnen gut, Lady Tara?« fragte Annie besorgt. »Spüren Sie irgendwelche Nachwirkungen von der Reise?«

»Nein«, sagte Tara verdrießlich, »nicht von der Reise, aber von meinen Träumen. Ich bekomme einfach keinen klaren Kopf. Ich würde gern mit *Thunder* ausreiten! Annie, könntest du John bitten, *Thunder* vor mein Fenster zu führen? Ich würde ihn so gern sehen.«

Annie lächelte verständnisvoll.

Es klopfte leise an die Tür, und Raven trat ein.

»Osland sagte mir, Sie seien hier«, sagte er beiläufig und warf Tara von der Seite einen verstohlenen Blick zu, um zu sehen, wie sie auf seine Anwesenheit reagierte.

»Haben Sie alles, was Sie brauchen, damit sich unsere Kranke rasch erholt?«

»Ja, danke, M'lord.«

Raven lächelte.

»Und wie geht es unserer Patientin?« fragte er Tara.

»Danke, mein Herr, ich habe mich ausgeruht«, erwiderte Tara reserviert.

Raven nickte verständnisvoll, denn er nahm an, daß die erzwungene Untätigkeit nicht nach ihrem Geschmack war.

»Fühlt sich Lady Tara schon so wohl, daß wir sie auf die Chaiselongue tragen können?« fragte er Annie. »Unsere Patientin könnte melancholisch werden, wenn wir ihr keinen Szenenwechsel verschaffen.«

»Da stimme ich Ihnen zu«, sagte Annie lächelnd. »Außerdem möchte sie gern *Thunder* sehen, und das kann sie auch, wenn wir sie ans Fenster setzen. Ist es nicht so, Lady Tara?«

»Genau, Annie«, sagte Tara mürrisch.

Tara war ärgerlich, daß Annie Raven ihren Wunsch mitgeteilt hatte. Sie wollte nicht weiterhin in der Schuld dieses Mannes stehen.

Sie spürte Ravens fragenden Blick und sagte:

»Ich habe mir überlegt, ob es John etwas ausmachen würde, wenn er *Thunder* vor mein Fenster führt. *Thunder* ist daran gewöhnt, daß ich ihn täglich besuche, und ich möchte nicht, daß er den Kopf hängen läßt.«

»Ich wüßte nicht, was dagegen spräche, Lady Tara«, erwiderte Raven freundlich. »Ich werde es John selbst sagen, wenn ich zum Stall gehe.«

»Danke«, sagte Tara, »aber ich will Ihnen keine Ungelegenheiten machen. Nestor wird es John gern ausrichten.«

»Keineswegs, denn es ist mir ein Vergnügen. Meine Mutter sagte immer, der Schlüssel zu einer raschen Genesung sei es, den Patienten reichlich zu verwöhnen, ihm keine Bitte abzuschlagen und seinen Geist ständig zu beschäftigen.«

Raven lächelte Tara an.

»Wenn Sie mich nun entschuldigen, will ich mich ein bißchen erfrischen«, unterbrach ihn Annie.

»Das ist eine gute Idee«, sagte Raven. »Mrs. Johnson wird Ihnen Ihr Zimmer zeigen.«

Tara warf Raven einen ärgerlichen Blick zu, als Annie das Zimmer verließ. Dann sah sie zur Seite.

Das ist verrückt, dachte sie. Er vermittelt mir ständig das Gefühl, als sei er wirklich um mein Wohlergehen besorgt. Seine Aufmerksamkeit ist ebenso störend wie seine Freundlichkeit überraschend.

Tara hob energisch das Kinn und bedeutete Raven, er möge sich setzen.

»Sie haben mich gestern nach Lord Rothermere gefragt, mein Herr. Mir scheint, je eher ich Ihnen sage, was Sie wissen wollen, um so eher werden Sie nach London aufbrechen.«

»Ganz wie Sie wünschen, Lady Tara«, erwiderte Raven gleichmütig. »Ich kann Sie nicht zwingen, mir zu vertrau-

89

en, aber ich glaube, ich sollte Ihnen sagen, weshalb es so wichtig für mich ist, diese Information von Ihnen zu bekommen...«

Sie sah ihn geringschätzig an.

»Das interessiert mich nicht, mein Herr«, erwiderte sie arrogant.

Er zögerte, denn er wollte nicht aussprechen, was ihm durch den Kopf ging. Er wußte, daß er Taras Vertrauen gewinnen mußte.

»Ich halte Rothermere für einen Verräter«, sagte er ruhig und sah Tara dabei aufmerksam an. »Ich glaube, Rothermere hat Claude ermordet...«

»Bah!« unterbrach ihn Tara abrupt. »Rothermere wird als Held gefeiert, weil er einen Spion erschossen hat. Aber ich weiß, daß Claude kein Spion war...«

»Ich bin der gleichen Meinung«, sagte Raven ernst.

Tara sah ihn ungläubig an.

»Und doch bemühen Sie sich nicht darum, seinen befleckten Namen reinzuwaschen? Wenn Sie so sicher sind, daß die Anschuldigungen gegen Claude unwahr sind, sollten Sie Rothermere herausfordern!«

»Bis jetzt hatte ich keinen konkreten Beweis für Rothermeres Schuld.«

Raven fiel es schwer fortzufahren, ohne zu viel preiszugeben.

»Sehen Sie, Lady Tara, in der Nacht, in der Claude getötet wurde, war er auf dem Weg zu mir mit dem unwiderleglichen Beweis dafür, daß Rothermere Geheimnisse an die Franzosen verkaufte.«

»Dann heißt das, daß auch Sie ein Spion sind«, sagte Tara hitzig.

»Ja, aber für England«, erwiderte Raven.

Er fragte sich, ob es klug war, seine wahre Verbindung zu Claude zu enthüllen, aber er mußte das Vertrauen dieses Mädchens gewinnen.

Tara dachte über seine Worte nach und war sich nicht im klaren, warum er sich ihr anvertraute. Vielleicht hatte sie sich wirklich geirrt, als sie glaubte, er habe Claudes Tod mitverschuldet... Aber wenn er die Wahrheit sprach, so könnte dies ihre heimlichen Zusammenkünfte erklären.

»Mein Herr«, begann sie zögernd und war nicht sicher, wie sie fortfahren sollte. »Vielleicht habe ich zu voreilig über Sie geurteilt. Aber Claude wollte niemals über Ihre nächtlichen Besuche mit mir sprechen.«

Sie sah Ravens erstaunten Blick.

»Ich habe Sie mehrere Male nachts in den Garten kommen sehen, nachdem die Dienstboten zu Bett gegangen waren. Und Claude war immer da und empfing Sie...«

Raven lächelte schwach. »Und so wurde ich der Erzschurke, nehme ich an.«

»Ja, denn als ich Claude fragte, warum er so spät abends noch Besuch empfinge, wurde er sehr ärgerlich«, sagte Tara. »Ich gewann den Eindruck, Sie würden Claude erpressen.«

Sie sah Raven fragend an. Und als er schwieg, fuhr sie fort:

»Ich mußte Claude versprechen, niemandem ein Wort über diese seltsamen Besuche zu sagen. Aber wenn es wahr ist, was Sie mir eben erzählt haben, würde es Claudes Geheimniskrämerei erklären.«

Raven schüttelte verwundert den Kopf.

»Dies würde aber auch erklären, warum Claude Ihnen nähere Einzelheiten über mein Privatleben erzählt hat. Er wollte damit vermutlich sagen, daß ich zu hoch spiele.«

»Und das ist ihm fast gelungen«, sagte Tara und lächelte zum ersten Mal. »Nachdem ich Sie nun kennengelernt habe, bekam ich Zweifel an Claudes Geschichte. Es ist ganz offensichtlich, daß Sie genug Vermögen besitzen, um Ihren Lebenswandel zu finanzieren, und keinen Menschen erpressen müssen.«

»Sie sind unverbesserlich, Lady Tara«, sagte Raven lachend. Dann wurde er wieder ernst und meinte: »Ich kann mich auf Sie verlassen, daß Sie niemandem von meiner wahren Beschäftigung etwas erzählen?«

Tara sah ihn ernst an.

»Es wäre mir lieber gewesen, Sie hätten es mir nicht gesagt. Aber ich gebe Ihnen mein Wort, daß ich mit keinem Menschen darüber sprechen werde.«

Sie beobachtete fasziniert sein Mienenspiel. Und sie war überzeugt, daß Raven die Wahrheit gesprochen hatte und daß ihn Claudes Tod ebenso sehr schmerzte wie sie.

»Nun, ich hoffe, Sie können Rothermere dazu bringen, die Karten aufzudecken«, fuhr Tara fort. »Er verdient es nicht, mit Nachsicht oder Rücksichtnahme behandelt zu werden.«

»Ich bin der gleichen Meinung, Lady Tara«, sagte Raven. »Aber ich fürchte, Rothermere ist zu raffiniert, um in eine Falle zu laufen. Wir werden sehr vorsichtig vorgehen müssen, wenn wir ihn überführen wollen.«

Er schwieg und dachte an alle bisherigen Versuche, das Beweismaterial zu finden, das Claude in jener Nacht bei sich gehabt hatte.

Und nun bot sich eine Lösung an. Es entsprach Rothermeres Wesen, daß seine Gier nach Frauen schließlich zu seinem Sturz führen würde.

»Ich würde gern erfahren, wie Sie Rothermere kennengelernt haben«, sagte Raven vorsichtig. »Darf ich Sie unterbrechen, wenn ich irgendwelche Fragen habe?«

Er sah Tara freundlich an.

Tara fühlte sich mehr als beschämt wegen ihrer früheren Feindseligkeit Raven gegenüber, und sie war dankbar für seine Ermutigung. Sie holte tief Luft und sagte:

»Ich lernte Rothermere vor sechs Monaten auf einer Abendgesellschaft bei Madame Duclos kennen. Er war nicht eingeladen worden, aber er begleitete einen Freund Claudes. Rothermere wich den ganzen Abend nicht von meiner Seite... Er war wie eine Krake, und ich konnte seinen Fangarmen nicht entschlüpfen.«

Raven sah sie mitfühlend an. Er konnte sich Rothermeres Verhalten gut vorstellen.

»Er ließ mich von diesem Abend an nicht mehr in Ruhe«, fuhr Tara fort. »Er stattete mir täglich unwillkommene Besuche ab, und schließlich machte er mir einen Heiratsantrag...« Sie hielt inne.

92

»...und Sie haben ihn abgewiesen?« fragte Raven sanft.

Tara nickte.

»Rothermere war abstoßend, ich habe ihn im stillen immer ›die Kröte‹ genannt, denn das sah ich in ihm.« Sie fröstelte in der Erinnerung daran. »Aber Rothermere nahm meine Abweisung nicht ernst. Er ist ein solcher Egoist, daß er eine Abfuhr nicht zur Kenntnis nimmt. Außerdem wurde er von Madame Duclos ermutigt, um mich zu werben. Sie glaubte wirklich, er wäre eine gute Partie für mich. Sie dachte, ein älterer Herr würde einen beruhigenden Einfluß auf mich ausüben.«

Tara verzog das Gesicht, und Raven konnte sich die Schwierigkeiten ausmalen, die Madame Duclos bei dem Versuch gehabt haben mußte, solch einen ungestümen Geist wie Tara zu bändigen.

»Schließlich sprach ich mit Claude darüber und sagte ihm, ich könne Rothermeres Aufmerksamkeiten nicht länger ertragen. Claude redete mit Rothermere. Ich sah ihn erst eine Woche später, nachdem Claude ermordet worden war, wieder.«

Tränen traten ihr in die Augen.

Raven, der ihren Kummer verstand, ließ ihr Zeit, sich zu fassen.

Nach einer Weile sagte er:

»Wenn ich es recht verstehe, hat Rothermere Ihnen dann einen zweiten Heiratsantrag gemacht.«

»Ja«, erwiderte Tara, »und ich habe ihn wieder abgewiesen. Aber an diesem Abend war er wie ein Dämon. Ich glaube, er hatte zuviel getrunken. Dann zeigte er mir Nestors Brief.«

»Sagte Rothermere, wie er zu diesem Brief gekommen war?« fragte Raven ruhig.

»Rothermere behauptete, er habe den Brief bei Claudes Leiche gefunden.«

»Sind Sie bereit, das zu beschwören, Lady Tara?« fragte Raven ernst.

»Natürlich«, sagte Tara energisch. »Außerdem habe ich die Abschrift, die Rothermere mir als Beweis gab.«

93

»Dann halten Sie sie versteckt, bis sie gebraucht wird.«

»Gebraucht?« fragte Tara erstaunt. »Warum ist sie so wichtig?«

»Lady Tara, ich kann Ihnen jetzt keine Erklärung dafür geben, und ich bitte Sie, vor niemandem zu wiederholen, was Sie mir eben erzählt haben, bis ich es für angebracht halte. Sie haben das einzige Beweisstück in Ihrem Besitz, das Rothermere als einen Lügner und Verräter entlarven kann.«

Tara runzelte fragend die Stirn. »Was soll ich niemandem erzählen?«

»Wie Rothermere zu diesem Brief kam. Ich versichere Ihnen, Lady Tara, es ist sehr wichtig. Aber wie ich schon sagte, darf ich es Ihnen im Moment nicht näher erklären.«

»Heißt das, daß Sie mir nicht helfen können, Claudes Namen wieder reinzuwaschen?« fragte Tara ängstlich.

»Nein, ganz im Gegenteil«, erwiderte Raven rasch, um ihre Ängste zu zerstreuen. »Wenn wir zusammenarbeiten und ein gutes Blatt bekommen, ist es möglich, daß Sie eines Tages als Heldin dastehen.«

Er hielt inne und fuhr dann in heiterem Ton fort:

»Falls Ihre Bescheidenheit so etwas erlaubt.«

Tara erwiderte Ravens Lächeln.

»Und man wird mich im Museum in einem Glaskasten ausstellen, und die Menschen aus ganz England werden kommen und mich betrachten...«

Raven lachte laut auf, und dieses Lachen nahm seinem Gesicht für einen Augenblick die Härte.

»Spaß beiseite, Lady Tara«, sagte er. »Kehren wir zu Ihrer Geschichte zurück... Sie haben dann schließlich eingewilligt, Rothermere zu heiraten?«

»Mir blieb unter diesen Umständen nichts anderes übrig«, sagte Tara, und ihre Stimme zitterte leicht, als sie an die häßliche Szene dachte. Sie spürte immer noch Rothermeres wollüstige Lippen auf ihren Wangen, als er sie geküßt hatte. »Aber ich schlug vor, daß wir es als eine Flucht hinstellen sollten..., ich wollte Zeit gewinnen... Ich wollte darüber nachdenken, wie ich Nestors Brief wiederbekommen konnte, ohne die Kröte tatsächlich heiraten zu müssen.«

Raven nickte verständnisvoll.

»Sie haben mir schon bewiesen, daß Sie ein mutiges Mädchen sind. Bitte, fahren Sie fort, ich bin neugierig.«

»Rothermere gefiel meine Idee überhaupt nicht. Aber als ich sagte, man müsse zuerst die Zustimmung meines Großvaters einholen, stimmte er meinem Plan nur allzu bereitwillig zu.«

»Das glaube ich gern«, murmelte Raven.

»Außerdem sagte ich Rothermere, ich würde ihn erst dann heiraten, wenn Nestors Brief vernichtet worden sei«, fuhr Tara fort. »Ich schlug ihm vor, ihn in England zu treffen, da der Brief ja in England war. Und ich schlug ihm weiterhin vor, daß wir uns im *Leather Bottle Inn* wiedersehen sollten.«

Sie schwieg, weil ihre Schulter wieder schmerzte.

»Gibt es noch mehr zu berichten, Lady Tara?« fragte Raven leise, denn er bemerkte, daß sie blaß geworden war.

Tara schüttelte den Kopf.

»Rothermere stimmte zu, und... ich versprach ihm, ihn im Gasthaus zu treffen..., und... nachdem der Brief verbrannt worden war... zu heiraten.«

»Aber statt dessen wollten Sie Rothermeres Kutsche überfallen«, sagte Raven.

»Ja, das war mein Plan«, erwiderte Tara. »Ich brauchte lange, bis ich John dazu überredet hatte, mir zu helfen. Aber er weiß, wenn ich mir einmal etwas in den Kopf gesetzt habe, kann mich niemand davon abbringen.«

Sie lächelte, als sie an ihre Auseinandersetzung mit John dachte. Er war erst bereit gewesen, an ihrem Unternehmen teilzunehmen, nachdem sie gedroht hatte, allein nach England zu reisen. »John war der Meinung, Nestor über die Lage zu informieren, die sich durch seine Gedankenlosigkeit ergeben hatte.«

Sie holte tief Luft.

»Das Haus Duclos zu verlassen, war kein Problem«, fuhr Tara fort. »Sie können sich die Aufregung vorstellen, als Claude tot war. Ja, Madame Duclos war sogar erleichtert, als ich behauptete, mein Großvater habe mich nach England zurückgerufen«, fügte sie nachdenklich hinzu.

»Das kann ich mir gut vorstellen«, sagte Raven, und seine Bewunderung für Tara wuchs.

»Den Rest der Geschichte kennen Sie«, sagte Tara, »denn Sie waren in jener Nacht zufällig auf der Straße und der nicht einkalkulierte Faktor.«

Raven stand auf und blickte Tara an.

»Regen Sie sich nicht auf, Lady Tara, Rothermere kann Ihrem Bruder nichts mehr antun. Wir werden alle seine diesbezüglichen Pläne vereiteln; denn nachdem er mich im Gasthaus angetroffen hatte, ließ er mir ausrichten, daß er mich in London besuchen würde.«

Ein seltsames Gefühl überkam Tara. Wie anders war Lord Raven als alle die schmeichelnden Franzosen, von denen sie während der letzten Jahre umgeben gewesen war.

Als er sie ansah, empfand sie eine Wärme, die ihr ganzes Wesen einzuhüllen schien. Sie seufzte, und ihre Gedanken kehrten zur Wirklichkeit zurück.

Lächelnd fragte sie:

»Was soll ich also tun?«

»Im Augenblick nichts«, sagte Raven. »Konzentrieren Sie sich darauf, rasch gesund zu werden. Sobald ich mit Sir Jack Newton, meinem Vorgesetzten in London, gesprochen habe, werde ich Rothermere besser eine Falle stellen können.«

»Sir Jack?« murmelte Tara. »Er war der Mann, an den sich Großvater wandte, um für Nestor eine Anstellung zu besorgen. Ist es wirklich notwendig, ihn in diesen Fall hineinzuziehen?«

»Ich kann mich auf Sir Jacks Zuverlässigkeit verlassen«, sagte Raven lächelnd.

»Mir gefällt es nicht, aber wenn Nestor zugestimmt hat, will auch ich meine Zweifel aufgeben«, sagte Tara.

»Sehr gut«, sagte Raven voller Wärme. »Und ich hoffe, Sie glauben mir, wenn ich versichere, daß ich wissentlich nichts tun werde, was Ihnen weitere Schmerzen oder Leiden bereiten könnte.«

»Vielen Dank, mein Herr. Ich schätze Ihre Sorge um mein Wohlergehen, auch wenn ich es nicht verdient habe. Mein früheres Verhalten...«

»... rührte von einem Mißverständnis her und ist schon vergessen«, sagte Raven.

Er genoß diese neue Harmonie, und es fiel ihm merkwürdig schwer zu gehen.

»Ich verlasse Sie jetzt, Lady Tara. Aber wenn Sie sich morgen genügend erholt haben, möchte ich Ihnen meinen Besitz zeigen. Auf die Gefahr hin, Ihnen lästig zu fallen, würde ich Ihnen auch gern einige Fragen über das Bewässerungssystem stellen, das Claude auf seinem Besitz angelegt hat.« Raven hielt kurz inne, fuhr aber fort, als er sah, daß Tara verständnisvoll nickte. »Ich habe es als Vorbild für meine eigene Anlage genommen, und Osland sagte mir heute, daß wir einige Probleme damit haben.«

»Wahrscheinlich kann ich Ihnen helfen«, sagte Tara. »Ich habe viel Zeit mit Claude verbracht, als er das System plante, und deshalb kann ich Ihnen vielleicht behilflich sein.«

Als sie seine erstaunte Miene sah, sagte sie:

»Mein Wissen schockiert Sie?«

»Nun, Sie haben immer neue Überraschungen für mich bereit«, sagte Raven bewundernd. »Aber nicht Ihr Wissen ist erstaunlich, sondern Ihr Verhalten.«

Sein freundlicher Ton nahm seiner Bemerkung die Schärfe.

»*Touché*, mein Herr«, sagte Tara lachend. »Aber ich bin überzeugt, daß nach einer Woche in Gesellschaft von Lady Maybury meine Manieren tadellos sein werden.«

Raven ging zur Tür.

»Ehe meine Schwester Sie in ein Schoßhündchen verwandeln kann, werde ich nun Annie bitten, Sie ans Fenster zu setzen, damit Sie *Thunder* sehen können.«

Tara nickte. »Vielen Dank, mein Herr. Ich freue mich darauf.«

Vierzehntes Kapitel

Raven ging nachdenklich zum Stall. Er überlegte, ob er irgend etwas tun konnte, um die Wardales mit ihrem Großvater zu versöhnen. Ihm kam es wie eine kriminelle Handlung vor, eine solche Schönheit ins Exil zu schicken. Er war entschlossen, eine Lösung zu finden.

Raven traf sowohl Nestor als auch John im Stall an, beide bewunderten seine Pferde. Sie blickten auf, als er eintrat. »Meine neuesten Errungenschaften«, sagte Raven und deutete auf die Hengste.

»Das sind herrliche Tiere, Sir«, rief Nestor. »Ich habe nie ein Vierergespann gesehen, das so perfekt zusammenpaßt.«

Die Bewunderung war ihm deutlich anzusehen.

»Haben Sie mit ihnen schon Rekorde gebrochen?«

»Nein, noch nicht. Ihre Schwester und John haben neulich meine diesbezüglichen Bemühungen vereitelt«, sagte Raven lachend.

»Schade«, sagte Nestor. »Ich wette, Sie könnten mit ihnen alle Rekorde brechen, wenn Sie wollten. Stimmst du mir zu, John?«

»Aye, M'lord«, erwiderte John und war ebenfalls voller Bewunderung für die edlen Pferde. »Ich glaube nicht, daß ich schon einmal solche Renner gesehen habe. Erstklassige Tiere sind das!«

Raven freute sich sichtlich über das Lob und sprach während der nächsten Minuten mit beiden über die besonderen Eigenschaften seiner Pferde.

Nestors Eifer und die Art, wie er mit den Tieren umging, gefiel Raven, und er fragte ihn, ob er je daran gedacht habe, sich ein Offizierspatent zu kaufen.

»Wenn ich das nötige Geld und die Verbindungen hätte, würde ich es sofort tun«, antwortete Nestor. »Aber als ich mich deswegen an meinen Großvater wandte, wollte er nichts davon hören. Er war nur bereit, mir eine Stellung im Außenministerium zu besorgen.« Seinem Gesicht war deutlich seine Unzufriedenheit anzusehen.

»Ich komme damit ganz gut zurecht. Vielleicht sollte ich aber eher sagen, ich kam damit ganz gut zurecht, denn ich glaube nicht, daß ich dort noch willkommen sein werde, wenn Sir Jack die Episode mit meinem Brief erfährt.«

Dann schob er den Gedanken daran achselzuckend beiseite und fragte: »Sir würde es Ihnen etwas ausmachen, wenn ich Ihnen helfe, Ihre Pferde einzureiten?«

Raven betrachtete Nestor prüfend, und dieser hielt den Atem an.

»Was meinen Sie, John, kann ich ihm meine Pferde anvertrauen?« fragte Raven.

Langsam breitete sich ein verschmitztes Lächeln auf Johns Gesicht aus.

»Nein, M'lord«, sagte John nachdenklich. »Wenn es Lady Tara wäre, hätte ich keine Einwände, aber...«

Nestor stieß ihn in die Rippen.

»... wenn ich es mir recht überlege, sind sie bei Nestor doch in guten Händen.«

»John, du Schurke!« rief Nestor. »Wenn ich Fehler habe, dann ist es deine Schuld, denn du warst mein einziger Erzieher.«

Nestor wandte sich an Raven: »Nun, Sir?«

»Also fort mit Ihnen«, sagte Raven gutgelaunt. »Sagen Sie Matthews, welches Pferd Sie gesattelt haben möchten.«

Seinen Dank ausrufend, stürzte Nestor davon und suchte den Kutscher.

John, der erkannte, daß dies eine gute Gelegenheit war, Ravens Hilfe zu erbitten, zögerte leicht, weil er nicht recht wußte, wie er sein außergewöhnliches Anliegen am besten vorbringen sollte.

John runzelte die Stirn, und seine Not war ihm deutlich anzusehen.

»Haben Sie etwas auf dem Herzen, John?« fragte Raven freundlich. »Wenn Sie sich wegen Lady Tara Sorgen machen, dann kann ich Sie beruhigen. Annie ist bei ihr und hat das gesamte Personal mobilisiert.«

»Nein, M'lord«, sagte John, »ich mache mir um Lady

Taras Bequemlichkeit keine Sorgen. Sie ist in guten Händen...« Er hielt inne.

»Was ist es dann, John?« drängte Raven freundlich.

»Ich weiß nicht, ob Sie es für eine Unverschämtheit halten, M'lord... denn weder Lady Tara noch Lord Nestor würden Sie darum bitten...«

»Um was bitten?«

»Ob es nicht möglich wäre, daß Sie einmal ein Wort mit dem alten Herzog sprechen...«

John blickte zu Raven auf, und als er dessen freundliches Gesicht sah, fuhr er fort:

»... ich dachte, Sie könnten ihn vielleicht bitten, daß Miß... ich wollte sagen, Lady Tara wieder in England leben darf...«

»John, guter Mann«, sagte Raven, »ich habe selbst schon daran gedacht. Sie können sich darauf verlassen, daß ich mein möglichstes tun werde, um den Wardales zu helfen. Aber ich glaube, es ist vernünftiger, im Augenblick in dieser Hinsicht noch nichts zu unternehmen. Und es wäre unklug von uns, wenn wir ihnen Hoffnungen machen würden, falls meine Bemühungen umsonst wären.«

»Aye, M'lord«, sagte John lebhaft. »Ich weiß, wenn der alte Herzog überhaupt auf jemanden hört, dann nur auf Sie. Vielen Dank, M'lord. Sie können sich nicht vorstellen, was dies für Lady Tara bedeuten würde.«

»Es wird alles gutgehen, John«, sagte Raven. »So oder so. Ich komme gerade von Lady Tara und soll Ihnen etwas ausrichten. Sie würde gern *Thunder* sehen und bittet Sie, ihn auf den vorderen Rasen zu führen.«

Das Pferd wieherte, als es seinen Namen hörte.

John pfiff leise, und sofort kam das Pferd aus der Box und schnupperte an Johns Taschen.

Raven streichelte ihm die Nüstern.

»Was für einen Stammbaum hat er?« fragte Raven.

»Der Hengst war *Le Beau*«, antwortete John stolz. »Und die Stute ein noch unbekanntes Füllen aus dem Duclos-Stall.«

»Dann müßten Sie in der Lage sein, seine Abstammung

weiter zurückzuverfolgen«, sagte Raven. »Komm, *Thunder*, ich führe dich zu deiner Herrin.«

John trat beiseite und gab dem Pferd einen Klaps auf den Hinterschenkel.

»Fort mit dir«, sagte er. »Sie können ihn auf dem Rasen freilassen, M'lord. Ich pfeife ihn dann zurück, und er bekommt seine Belohnung.«

Raven führte den Hengst ins Sonnenlicht hinaus, und *Thunder* tänzelte erregt.

»Komm, *Thunder*«, sagte Raven, »zeige Lady Tara deine Kunststücke. Wir müssen unser möglichstes tun, damit sie ihre Sorgen vergißt.«

Wie zustimmend warf *Thunder* den Kopf hoch und folgte Raven.

Tara sah zum Fenster hinaus und dachte an Raven, als sie ihn plötzlich um die Ecke des Hauses kommen sah. Er sah großartig aus in seinen Reithosen und den hohen Stiefeln.

Raven blieb stehen und blickte zurück, und plötzlich tauchte *Thunder* hinter ihm auf.

»Annie, Annie, komm rasch!« rief Tara. »Er selbst bringt *Thunder* hierher.«

Sie klatschte vor Freude in die Hände.

Annie strich ein letztes Mal über das Bettzeug und kam dann herüber zur Chaiselongue.

»Na, so etwas«, sagte sie, als sie *Thunder* und Raven sah. »Das ist ein prächtiger Anblick. Sieht er nicht fantastisch aus?«

Tara lachte.

»Wen meinst du, Annie, den Mann oder das Tier?«

»Das wissen Sie genau, Lady Tara — ihn natürlich, Lord Raven«, sagte Annie. »Und er ist zu Timbs und zu mir so freundlich. Er möchte sogar, daß wir hierherziehen und für ihn in Chartley arbeiten. Dann wäre mehr Leben im Haus, sagte er zu Timbs.«

»Oh, Annie!« rief Tara, und ihre Augen leuchteten vor Freude. »Wie wunderbar für Sie beide. Werden Sie es annehmen?«

Annie zögerte.

»Timbs und ich sprachen schon darüber und haben beschlossen zu warten, bis Sie wieder ganz gesund sind, ehe wir eine Entscheidung treffen. Solange wir unser Gasthaus haben, werden Sie in England immer willkommen sein.«

»Sie müssen zuerst an sich selbst denken«, rief Tara. »Ich weiß, wie schwer es Ihnen fällt, dort Ihren Lebensunterhalt zu verdienen. Und Ihnen beiden würde es große Freude machen, hier zu arbeiten... bitte, Annie, bitte lehnen Sie solch eine Chance nicht ab. Sie kommt nie wieder.«

»Wir werden sehen«, sagte Annie. »Aber machen Sie sich um mich und um Timbs keine Sorgen. Wir kommen schon zurecht.«

Tara wollte weiter auf Annie einreden, als sie *Thunder* hörten. »Schauen Sie hinaus«, befahl Annie. »*Thunder* ist das perfekte Dressurpferd. So etwas habe ich noch nie gesehen.«

Sie trat noch näher ans Fenster und sah zu, wie *Thunder* sich aufrichtete und die Vorderfüße in der Luft bewegte.

»Sie haben recht, Annie«, sagte Tara. »Er sieht großartig aus.«

Raven blickte zu ihnen hinauf und machte eine elegante Verbeugung, und *Thunder* kniete mit den Vorderbeinen auf dem Boden, sein Schwanz traf Ravens Ohr.

Tara und Annie lachten so sehr darüber, daß sie nicht hörten, daß Philippa das Zimmer betrat.

»Was macht Dominic?« fragte Philippa.

Sie ging zum Fenster und sah fasziniert hinaus.

»Es ist eine Ewigkeit her, daß ich ihn so vergnügt gesehen habe. Ist das Ihr Pferd, Tara?«

»Ja, Lady Maybury«, antwortete Tara und wandte keinen Blick von der Vorführung auf dem Rasen. »Ist es nicht ein herrliches Tier? *Thunder* beherrscht noch mehr Kunststücke. John und ich haben ihn tanzen gelehrt, und er holt sich sogar ein Stück Zucker aus der Tasche, wenn es groß genug ist.«

Sie hielt inne und holte tief Luft. Ihr Gesicht war vor Aufregung und Stolz gerötet.

»Gefällt er Ihnen, Ma'am?« fragte sie scheu.

»Er ist großartig, ganz hervorragend«, erwiderte Philippa. »Aber seien Sie auf der Hut, so wie ich meinen Bruder kenne, wird er Ihnen das Tier abkaufen wollen.«

»Ich würde ihn nicht für ein Königreich hergeben«, sagte Tara lachend.

Philippa sah Tara bewundernd an. Sie war sehr schön. Ihr herzförmiges Gesicht war makellos, und ihre Ausstrahlung fesselte jeden.

Tara vergaß alles um sich herum, und ihr Blick wich nicht von dem Schauspiel auf dem Rasen.

»Oh!« rief sie entzückt. »Lord Raven weiß nicht, daß *Thunder* eine Belohnung verlangt. Schauen Sie, wie er ihm Rippenstöße versetzt! *Thunder*, wo sind deine Manieren?«

Sie sah Philippa lachend an.

»Diesmal zieht Dominic den kürzeren«, sagte Philippa lächelnd.

Es war lustig zuzusehen, wie *Thunder* Raven von hinten mit dem Kopf anstieß.

»Wo geht er hin?« rief Annie, als sich *Thunder* plötzlich umdrehte und zum Stall zurücktrabte.

»John muß ihn zurückgepfiffen haben«, erwiderte Tara. »Die Vorführung ist beendet.«

Sie blickte immer noch hinaus, und dann sah sie Raven an.

Er winkte kurz hinauf, dann folgte er fröhlich dem Pferd.

Fünfzehntes Kapitel

Das Frühstück war schon lange vorbei, und Raven hatte sich mit Osland in die Bibliothek zurückgezogen. Sie besprachen die letzten notwendigen Renovierungsarbeiten am Ostflügel.

»Mir mißfällt es, daß Sie dafür so viel Geld ausgeben, M'lord«, sagte Osland. »Der Flügel wird überhaupt nicht benutzt..., wenigstens zur Zeit nicht.«

Osland meinte damit die Kinderzimmer.

»Ich weiß, Osland«, stimmte Raven zu. »Aber wir wollen darauf vorbereitet sein, falls sich die Lage einmal ändern sollte.«

Dann denkt der Graf also ans Heiraten, überlegte Osland. Er suchte nach einer Bestätigung in Ravens Gesicht.

»Ich denke doch, ich werde eines Tages Erben haben«, sagte Raven, der nichts von den Gedanken ahnte, die er in seinem Verwalter geweckt hatte.

Raven zog noch weitere Pläne heraus.

»Dieses Heizungssystem, Osland, für wie sicher halten Sie es?« fragte Raven.

Osland wollte gerade antworten, als die Tür aufging.

»Oh, entschuldigen Sie, ich wußte nicht, daß jemand hier ist«, sagte Tara.

»Wer, zum Teufel...«, begann Raven. »Oh, Lady Tara«, sagte er freundlich. »Bitte, kommen Sie doch herein.«

»Vielen Dank, Sir«, sagte Tara und trat ein.

Osland sah fasziniert zu, wie sie zum Kamin ging. Sie trug Männerkleidung.

Osland hörte Raven laut auflachen und wurde sich plötzlich bewußt, daß er Lady Tara zu auffällig angestarrt hatte.

»Sie sind überrascht, Osland?« fragte Raven lachend. »Lady Tara, Sie benehmen sich unmöglich. Sie haben Mr. Osland sehr schockiert.«

Osland hüstelte verlegen und wollte etwas antworten, aber Lady Tara war schneller.

»Bitte, entschuldigen Sie vielmals«, sagte sie. »Ich habe keine andere Kleidung bei mir. Ich hoffe wirklich, ich errege keinen Anstoß...«

Osland errötete.

»Nein, ganz und gar nicht, Lady Tara«, sagte er verlegen. »Es ist nur... nun, ich habe noch nie eine Dame so gekleidet gesehen.«

104

Ravens Heiterkeit war ansteckend, und Osland begann zu lächeln, und bald lachten alle drei aus vollem Hals.

Philippa, die gerade draußen im Flur vorüberging, hörte das Lachen. Sie warf einen Blick in die Bibliothek und sah einen jungen Mann neben dem Kamin stehen. Als sie Tara erkannte, leuchteten ihre Augen auf.

»Aber Tara!« rief sie. »Was machen sie hier in diesem Aufzug?«

Sie war besorgt, wie Raven auf Taras Allüren reagieren würde. Aber sein Lachen zeigte ihr, daß er es nicht ungehörig fand.

»Kommen sie, Kind«, sagte sie freundlich. »Wir wollen Sie anständig anziehen, wie es sich für eine junge Dame gehört.«

Die leichte Kritik war nicht zu überhören, und Tara war sich ihres Anblicks wohl bewußt. Sie hörte auf zu lachen, und um ihre Verwirrung zu verbergen, blickte sie auf die Armschlinge, die Annie ihr umgelegt hatte.

Raven tat es leid, daß Philippa ihnen den Spaß verdorben hatte, und er warf seiner Schwester einen tadelnden Blick zu.

»Ich bin überzeugt, daß dies eine perfekte Verkleidung für Lady Tara ist«, sagte er bedächtig, »falls Rothermere hier in Chartley unerwartet auftauchen sollte oder etwas über meine Gäste herausfinden möchte, wird es im Ort heißen, Lady Maybury weilt mit zwei jungen Männern hier. Dieses Gerücht können wir sogar selbst in die Welt setzen, Osland, oder etwa nicht?«

Osland nickte. Raven hatte ihn über die Umstände von Taras Unfall unterrichtet, und im Hinblick auf die Gefahr, die ihr von Rothermere drohte, hielt er den Vorschlag für ausgezeichnet.

Tara blickte Raven dankbar an. »Haben Sie etwas dagegen einzuwenden, Lady Tara?« fragte er sanft und hielt ihren Blick fest.

»Nein, mein Herr«, erwiderte Tara, und ein schelmisches Lächeln trat in ihre Augen. »In Frankreich ist es meine Tageskleidung.«

Raven lachte.

»Aber wir dürfen Lady Maybury nicht allzu sehr verärgern, sonst hilft sie uns nicht mehr.«

»Ich weiß, Raven, du verletzt mit Vergnügen die gesellschaftlichen Spielregeln«, sagte Philippa ärgerlich. »Und ich glaube, du hast hier endlich jemand Ebenbürtiges gefunden.«

Philippa lächelte Tara liebevoll an. »Kommen Sie, Kind, es ist an der Zeit, daß Sie sich ausruhen.«

Sie rauschte aus der Bibliothek, und Tara folgte ihr traurig. Als sie an Raven vorbeiging, zwinkerte er ihr mit einem Auge zu. »Ihr Bellen war schon immer schlimmer als ihr Biß«, flüsterte er Tara zu.

Taras Schulter schmerzte nicht mehr, und deshalb schlug Raven am nächsten Morgen eine Besichtigung seines Besitztums vor.

Philippa erfand rasch einen dringenden Auftrag für Nestor, und als der Pferdeknecht die Kutsche vor die Eingangstür brachte, war Nestor nirgends zu sehen.

Raven und Tara warteten eine Weile, als aber einer der Diener ihnen sagte, er habe Lord Nestor vor einiger Zeit das Haus verlassen sehen, fragte Raven, ob Tara den Ausflug verschieben wolle.

»Nein, keineswegs«, erwiderte Tara. »Wenn Sie meine Gesellschaft allein ertragen, würde ich gern ausfahren. Sie müssen mir nur sagen, wenn ich Sie zu sehr mit meinen Fragen belästige. Nestor sagt, daß meine unstillbare Neugier einer meiner schlimmsten Fehler sei.« Die Freude über den geplanten Ausflug war ihr deutlich anzusehen.

Raven half ihr beim Einsteigen in die Kutsche und befahl dem Kutscher, langsam zu fahren und allen Schlaglöchern auszuweichen.

Mit großem Interesse betrachtete Tara die Renovierungsarbeiten, die Raven hatte vornehmen lassen, und wieder war Raven von ihren Fachkenntnissen beeindruckt.

Er fragte sie, woher sie das alles wisse.

»Ich half Claude bei der Verwaltung seines Besitzes«, sagte Tara einfach und bescheiden.

»Haben Sie deshalb immer Hosen getragen?« fragte Raven lachend.

»Ja, es war bequemer, und außerdem wurde ich dadurch auf den einzelnen Gütern weniger belästigt«, erwiderte Tara.

»Sie sind eine erstaunliche Person«, sagte Raven. »Ich würde mich gar nicht wundern, wenn Sie mir jetzt sagten, Sie hätten selbst mitgeholfen, die Bewässerungsgräben auszuheben.«

Tara sah auf die Felder hinaus, aber sie spürte seinen Blick.

»Claude hat mein Angebot abgelehnt«, erwiderte sie und wollte Raven dabei nicht ansehen.

Ihr Herz schlug heftig, und als die Kutsche durch ein Schlagloch fuhr, berührte ihr Knie das seine und elektrisierte ihren ganzen Körper.

Da sie ihrer Stimme nicht traute, schwieg sie.

»Wir sollten unseren ersten Ausflug nicht übertreiben«, sagte Raven mit einer seltsam leisen Stimme.

Er spürte immer noch das Gefühl, das ihn durchströmt hatte, als sich ihre Knie berührt hatten, und es hatte ihn große Anstrengung gekostet, Tara nicht an sich zu ziehen.

Er beugte sich vor und gab dem Kutscher durch ein Klopfzeichen das Signal zur Umkehr.

»Es ist Zeit, daß wir zurückfahren.«

Tara nickte. Sie fragte sich, ob er ihrer Gesellschaft so rasch müde geworden war. Sie hätte Nestors Rat befolgen und Raven nicht so viele Fragen stellen sollen, dachte sie. Entschlossen, ihn nicht weiter zu belästigen, schloß sie die Augen und gab vor, sich auszuruhen.

Raven, der seine Gefühle wieder unter Kontrolle hatte, schwor sich, gleich am nächsten Tag nach London aufzubrechen. Seine Gefühle verwirrten ihn, und er brauchte eine Nacht mit Cora, um wieder einen klaren Kopf zu bekommen.

Tara dankte ihm bei ihrer Ankunft für den Ausflug. Ohne einen Blick zurückzuwerfen, stieg sie unter dem Vorwand, sie wolle sich ausruhen, sofort die Treppe hinauf.

Raven sah ihr nach und ging dann den Korridor hinab. Er bat einen Diener, Osland zu ihm in die Bibliothek zu schicken.

An diesem Abend erklärte Raven beim Abendessen, er würde am nächsten Morgen nach London fahren.

»Ich muß dringend mit Sir Jack Verbindung aufnehmen«, sagte er. »Außerdem wird aller Wahrscheinlichkeit nach morgen oder übermorgen Rothermere in London auftauchen und mich sprechen wollen.«

Wenn Raven gehofft hatte, Tara würde wie Philippa und Nestor Bedauern über seine Abreise äußern, so wurde er enttäuscht. Tara hatte am Nachmittag ihr Verhalten geprüft und war entsetzt gewesen, als ihr bewußt geworden war, daß sie Ravens Aufmerksamkeiten wesentliche Bedeutung beimaß. Deshalb hatte sie beschlossen, künftig zurückhaltender ihm gegenüber zu sein. Und deshalb schwieg sie auch, als er seine Abreise ankündigte.

Sechzehntes Kapitel

»Hat Lady Maybury dir gesagt, daß sie heute früh Besuch erwartet?« fragte Nestor seine Schwester.

Er hatte Tara in der Bibliothek vorgefunden, wo sie gerade ein Buch von einer der oberen Regalreihen herunterzuholen versuchte.

»Nein, mir gegenüber hat sie nichts erwähnt. Warum?« fragte Tara.

»Laß, ich hole dir das Buch vom Regal«, sagte Nestor.

Er nahm es und reichte es seiner Schwester.

»Ich habe eben eine Kutsche vor dem Haus vorfahren sehen«, sagte Nestor. »Vielleicht kommt einer der Nachbarn, um seine Aufwartung zu machen.«

»Gehen wir zu Lady Maybury hinüber und stillen unsere Neugier«, sagte Tara.

»Glaubst du, man wird deine Verkleidung durchschauen?« fragte Nestor besorgt.

»Unsinn«, sagte Tara lachend. »In Frankreich hat mich niemals jemand erkannt. Mache dir also deswegen keine Sorgen.«

Sie lächelte verschmitzt.

»Komm, wir überraschen Lady Maybury.«

Sie legte das Buch auf einen Tisch und schob ihre Armschlinge zurecht, ehe sie in den Flur trat.

Nestor zögerte, denn er verärgerte Lady Maybury nicht gern.

»Ich bedaure es sehr, daß Raven nicht hier ist, um Sie willkommen zu heißen«, sagte Philippa gerade eisig, als Tara und Nestor den Salon betraten. »Leider ist er heute früh nach London gefahren.«

Dann blickte Philippa auf und sah die Wardales verlegen an.

»Ah, Kinder«, sagte sie, »erlaubt mir, daß ich euch Caroline Herzogin von Somerset vorstelle.«

Beide machten eine höfliche Verbeugung, und Tara flüsterte leise:

»Ich glaube, Lady Maybury braucht Hilfe. Vielleicht sollten wir beide für etwas Abwechslung sorgen.«

Nestor runzelte mißbilligend die Stirn, während er sich wieder aufrichtete.

»Herzogin«, fuhr Philippa fort und überlegte sich angestrengt, wie sie Tara und Nestor nennen sollte. »Darf ich Ihnen Sir Gareth und Sir Evelyne Brent vorstellen..., es sind entfernte Verwandte meines Mannes.«

Tara grinste breit und ging auf die ausgestreckte Hand der Herzogin zu.

Mit einer tiefen Verbeugung ergriff sie diese und küßte sie leicht.

Ein schweres, süßliches Parfüm hüllte sie ein, und Tara war dankbar, als sie zurücktreten konnte.

»Entzückend!« flirtete sie.

Nestor, der dicht hinter Tara stand, begrüßte die Herzogin ebenfalls und trat dabei Tara absichtlich auf den Fuß.

»Kinder, geht hinaus, während ich mich mit der Herzogin unterhalte«, sagte Philippa.

Diese hob eine mit Ringen überladene Hand und sagte mit belegter Stimme:

»O bitte, schicken Sie sie meinetwegen nicht hinaus. Ich bin gern in der Gesellschaft junger Männer.«

Bei diesen Worten sah sie Tara kokett an.

Tara lächelte zurück und sagte:

»Ich glaube, meine Tante meint, daß wir nicht angemessen gekleidet sind, Madame.« Sie senkte verschämt den Kopf. »Wir sollen uns nicht zu leger zeigen.« Dann blickte sie keck auf und sagte: »Aber wir sind ja hier nur auf dem Land.«

Sie berührte ihre Armschlinge, um anzudeuten, daß ihr Aufzug etwas mit ihrer Verletzung zu tun hatte.

Die Herzogin lachte melodiös. »Seien Sie nicht so streng, Lady Maybury«, sagte sie geziert. »Es reicht als Strafe aus, daß man sie nach Chartley geschickt hat.«

Philippa fiel es schwer, ein Lächeln zu unterdrücken. Taras unerhörtes Verhalten sprach ihren Sinn für Humor an, und sie wünschte, Raven wäre hier und könnte auch sein Vergnügen an diesem Auftritt haben.

»Sie machen es mir schwer, Ihre Bitte abzuschlagen, Herzogin«, sagte Philippa. »Evelyne, Liebster, sei doch bitte so gut und läute. Ich denke, wir können alle eine Erfrischung gebrauchen.«

Tara ließ sich anmutig auf einem kleinen Sofa nieder und lehnte sich lässig zurück. Sie hatte das Lächeln in Philippas Augen gesehen und daraus geschlossen, daß ihre Gastgeberin nichts gegen ihr Verhalten einzuwenden hatte.

Tara musterte die Herzogin unter halb geschlossenen Lidern und fragte sich, ob diese sinnliche Frau wohl eine von Ravens Geliebten gewesen war. Sie mußte es wohl sein, dachte sie, denn sonst hätte diese Frau ihn unangemeldet besuchen können.

Tara ignorierte einen scharfen Schmerz und sah die Herzogin kritisch an.

Das dunkelrote Samtkleid war tief ausgeschnitten, und Tara betrachtete neidisch die üppigen Kurven, die sich darunter abzeichneten.

Aber die Augen der Herzogin waren eindeutig zu klein für ihr Gesicht, und es waren harte, kalte Augen. Tara vermutete, daß sie grausam sein konnte.

Sie lächelte befriedigt, weil sie an einer solchen schillernden Schönheit etwas auszusetzen gefunden hatte.

Dann kräuselte die Herzogin herausfordernd die Lippen, und Tara bemerkte, daß das Lächeln ihr galt.

Wie vulgär, dachte sie, hob das Kinn und lächelte zurück.

Nestor stöhnte innerlich auf. Er wußte nicht warum, aber ihm war klar, daß Tara aus irgendeinem Grund eine Abneigung gegen die Herzogin gefaßt hatte.

Er warf Philippa einen verzweifelten Blick zu, erhielt aber von ihr keinen Trost; denn Philippas Augen strahlten, als freue sie sich über Taras ungehöriges Betragen.

Die Herzogin achtete nicht auf die Spannung, die in der Luft lag, und warf Tara einen Blick zu, den sie für sehr verführerisch hielt.

»Sie armer, armer Junge«, zirpte sie. »Wo haben Sie sich diese schlimme Verletzung zugezogen?«

Tara blickte zu Boden, als wäre sie gerührt über diese Anteilnahme.

»Es war nur eine Rauferei unter Jungen«, antwortete sie. »Ich habe die Ehre einer jungen Dame verteidigt.«

Sie blickte auf und sah Nestors entsetztes Gesicht.

»Gareth, das genügt«, sagte Philippa. »Ich schicke dich sofort in dein Zimmer, wenn du weiter so vorlaut bist.«

Ihr Tonfall widerlegte die Drohung, und Tara lächelte Philippa vergnügt an.

»Entschuldige Tante, es tut mir wirklich leid«, sagte sie ohne Reue und sah dabei die Herzogin an. »Aber sie war ein so herziges kleines Ding.«

Nestor hielt den Atem an und erwartete, daß die Herzogin sich entsetzt zeigte. Aber statt dessen lachte diese und klatschte vor Vergnügen in die Hände.

»Sie sind wirklich amüsant«, sagte sie. »Sie werden in London Aufsehen erregen.«

Das Gespräch wurde unterbrochen, weil ein Diener den Teewagen hereinschob und neben Philippa stellte.

»Evelyne, bitte reiche die Teller herum«, sagte sie zu Nestor. »Zucker, Herzogin?«

Ein entsetzter Blick strafte Philippa.

»Aber nein, Lady Maybury«, sagte sie und berührte dabei ihre schmale Taille. »Ich nehme niemals Zucker.«

»Oh, darum brauche ich mir glücklicherweise keine Sorgen zu machen«, erwiderte Philippa.

Sie berührte ihre eigene, immer noch schmale Taille und war froh, daß ihr Zustand noch nicht sichtbar war. Boshaft fügte sie hinzu:

»Noch nicht!«

Tara wandte sich ab, weil sie ein Lächeln nicht unterdrücken konnte, und Nestor sah Philippa bewundernd an.

Es war meisterhaft, auf wie unschuldige Art und Weise Philippa die Spitze angebracht hatte.

»Sie sagen, Sie wollen hier in der Gegend Bekannte besuchen?« fragte Philippa freundlich.

Die Augen der Herzogin blitzten. Sie fragte sich, weshalb sie sich von Rothermere hatte überreden lassen, sich in eine derartig unangenehme Lage zu begeben.

Rothermere hatte es in seinem Brief so einfach hingestellt: »Besuche Raven in Chartley. Ich muß wissen, warum er neulich nachts im *Leather Bottle Inn* war. Ich weiß, daß ich sowohl aus unserer Verwandtschaft als auch aus unserer sehr persönlichen Freundschaft Gewinn ziehe. Aber da ich Frankreich noch nicht verlassen kann, fürchte ich, wird es mir nach meiner Rückkehr schwerer fallen, ihn auszufragen, als es dir im Verlauf einer leichten Konversation möglich ist. Ich habe den Verdacht, er versucht, unser Vorhaben, das wir so sorgfältig ausgearbeitet haben, zu verhindern...«, hatte Rothermere geschrieben.

Nun hatte sie ihren Besuch umsonst gemacht und Raven verfehlt. Sie gestand sich bekümmert ein, daß sie sich auf eine Begegnung mit ihm gefreut hatte, denn im Laufe der letzten Jahre hatte er sich zu einem sehr attraktiven Mann entwickelt.

Sie fragte sich, wie lange sie noch die hinterlistigen Bemerkungen von Ravens idiotischer Schwester und die ungezogenen Blicke der Jungen ertragen mußte.

Sie klopfte nervös mit dem Fuß auf den Boden und sagte:

»Als kurz vor Chartley eines meiner Pferde ein Hufeisen verlor, freute ich mich, daß ich die Fahne flattern sah. Ich wollte nicht in der Kälte warten, bis der Kutscher einen Schmied gefunden hatte. Aber ich hoffe sehr, ich falle Ihnen nicht zur Last, Lady Maybury.«

»Wir sind hier auf dem Land über jede Abwechslung froh«, murmelte Philippa, »besonders, da wir länger hierbleiben werden.«

Ganz plötzlich sprang Tara auf und blickte sich suchend auf dem Fußboden um.

»Was ist jetzt wieder los, Gareth?« fragte Lady Philippa. »Hast du etwas verloren?«

»Das nicht gerade«, erwiderte Tara. Sie griff in ihre Tasche und setzte sich dann wieder befriedigt hin.

»Nein, sie ist in meiner Tasche«, sagte sie und behielt die Hand in der Hosentasche.

Mit großen, unschuldigen Augen sah sie die Herzogin an.

»Meine Maus, wissen Sie«, sagte sie stolz. »Ich dachte schon, sie sei davongelaufen.«

Die Herzogin sprang auf.

»Eine Maus!« schrie sie entsetzt. »Bringen Sie sie sofort hinaus!«

Die Herzogin zitterte am ganzen Leib.

»Gareth!« sagte Philippa tadelnd, aber ihre Augen leuchteten vor Vergnügen. »Verlasse sofort das Zimmer! Wie oft habe ich dir schon gesagt, du sollst dieses gräßliche Tier in deinem Zimmer lassen. Ich dulde es einfach nicht, daß du dich meinen Befehlen widersetzt!«

»Aber Tante«, sagte Tara flehentlich, »ich kann sie dort

doch nicht allein lassen. Evelynes Schlange würde todsicher Hackfleisch aus ihr machen.«

»Eine Schlange!« kreischte die Herzogin. »Ich falle in Ohnmacht!« Ihr Gesicht hatte alle Farbe verloren. Sie ließ sich auf einen Stuhl fallen und fächelte sich Luft zu.

»Genug, Gareth!« sagte Philippa mit gespieltem Ernst. »Entschuldige dich sofort bei der Herzogin und gehe dann in dein Zimmer!«

Tara ließ verschämt den Kopf hängen.

»Bitte entschuldigen Sie, Madame.«

Tara verbeugte sich und ging zur Tür. Als sie an Nestor vorbeikam, grinste sie ihn an.

Nestor beherrschte sich nur mit großer Mühe.

»Ich entschuldige mich für meinen Bruder«, sagte er zur Herzogin, als Tara das Zimmer verlassen hatte. »Man hat ihm zu viele Freiheiten gelassen.«

»In der Tat«, stimmte Philippa energisch zu. »Raven wird sehr ärgerlich sein, wenn er hört, wie ungehörig Gareth sich unserem Gast gegenüber benommen hat.«

»Bitte, messen Sie dem nicht eine so große Bedeutung bei«, sagte die Herzogin mit einem kleinen Lächeln. »Ich hatte ganz vergessen, wie kindisch Jungen sein können.«

Die Herzogin griff nach ihrer Teetasse. Aber da ihre Hand zitterte, klapperte die Tasse auf dem Unterteller.

Sie hustete leise, um das Geräusch zu übertönen, und hoffte, ihr Kutscher würde bald erscheinen.

Aber es dauerte noch volle zehn Minuten, bis der Diener kam und meldete, ihre Kutsche stünde bereit.

Mit ungewöhnlicher Eile bedankte sich die Herzogin bei Philippa für deren Gastfreundschaft.

Sie erlaubte dem Diener, ihr einen schweren, hermelinbesetzten Mantel um die Schultern zu legen und hüllte sich eng darin ein. Sie war verärgert über ihre fehlgeschlagene Mission und stellte sich Rothermeres Reaktion vor, wenn sie ihm erzählte, daß Raven nichts Aufregenderes tat, als seine Schwester und zwei junge Männer im Haus als Gäste zu haben. Das würde ihr Vorhaben in keiner Weise beeinträchtigen.

114

Für nichts und wieder nichts habe ich mich zum Narren machen lassen, dachte sie wütend.

»Treibe die Pferde an, Blackett«, befahl sie dem Kutscher. »Schone sie nicht, bis wir in London sind!«

Sie zog energisch die Jalousien herunter und lehnte sich in ihren bequemen Sitz zurück.

Tara war wieder in die Bibliothek gegangen, nachdem Philippa sie aus dem Salon geschickt hatte. Mehrere Minuten lang hatte sie über ihren Streich gelacht. Ihr ungeheuerliches Verhalten der Herzogin gegenüber war ihr wohl bewußt, und sie fragte sich, ob Raven wohl zornig darüber werden würde, wenn er davon erfuhr.

Gleichgültig zuckte sie die Achseln und stöhnte bei dem Schmerz auf. Sie sagte sich, daß es bedeutungslos war, denn wenn er mit dieser Sorte von Frauen seine Zeit vergeudete, war er töricht.

Sie schlug das Buch auf, das sie auf dem Tisch hatte liegenlassen, und blätterte geistesabwesend darin. Plötzlich bemerkte sie, wie ihre Knie zitterten. Sie ließ sich in einen tiefen Sessel fallen und starrte vor sich hin.

Es war ihr nicht egal, was Raven tat oder dachte, überlegte sie. Es war ihr nicht im geringsten egal.

»Je suis une radoteuse — une niaise«, flüsterte sie. »Ich benehme mich so, als wäre ich verliebt.«

Sie hielt inne, bestürzt über die Wendung, die ihre Gedanken genommen hatten.

»Du bist wahnsinnig!« sagte sie sich. »Du bist irrsinnig!«

Entsetzt über ihre Entdeckung preßte sie sich tiefer in den Sessel, als ob ihr Schmerz dadurch geringer würde.

So blieb sie den Blicken verborgen, als Philippa mit Nestor die Bibliothek betrat.

»Ich habe schon lange nicht mehr so gelacht«, sagte Philippa.

»Ja, Tara ist unübertrefflich, nicht wahr«, sagte Nestor stolz. »Ich hätte nie gedacht, daß ich einmal eine Herzogin so außer Fassung sehen würde.«

Er lachte.

Tara wollte nicht, daß man ihre Gefühle erriet, deshalb stand sie rasch aus dem Sessel auf und stimmte mit einer Fröhlichkeit, die sie nicht im mindesten empfand, in das Gelächter ein.

»Hier bin ich«, sagte sie, und ihre Stimme zitterte leicht. »Ich fürchtete schon, Sie würden mir zürnen, *Tante*«, fuhr sie fröhlich fort. »Ich habe eine Strafe erwartet.«

»Sie waren großartig«, sagte Philippa und konnte ihr Lachen immer noch nicht unterdrücken. »Allein das Gesicht dieser Kanaille zu sehen, als Sie die Schlange erwähnten...«, sie lachte wieder, »... das kann man gar nicht in Worten ausdrücken.«

»Wir sind stolz auf dich, Tara«, sagte Nestor. »Die Herzogin wird es bestimmt nicht eilig haben, hier wieder einen Besuch abzustatten.«

Tara sah Philippa verwirrt an, die sich die Tränen vom Gesicht wischte.

»Mein liebes Mädchen«, sagte sie liebevoll, »ich wollte, Raven wäre dabei gewesen. Er hätte seinen Spaß an dieser Lektion gehabt, die sie für die ganzen vergangenen neun Jahre verdient hat.«

Tara sah sie fragend an.

Philippa wurde unbehaglich zumute. Hatte sie zuviel gesagt? fragte sie sich. Es war nicht gut, in diesem Stadium Ravens früheres Verhältnis zur Herzogin zu erwähnen. Es würde Tara wehtun.

»Dann ist sie keine alte Freundin von Ihnen?« fragte Tara taktvoll.

»Nein, weit davon entfernt«, antwortete Philippa wahrheitsgemäß. »Sie hat mir nie gefallen.«

Taras Miene hellte sich bei Philippas Worten auf. Denn Raven würde ihr ungezogenes Verhalten sicherlich nicht billigen, wenn ihm die Herzogin etwas bedeuten würde.

Aber es war doch seltsam, daß sie ihm überhaupt einen Freundschaftsbesuch abstattete.

»Und wie steht sie zu Raven?« beharrte Tara. »Ich kann mir nicht vorstellen, daß eine Dame ihn besuchen kommt, ohne von ihm dazu aufgefordert worden zu sein.«

Philippa sah zur Seite, da sie Taras forschendem Blick nicht standhalten konnte.

Nestor mischte sich ein.

»Du hast ganz recht, Tara. Aber sein Verhältnis zu ihr ist schon lange beendet.« Er zögerte, als er sah, wie Taras Miene bei seinen Worten ernst wurde. »Es war nur ein Gerücht, von dem ich mal hörte.«

»Auf jeden Fall geht es mich nichts an«, erwiderte Tara leise.

Sie versuchte, gleichgültig zu lachen, aber es klang selbst für ihre eigenen Ohren unecht.

»Nestor redet wie ein Dienstbote«, sagte Philippa rasch. »Ihre Liaison liegt neun Jahre zurück und ist inzwischen längst vergessen. Raven war damals fast noch ein Kind. Warum die Herzogin heute hierherkam, ist mir rätselhaft.«

Tara stand auf und warf beiden ein trauriges Lächeln zu.

»Wirklich, Nestor«, begann sie, »ich...«

Nestor, der nicht wußte, wie lähmend seine Worte auf Tara gewirkt hatten, unterbrach sie triumphierend:

»Das neueste Gerücht in der Stadt betrifft Rothermere und die Herzogin.« Er hielt inne, um die Wirkung abzuwarten. »Und ich bin fest davon überzeugt, daß Rothermere sie heute mit einem Auftrag hierhergeschickt hat.«

Aber Tara sah nur Raven und die Herzogin von Somerset vor sich – die sinnliche Herzogin und der Graf mit dem Verlangen nach heißblütigen Frauen. Sie hob die Hand an den Kopf, als wollte sie einen quälenden Schmerz wegwischen.

»Es sieht fast so aus, als stelle sich Rothermere selbst eine Falle«, sagte Nestor. »Lady Maybury, erlauben Sie mir, Sie zum Schreibtisch zu führen, damit Sie Lord Raven unsere neuesten Erlebnisse berichten?«

Er schob vor den Tisch einen zierlichen Chippendale-Stuhl.

Philippa sah Tara besorgt an.

Sie sah ihr an, wie elend ihr zumute war, aber sie konnte im Augenblick nichts für sie tun. Vielleicht war Raven in der Lage, es ihr zu erklären? Aber nachdem sie jetzt die Herzogin wiedergesehen hatte, fragte sie sich, ob diese attraktive Frau Tara nicht in den Schatten stellte.

Giles sagte immer wieder, sie solle sich nicht in die Angelegenheiten anderer Menschen einmischen, und jetzt war es angebracht, seinem Rat zu folgen.

Wenn sich Zuneigung zwischen Tara und Raven entwickeln sollte, dann war es am klügsten, den Dingen ihren Lauf zu lassen.

Anmutig setzte sie sich auf den Stuhl, den Nestor ihr anbot.

»Nestor, suchen Sie bitte John«, sagte Philippa leichthin. »Er ist der einzige, dem ich diese wichtige Nachricht anvertrauen kann.«

Tara schlüpfte unbemerkt aus dem Salon und lief rasch in ihr Zimmer. Dort warf sie sich auf ihr Bett und weinte herzzerbrechend.

Siebzehntes Kapitel

Raven erreichte kurz vor zehn Uhr sein Haus am Berkeley Square. Die Fahrt von Chartley nach London war angenehm gewesen, denn es war nicht mehr so kalt.

Sein Diener Charles war über sein lässiges Äußeres entsetzt gewesen.

Raven trug die Aufregung des Dieners mit Humor, und nach einer Stunde war er ausgehbereit.

Charles war durch das ungewöhnliche Interesse, das Raven an seinen Bemühungen gezeigt hatte, besänftigt worden und ließ Raven das seltene Privileg eines Kompliments zukommen.

»Ich glaube, M'lord«, sagte Charles stolz, als er Ravens Halstuch betrachtete, »das Tuch ist perfekt gebunden.«

»Danke, Charles«, sagte Raven. »Sie selbst haben ja das Wunder vollbracht, und das mit solch einem armseligen Stoff, es spricht für ihre Fähigkeiten.«

Der Diener wehrte lachend ab.

»M'lord«, sagte er affektiert, »ich diene nur den Besten, denn andernfalls wären meine Talente vergeudet.«

Raven lachte.

»Sie schmeicheln mir, Charles. Aber ich glaube, heute würde ich selbst bei der strengsten Prüfung bestehen.«

Raven stand auf und wartete, bis Charles seinen Frack brachte. Die beigefarbenen Beinkleider schienen über seinen Schenkeln modelliert worden zu sein und betonten seine schmalen Hüften. Die Stulpenstiefel aus ganz weichem Leder schmiegten sich eng um seine Unterschenkel, und sein einziger Schmuck waren zwei kleine Goldquasten, die vom oberen Rand jedes Stiefels herunterhingen.

Charles half Raven in einen Frack aus feinstem Stoff. Dann hob er entsetzt die Hände und rief:

»Sie haben eine Falte im Frack!«

Rasch griff er nach einem feuchten Tuch und beseitigte den störenden Makel.

»Charles, erst jetzt kann ich der Welt mit Selbstvertrauen entgegentreten«, sagte Raven lachend.

Er blieb an der Tür stehen.

»Ich esse heute abend zu Hause, brauche also keinen Abendanzug.«

Er lachte, als er Charles' Miene sah. Charles machte ein Gesicht wie ein kleiner Junge, dem man den letzten süßen Fladen genommen hatte.

Raven hielt sich nicht lange beim Frühstück auf. Er hatte es so eilig, mit Sir Jack zu sprechen, daß ihm dies den Appetit nahm.

Die Post brachte keine Überraschungen, nur Einladungen, eine Rechnung für die Diamanten, die er Cora gekauft hatte, und eine duftende Nachricht von der Dame selbst.

Als er vom Tisch aufstand, ließ er ihren Brief ungeöffnet in die Flammen des Kamins fallen. Er freute sich darauf, sie später an diesem Tag zu sehen, aber er verabscheute ihre Gewohnheit, Briefe zu parfümieren. Sorgfältig wischte er sich die Finger an einer Serviette ab, ehe er hinausging.

119

Ein Diener stand mit seinem Hut, dem Stock und den Handschuhen bereit, so daß er für die frische Frühlingsluft gerüstet war.

Wie üblich ging er zu Fuß zu seinem Club, eine Gewohnheit, die seine Kollegen, die körperliche Bewegung verabscheuten, eine Marotte nannten.

Seine Leistungen im Boxclub wurden niemals erwähnt, es sei denn zum Spaß, aber Raven lächelte nachsichtig über die Neckereien.

Er fühlte sich jetzt wohler denn je. Bei seinen Freunden hinterließen die Exzesse inzwischen ihre Spuren. Bald würden sie Korsetts tragen, dachte Raven. Er schauderte bei der Vorstellung daran.

Genau um die Mittagszeit ging er durch das Portal von White's und steuerte auf den Leseraum zu, wo er Sir Jack anzutreffen hoffte.

Der Portier begrüßte ihn respektvoll, denn ebenso wie viele seiner Zeitgenossen bewunderte er die elegante Kleidung von Lord Raven.

Raven blieb ein paar Minuten an der Tür des Leseraums stehen und betrachtete die Szene. Außer dem Rascheln der Zeitungen war nichts zu hören. Nicht einmal das Feuer im Kamin knisterte. Raven hatte sich schon oft gefragt, ob die Angestellten von White's das Holz präparierten, um diese Wirkung zu erzielen.

Durch die sechs großen Fenster fiel zu dieser Tageszeit genug Licht in den Raum, so daß es nicht nötig gewesen wäre, die Lampen anzuzünden.

Trotzdem hatten sich einige ältere Mitglieder die Lampen angemacht.

Die großen, ledernen Armsessel waren bequem und weich. Ja, man beschwerte sich sogar über zuviel Bequemlichkeit, denn viele Clubmitglieder schliefen deshalb über ihren Zeitungen ein, und das laute Schnarchen, das ab und zu zu hören war, wurde von jenen, die ernsthaft die Zeitung lasen, nicht sonderlich geschätzt.

Der Club war ein Zufluchtsort, und besonders in diesem Raum traf man sich und tauschte Gedanken aus über die veränderten wirtschaftlichen Bedingungen, die Herren diskutierten über die kniffligsten Gesetzesvorlagen oder genossen es, einfach einmal nur unter Männern zu sein.

Raven ging kaum in die Spielzimmer, obwohl er selten verlor, wenn er einmal spielte. Das Buch, in dem alle Wetten aufgezeichnet wurden, bewahrte man in einem Glaskasten auf.

Raven nickte einigen Bekannten zu. Dann sah er Sir Jack in einer Ecke sitzen, die halb von einem Bücherregal verdeckt wurde.

Langsam ging er zu ihm hinüber, trat vorsichtig über ausgestreckte Beine und wartete, bis Sir Jack ihn bemerkte. Erst dann setzte er sich auf einen freien Stuhl neben ihn.

Raven konnte es kaum erwarten, Sir Jack die Neuigkeiten zu berichten. Er wartete ungeduldig, bis dieser die Zeitung zu Ende gelesen hatte.

Schließlich sagte Sir Jack: »Ich dachte, ich sehe Sie erst in einer Woche wieder?«

Seine Stimme war leise und wohlklingend, sie paßte zu seiner ruhigen Art.

Nur wenige Menschen kannten die eigentliche Beschäftigung dieses Mannes, dem Männer wie Raven Respekt entgegenbrachten. Sir Jack machte es nichts aus, daß ihn manche Menschen für langweilig hielten. Dies war eine Haltung, die er sich im Laufe der Jahre angeeignet hatte und die ihm oft nützlich gewesen war, denn die Männer sprachen offen in seiner Anwesenheit, und er hatte dadurch schon viele Geheimnisse erfahren, die ihm von Nutzen gewesen waren.

Während der vielen Jahre, die Sir Jack im Außenministerium gearbeitet hatte, hatte er zahlreiche Männer von Ravens Art in seiner Abteilung erlebt. Aber aus Gründen, die ihm selbst unerklärlich waren, schätzte er Raven am meisten.

»Ich habe Neuigkeiten über den Tod von Duclos«, sagte Raven ruhig. »Ich glaube, wir haben unseren Mann gefunden.«

Sir Jack schloß langsam die Augen, legte seine Finger gegeneinander, dann beugte und streckte er sie langsam.

»Das ist interessant, sehr interessant«, sagte er. »Bitte, fahren Sie fort.«

Raven folgte Sir Jacks Vorbild und lehnte sich ebenfalls im Sessel zurück. Er blickte sich um und sah zu seiner Befriedigung, daß sie unbeobachtet waren. Doch selbst wenn jemand herübergeblickt hätte, so hätte er sich nicht weiter für die beiden Herren interessiert, deren Konversation etwas mühsam zu sein schien.

Daran, daß Sir Jack aufgehört hatte, seine Finger zu bewegen, war zu erkennen, daß er die volle Bedeutung von Ravens Worten begriffen hatte.

»Gute Arbeit«, lobte Sir Jack leise, nachdem Raven seine Geschichte zu Ende erzählt hatte. »Der Premierminister hat in dieser Angelegenheit schon auf ein Ergebnis gedrängt.«

Raven nahm das Kompliment mit einer leichten Kopfbewegung entgegen.

»Ich habe einen Plan, der allerdings die Wardales mit einbezieht, was mir nicht recht ist«, sagte Raven. »Aber ich glaube, eine Gegenüberstellung von Rothermere und den Wardales ist die einzige Möglichkeit, ihn zu überführen. Sie sind unsere Trumpfkarten.«

Sir Jack öffnete die Augen, und Raven sah, daß sie vor Zufriedenheit leuchteten.

»Nestor wird begeistert mitmachen, das weiß ich«, sagte Sir Jack. »Aber wie steht es mit dem Mädchen? Wird sie einverstanden sein?«

»Ja, Sir, sie wird uns nicht im Stich lassen«, sagte Raven rasch, und die Bewunderung, die in seiner Stimme lag, entging Sir Jack nicht.

»Ausgezeichnet, Raven«, sagte Sir Jack. »Ich überlasse es Ihnen, alle Details auszuarbeiten. Wenn sie soweit sind, gebe ich Ihnen die endgültigen Anweisungen.«

»Wie steht es mit Nestor?« fragte Raven. »Was wollen Sie in seinem Fall tun?«

»Ich muß noch darüber nachdenken. Ich habe ihn auf

Wunsch seines Großvaters angestellt, aber wenn er eine derartige Geschichte am Hals hat...«

Sir Jack hielt inne und sagte dann nachdenklich:

»Lord Nestor hat sowieso den falschen Posten.«

»Sie haben recht, Sir Jack, der Junge sollte ein Offizierspatent besitzen.« Raven zögerte, bevor er fortfuhr: »Hat der alte Herzog einmal mit Ihnen über seine Enkelkinder gesprochen?«

»Er erwähnte nur, daß sie in Frankreich leben. Der alte Herzog hat sich zurückgezogen, als sein jüngster Sohn starb. Wir haben die Verbindung zueinander verloren. Ich war sehr überrascht, als ich seinen Brief mit der Bitte erhielt, ihm zu helfen, für seinen Enkel eine Stellung zu finden.«

Raven überlegte, ob Sir Jack wußte, weshalb der alte Herzog seine zwei Enkel aus England verbannt hatte.

»Ich frage mich, ob Sie beim alten Herzog nicht Ihren Einfluß geltend machen und ihn dazu überreden könnten, Lady Tara wieder in die Familie aufzunehmen, wenn es uns gelungen ist, Rothermere zu entlarven.« Raven zögerte und sagte dann: »Sie lebt wirklich wie im Exil...«

»Ich will sehen, was ich für das Mädchen und ihren Bruder tun kann«, sagte Sir Jack. »Es wäre das mindeste, was sie verdienen, wenn wir Erfolg haben.«

Sir Jack schloß die Augen, und Raven wußte, daß das Gespräch beendet war. So blätterte er noch ein paar Minuten in einer Zeitung, um nicht das Interesse Neugieriger zu wecken, stand dann lässig auf und verließ den Raum.

Auf der Straße blieb er eine Minute unschlüssig stehen. Da er nichts Dringenderes zu tun hatte als seine Post zu beantworten, beschloß er, Cora zu besuchen.

Kurze Zeit später führte ihn Coras Dienstmädchen diskret in das Boudoir.

»Madame Cora wird Sie sofort empfangen«, sagte sie lächelnd.

Allein gelassen, ging Raven auf und ab und berührte die verschiedenen Gegenstände, die er seiner Mätresse ge-

123

schenkt hatte. Er zog gerade seinen Frack aus und lockerte sein Halstuch, als Cora hereinrauschte.

»Dominic, Liebling«, murmelte sie. »Wo warst du so lange?«

Als er ihre Stimme hörte, drehte er sich um, doch bevor er Zeit für eine Antwort fand, lag sie schon in seinen Armen und küßte ihn leidenschaftlich.

Ihr schweres Parfüm regte seine Sinne an, und er erwiderte ihre Leidenschaft wie nie zuvor.

Sein Mund glitt an ihrem weichen Hals hinab bis zu ihren Brüsten. Er umschloß eine ihrer Brüste mit der Hand und spielte über dem weichen, zarten Stoff mit ihrer Brustwarze.

Cora stöhnte voller Verlangen. Vorsichtig nahm Raven sie in die Arme, und seine Zunge strich über ihr Ohr.

»Cora, Cora«, flüsterte er heiser, »du bist schön... aufregend...«

Er trug sie zum Bett hinüber und legte sie sanft hinein, um das aufreizende Bild zu betrachten, das sich ihm bot.

Ihr durchsichtiges Kleid schmiegte sich um ihre großen Brüste, und ihre Brustwarzen zeichneten sich unter dem zarten Stoff ab.

Cora stützte sich auf einen Arm, so daß sich das Kleid öffnete und eine Brust enthüllte. Sie spielte damit, als böte sie diese Raven an.

»Liebling«, murmelte sie. »Ich habe dich so sehr vermißt.«

Raven beugte sich über sie, nahm die ihm dargebotene Brust in den Mund und saugte leidenschaftlich daran.

Mit einer einzigen Bewegung öffnete er ihr Kleid, liebkoste mit seinem Mund ihren Körper, und seine Zunge verfolgte jede Kurve ihres Leibes, bis er zu den dunklen Haaren kam, die ihre Scham bedeckten.

Seine Hand spielte zärtlich an deren äußeren Rändern.

Coras Hände streiften seine Kleider mit ungeduldiger Begierde ab. Ohne an etwas anderes als an die Befriedigung seines eigenen Verlangens zu denken, nahm er sie in Besitz.

»Tara! Tara!« keuchte er. »Mein Liebling…«

Der Körper unter ihm erstarrte.

Raven bemerkte es nicht. Er liebte sie mit einer Brutalität, die sie nicht an ihm kannte, und das Blut, das in seinen Ohren pochte, übertönte Coras Proteste.

Langsam kam er wieder zu sich, und zögernd öffnete er die Augen.

Das Pochen in seinen Ohren hatte nicht nachgelassen, und als er den Kopf schüttelte, um es zu beseitigen, da bemerkte er, daß Cora ihn auf den Kopf schlug.

Er rollte rasch zur Seite, fort von den Händen, die wie Dreschflegel auf ihn einschlugen.

»Was, zum Teufel…«, begann er.

»Du bist ein Ungeheuer!« schrie Cora. »Wie kannst du es wagen, mich so zu behandeln!«

Tränen liefen ihr über das Gesicht, und ihre Augen blitzten zornig.

Verwirrt über ihr Verhalten hielt Raven ihre Arme fest.

»Was ist los, Cora?« fragte er erstaunt.

Schluchzen schüttelte ihren Körper.

»Wie kannst du mich so behandeln?« wiederholte sie. »Du gefühlloser Grobian! ›Tara, Tara‹, wer ist das überhaupt?«

Ravens Griff lockerte sich, und er fröstelte, als er Coras Worte hörte. Er setzte sich auf und wartete, bis Cora sich gefaßt hatte.

Ihr Schluchzen ließ allmählich nach, und mit einer rührenden Bewegung griff sie nach ihrem Kleid und bedeckte damit ihren Körper.

Raven stand langsam vom Bett auf und zog nachdenklich einen Morgenrock an, den Cora ihm erst vor zwei Wochen geschenkt hatte.

Er setzte sich auf den Bettrand und sah sie an.

»Entschuldige«, sagte er einfach. »Ich habe es nicht gemerkt.«

Erst jetzt wurde ihm die volle Bedeutung seiner Worte klar. Was für ein Tor war er doch gewesen, sich seine wahren Gefühle nicht früher eingestanden zu haben. Wortlos nahm er seine Sachen und ging damit in das Ankleidezimmer.

Er band gerade sein Halstuch, als Cora die Tür öffnete. Sie lächelte traurig.

»Wir hatten zusammen eine gute Zeit, nicht wahr, Liebling?«

Ihre Stimme klang leicht hysterisch und somit unnatürlich hoch. Sie hob die Hand, um Raven am Sprechen zu hindern.

»Du armer Liebling«, sagte sie mit belegter Stimme. »Weiß sie es?«

Raven schüttelte den Kopf. Er fand keine Worte, um das wieder gutzumachen, was er Cora angetan hatte. Er kämpfte gegen den Impuls an, sie in die Arme zu nehmen und ihr zu sagen, es sei alles ein Mißverständnis. Auf der anderen Seite galt seine Sehnsucht Tara, er wollte sie in den Armen halten und ihr seine Liebe erklären. Und Cora wollte er nicht noch einmal wehtun.

Cora verstand ihn, und als er versuchte, sie zu trösten, sprach sie über die Liebe. Es schien so, als gäbe sie ihm Ratschläge. Er blieb lange bei ihr, dann verabschiedete er sich endgültig von ihr.

Raven kam später als beabsichtigt am Berkeley Square an, und sein fröhliches Pfeifen ließ den Diener vermuten, daß Raven einen angenehmen Nachmittag verbracht hatte.

Er nahm Ravens Hut entgegen und sagte, ein Mr. Williams erwarte ihn.

»John Williams?« fragte Raven.

»Ja, M'lord«, erwiderte der Diener. »Er ist schon seit drei Uhr nachmittags hier. Er sitzt in der Bibliothek.«

Mit einem leisen Fluch warf Raven dem Diener seine Handschuhe und seinen Stock zu und ging in die Bibliothek.

Seine gute Laune verschwand, denn er hatte das Gefühl, daß Unheil bevorstand.

126

Achtzehntes Kapitel

»Was ist, John?« fragte Raven besorgt. »Ist in Chartley alles in Ordnung?«

»Guten Tag, M'lord«, sagte John und stand mühsam auf. Er hatte vor sich hingedöst in der Wärme des Feuers.

Zum ersten Mal seit einer Woche waren die Probleme, die ihm schlaflose Nächte bereitet hatten, etwas in den Hintergrund getreten. Allein seine Anwesenheit in Ravens Haus schien ihm wieder Vertrauen zu geben.

Ein Gefühl des Friedens hatte ihn ergriffen, und die Hoffnung, wieder in England leben zu dürfen, schien Wirklichkeit zu werden.

»Ich habe eine Nachricht von Lady Maybury für Sie«, sagte John.

Er sah die Sorge in Ravens Augen.

»Alles ist in Ordnung, M'lord«, sagte John beruhigend. »Aber wir hatten heute früh Besuch...«

John brach ab, denn Raven hörte ihm nicht mehr zu, sondern überflog rasch Philippas Brief. Er lachte über Taras Streich, den Philippa ausführlich schilderte.

»Rothermere hat keine Zeit vergeudet, nicht wahr?« rief Raven. Er sah John an und lächelte grimmig. »Mir wäre es nie in den Sinn gekommen, daß Rothermere Lady Caroline für seine Pläne benützen könnte.«

Seine Stimme klang schneidend, und John fragte sich, was wohl der Grund für diese Bitterkeit sein mochte.

»Ich mache mir Vorwürfe, denn das hätte ich voraussehen müssen«, fuhr Raven fort.

»Ich glaube nicht, daß der Besuch der Herzogin viel Schaden angerichtet hat«, beruhigte ihn John. »Wie Lady Maybury Ihnen sicher mitgeteilt hat, ängstigte Miß Tara mit der angeblichen Maus und der Schlange die Herzogin halb zu Tode.«

Ravens Mühe entspannte sich einen Augenblick, als Taras Name erwähnt wurde, aber als er an die Dummheit seiner Schwester dachte, Tara und Nestor der Herzogin vorzustellen, stieg der Ärger von neuem in ihm auf.

127

»Meine Schwester hätte klüger sein müssen und dieser Frau niemals die Wardales vorstellen dürfen«, sagte er scharf.

»Lady Maybury konnte es nicht verhindern«, sagte John vorsichtig, »denn es war Taras Idee.«

»Sie haben recht, John, Lady Maybury hat gegenüber Lady Tara keine Chance«, sagte Raven lachend.

Sein Ärger verflog vollends, als er sich die Szene in Chartley vorstellte. Zuerst flirtete Tara mit Caroline, und dann gab sie vor, sie habe eine Maus in der Tasche. Götter! Wie sehr er sich danach sehnte, Tara in seine Arme zu nehmen! Die Ketten, die ihn diese ganzen vergangenen Jahre gefesselt hatten, waren von ihm abgefallen, und überrascht wurde er sich bewußt, daß er es genossen hätte, Carolines Hysterie mitzuerleben – nein, nicht nur genossen, er hätte darin geschwelgt.

»Was für ein Tor bin ich doch gewesen«, murmelte er leise. »Was für ein lächerlicher Gimpel!«

»Wie meinen Sie, M'lord?« fragte John.

»Oh, nichts«, sagte Raven heiter.

Raven freute sich immer noch über Taras Streiche, lange nachdem John gegangen war, und Charles war zu gut erzogen, um sich zu dem seltsamen Verhalten seines Herrn zu äußern. Aber er vermutete, daß Raven an diesem Nachmittag etwas Außergewöhnliches erlebt haben mußte. Und der zerknitterte Frack seines Herrn ließ darauf schließen, daß Madame Cora der Grund für den eigenartigen Geisteszustand seines Herrn war.

Charles gab gerade Ravens Frisur den letzten Schliff, als der Butler anklopfte und das Ankleidezimmer betrat.

»Was ist?« fragte Raven gutgelaunt.

Charles rümpfte verächtlich die Nase. Das Betragen des Butlers war unverzeihlich, niemand durfte das Ankleidezimmer betreten, bevor nicht die Toilette beendet worden war.

Und jetzt hieß Raven diesen Mangel an Anstand auch noch gut.

Der Butler war sich wohl bewußt, daß er die Etikette verletzte, aber Lord Maybury hatte gedroht, selbst zu kommen und M'lord aufzusuchen.

Der Butler hustete.

»Es ist Lord Maybury, M'lord«, sagte der Butler. »Er verlangt, sofort empfangen zu werden.«

Raven drehte sich überrascht um.

»Lord Maybury, sagen Sie? Schicken Sie ihn herauf.«

Charles protestierte entsetzt. Niemals, niemals in seinem Leben war vorher so etwas geschehen.

»Aber M'lord, Sie sind noch nicht gerichtet!«

»Unsinn«, lachte Raven und sprang auf. »Ich glaube nicht, daß es Lord Maybury etwas ausmacht, wenn ein Haar nicht an der richtigen Stelle liegt.«

»Aber M'lord«, klagte Charles, »ich…«

»Genug, Charles. Es ist in Ordnung.«

Raven bemerkte, wie sehr Charles gekränkt war.

»Machen Sie kein so entsetztes Gesicht, Charles, ich speise heute abend allein«, sagte Raven freundlich.

Ohne ein weiteres Wort zu sagen, machte der Diener eine Verbeugung und ging hinaus.

Seine Entrüstung war so groß, daß er nicht bemerkte, wie Lord Maybury die Treppe heraufkam.

»Lord Maybury«, verkündete ein anderer Diener, und Raven ging seinem Schwager entgegen, um ihn zu begrüßen.

»Giles, mein lieber Freund«, sagte er und ergriff Mayburys Hand. »Ich vermutete dich in Gibraltar.«

Maybury zog brüsk seine Hand zurück.

»Ich verlange eine Erklärung, Raven«, sagte er eisig. »Wo ist meine Frau?«

Raven lächelte breit und amüsierte sich über Giles' Zorn. »Komm, komm, Giles, das ist nicht die rechte Zeit, um eine Tragödie zu inszenieren. Du bist der einzige Mensch, der mir jetzt im Augenblick helfen kann.«

»Ich interessiere mich nur für eines, Raven: Ist Philippa in Chartley oder nicht?« Mayburys Stimme klang scharf.

»Natürlich ist sie dort, und das schon seit einigen Tagen«, antwortete Raven heiter.

»Man hat mir gesagt, du hättest einen Unfall gehabt«, Mayburys Stimme klang etwas skeptisch, »und deshalb habe Philippa plötzlich London verlassen müssen. Ich glaube, Jenkins sagte, du seist von irgendeinem Maschinenteil getroffen worden.«

»Das war Philippas Versuch, eine glaubhafte Geschichte zu erfinden... Ich...«

»Raven«, sagte Maybury drohend, »ich warne dich! Meine Geduld ist zu Ende! Sag mir jetzt sofort, was los ist, bevor ich etwas tue, was ich später bereuen könnte. Was macht meine Frau in Chartley?«

»Beruhige dich, Giles, ich werde dir alles in Ruhe erzählen. Aber es ist eine lange Geschichte und eine, die dich sehr interessieren wird.«

Er warf seinem Freund einen verschmitzten Blick zu.

»Leiste mir Gesellschaft und iß heute abend mit mir. Du bist genau der Mann, der mir helfen kann, eine Falle zu stellen.«

Maybury entspannte sich. Wenn Philippa etwas zugestoßen wäre, dann hätte Raven es ihm gesagt. Aber das änderte nichts an der Tatsache, daß an alledem etwas faul war.

Es gefiel Lord Maybury nicht. Aber das Leuchten in Ravens Augen deutete auf ein Abenteuer hin.

»Versichere mir zuerst, daß es Philippa gutgeht«, sagte Maybury, »andernfalls habe ich keinen Appetit.«

»Auf mein Wort, Giles«, sagte Raven besänftigend. »Philippa ist in guter Verfassung. Sie sorgt für zwei Kinder von mir.«

Raven lächelte, als er die angewiderte Miene seines Freundes sah.

»Nein, nichts von dieser Art«, beantwortete er die unausgesprochene Frage. »Es sind nicht meine Kinder, sondern die Enkelkinder des alten Herzogs.«

»Guter Gott, wie bist du zu denen gekommen?« fragte Maybury erstaunt.

»Das ist die Geschichte, die ich dir gern erzählen möchte, Giles.« Er nahm Mayburys Arm. »Philippa war die einzige Frau, der ich sie anvertrauen konnte. Also verzeih mir bitte. Du hast dich benommen, als hätte ich meine Schwester zum Abendessen verzehrt.«

Maybury lachte.

»Genug, mein Freund«, sagte er. »Ich bin neugierig auf deine Geschichte.«

Sie gingen Arm in Arm in die Bibliothek.

Raven ordnete an, das Abendessen um eine Stunde zu verschieben, und dann setzten sie sich vor den Kamin, eine Karaffe Rotwein wartete darauf, geleert zu werden.

Es war ein einfaches Essen an diesem Abend, aber die Soßen, die Anton zubereitet hatte, waren vorzüglich.

Maybury reichte die Kiebitze weiter und gab sich mit einem Hammellendenstück zufrieden.

Raven ließ allen Gerichten, die ihm vorgesetzt wurden, Gerechtigkeit widerfahren, denn seine Aktivitäten an diesem Nachmittag hatten ihn hungrig gemacht.

Schließlich beauftragte er den Diener, den Tisch abzuräumen. Danach genossen die beiden Männer ihren Kognak.

Maybury dachte eine Weile nach, bevor er sprach, und sein Blick ruhte auf der dunkelbraunen, feurigen Flüssigkeit, die er in seinem Ballonglas schwenkte.

»Dein Plan ist einfach und geschickt, Dominic«, sagte Maybury. »Bist du sicher, daß du dich auf Lady Tara verlassen kannst?«

»Sie läßt uns nicht im Stich«, sagte Raven leise. »Wenn du sie kennengelernt hast, wirst du mir recht geben.«

Er war sicher, daß sein Freund keinen Makel an ihr finden würde.

»Ich vertraue deinem Urteil«, sagte Giles.

Ravens Miene hatte ihn für einen Augenblick verraten. Der Mann ist verliebt, dachte Giles. Ich frage mich, ob er es weiß. Klugerweise ließ Giles sich nichts anmerken.

»Was ist mit Rothermere?« fragte er. »Wartest du, bis er dich besucht?«

»Das wird das Beste sein«, sagte Raven. »Ich vermute,

daß er hier auftauchen wird, sobald er in London ist, da Caroline ihm keinerlei Informationen liefern konnte.«

Ravens Gedanken wanderten wieder zu Tara, und er sagte begeistert:

»Ich weiß, wenn du sie kennengelernt hast, wirst du sie bewundern.«

Giles lächelte und nickte. Ravens Glück war anstek-kend. Er freute sich für seinen Schwager und wünschte ihm im stillen alles Gute.

Als er sich verabschiedete, versprach Giles, am näch-sten Morgen, bevor er nach Chartley fuhr, noch einmal bei Raven vorbeizukommen.

»Nur für den Fall, daß du noch irgenwelche Nachrichten zu überbringen hast«, sagte Giles. Er hoffte, Raven würde ihm noch mehr über Tara erzählen. Aber Raven ließ sich nicht verleiten.

»Ich kann mir nicht vorstellen, daß sich bis morgen früh etwas Grundlegendes ereignet haben sollte«, sagte Raven.

Maybury sah ihn erwartungsvoll an.

»Ich weiß, es wird alles gutgehen, wenn du die War-dales am Sonntag nach London bringst«, sagte Raven zu-versichtlich.

»Also dann bis später«, sagte Maybury.

Raven saß bis spät in die Nacht hinein in der Bibliothek und überdachte immer wieder seinen Plan, wie er Rother-mere überführen konnte.

Dann schweiften seine Gedanken zur Herzogin von So-merset ab, und seine Lippen wurden schmal. Wie hatte er sich wegen ihr zum Narren gemacht!

Die Erinnerung an seine damalige Leidenschaft erregte ihn, und er sagte sich, daß er zu unreif gewesen war, um zu sehen, daß sie ihn nur benutzt hatte. Sie hatte ihm ihre Lippen freizügig gegeben, und er hatte geglaubt, er hätte ihr Herz gewonnen.

Er mußte daran denken, wie unglücklich er nach ihrer rücksichtslosen Abwendung gewesen war und wie grau-sam er seither viele Fauen für sie hatte büßen lassen.

Cora war anders, sie hatte er nicht verletzen wollen,

denn sie war ihm sowohl Freundin als auch Geliebte gewesen.

Und sie hatte tapfer das Ende ihrer Beziehung hingenommen.

»Sei vorsichtig, wenn du um sie wirbst, Dominic«, hatte sie gesagt. »Zerstöre deine Liebe nicht. Bei einer so jungen Frau könnte es sein, daß du leicht Fehler machst, denn sie hat den Kopf noch voller romantischer Ideale.«

Unwillkürlich hatte er Cora von Tara erzählt. Er hatte nicht über die Umstände gesprochen, unter denen er sie kennengelernt hatte, sondern nur über ihre Schönheit, ihr Wissen, und daß sie gezwungen worden war, in Frankreich zu leben. Und Cora, die kluge Cora, hatte ihm Ratschläge gegeben.

Raven sorgte sich nicht um Cora. Es gab viele Herren, die nur darauf warteten, ihr neuer Begleiter zu werden. Sie hatte ihm einmal erklärt, sie lebe nur für den Tag und vergeude keine Zeit damit, darüber nachzudenken, was möglich sein könnte.

Und jetzt hatte er Tara gefunden, die Verkörperung seiner Träume, ein Mädchen, das knapp dem Kinderzimmer entwachsen war. Und doch besaß sie Klugheit und Reife, was für ihr Alter ungewöhnlich war.

Cora hatte recht, er mußte vorsichtig mit Tara umgehen. Er durfte sie nicht mit seinem Verlangen und seiner Leidenschaft verängstigen.

Raven lächelte, als er sich die Berührung ihrer Lippen vorstellte. Dann trank er seinen Kognak aus und ging zu Bett.

Neunzehntes Kapitel

Raven saß gerade beim Frühstück, als der Butler eintrat und ein silbernes Tablett mit einer Visitenkarte darauf neben seinen Teller legte.

Raven nahm die Karte in die Hand und hob mit der anderen sein Monokel ans Auge.

»Rothermere«, las er laut. »Bitten Sie ihn, mir beim Frühstück Gesellschaft zu leisten«, sagte er zum Butler.

Raven lehnte sich zurück und wartete. Es interessierte ihn zu hören, was Rothermere zu sagen hatte.

Er war zufrieden, daß er den Mann richtig eingeschätzt hatte. Rothermere legte eine unangemessene Hast an den Tag.

Die Tür öffnete sich, man hörte Stimmengewirr, und dann wurde Rothermere vom Butler angekündigt.

»Mein Bester«, sagte Raven und stand auf. »Kommen Sie herein und machen Sie es sich bequem. Ich nehme an, Sie haben noch nichts gegessen.«

Er deutete auf einen Stuhl.

Rothermere sah Raven interessiert an. Ihm war keine Verlegenheit anzusehen. Vielleicht hatte er sich doch in der Annahme getäuscht, es bestünde ein Zusammenhang zwischen dem Verschwinden von Tara und Ravens Anwesenheit im *Leather Bottle Inn.* Er hatte völlig die Fassung verloren, als er Tara im Gasthaus nicht angetroffen hatte.

In Rothermere stieg wieder der Zorn auf, als er daran dachte, und er leckte sich die Lippen und seine Zunge schnellte vor wie die einer Schlange. Wenn er Tara gefunden hatte, dann würde er nicht bis zur Hochzeitsnacht warten, um sie zu besitzen.

Seine Augen blitzten kalt, und Raven wurde an einen Keiler erinnert – fette Backen und ein dicker Hals.

Beide Männer lächelten einander an. Endlich sprach Rothermere, obwohl er den Mund voller gefüllter Nieren hatte.

Rothermere hat sogar die Manieren eines Schweins, dachte Raven, als er fasziniert den Kauvorgang beobachtete.

»Ich möchte mich entschuldigen, Raven«, sagte Rothermere freundlich, während er sich einen Knorpel aus dem Mund holte.

»Ich fürchte, mein Verhalten neulich nachts war nicht das eines Gentleman.«

»Ich kann mich nicht darüber beklagen«, sagte Raven

unverfänglich, »denn ich erinnere mich an nichts. Sie haben mich in einem sehr schlechten Zustand angetroffen, und wenn mir der Wirt Ihre Nachricht nicht ausgerichtet hätte, dann bezweifle ich, ob ich mich überhaupt erinnert hätte, Sie dort getroffen zu haben.«

Raven hielt inne.

»Bitte, entschuldigen Sie mein Verhalten«, sagte er freundlich.

»Keine Ursache, keine Ursache, alter Junge«, sagte Rothermere und benützte seine Serviette als Schutzschild, während er sich eine weitere Sehne aus dem Mund holte.

»Es war ein Mißverständnis«, sagte Rothermere und lachte grob. »Ich habe mich in der Nacht geirrt, und in meiner Enttäuschung darüber, meine schöne Dirne nicht angetroffen zu haben, vergaß ich meine Manieren.«

Raven zuckte es in den Fäusten. Er hätte gern auf diese dicken Wangen eingeschlagen, aber er beherrschte sich.

»Das ist wirklich komisch«, sagte Raven lachend, »denn ich ertränkte an diesem Abend meine Sorgen auch wegen der schönsten aller Frauen.«

»Dazu haben Sie sich aber einen merkwürdigen Ort ausgewählt«, sagte Rothermere.

»Nahe genug bei Chartley und doch weit genug davon entfernt«, sagte Raven scherzend. »Mein Leitpferd lahmte, und da beschloß ich, mein Trinkgelage in Ruhe fortzusetzen.«

»Das läßt sich besser in London arrangieren«, entgegnete Rothermere scheinheilig. »Denn dort haben Sie die Chance, andere Schönheiten zu finden, die Sie über Ihren Verlust hinwegtrösten können.«

Sein ganzer Körper schüttelte sich vor Lachen bei dem Gedanken daran.

Er stieß laut auf.

»Oh, entschuldigen Sie, mein Junge«, sagte er hastig und wischte sich einen Tropfen vom Kinn.

Raven lächelte.

»Das war in jener Nacht nicht möglich. Ich mußte nach Chartley.« Er hielt inne und war gespannt, ob Rothermere

135

Überraschung oder Neugier zeigen würde. Doch das tat er nicht.

»Meine Schwester ist für eine Weile in Chartley und wollte einige wichtige Dinge mit mir besprechen«, sagte Raven beiläufig.

Rothermere versteifte sich unmerklich, als Philippas Name erwähnt wurde.

»Ah, Ihre Schwester... eine verheiratete Leicester, nicht wahr?«

»Ja, es war eine Liebesheirat«, sagte Raven, »und sie ist über die Abwesenheit ihres Mannes zu Tode betrübt.«

»Dann war es sehr großzügig von Ihnen, sie zu sich einzuladen«, sagte Rothermere. »Ich kann traurige Frauen nicht ausstehen! Ich wundere mich, daß Sie sie nicht einfach auf eines von Mayburys Güter abgeschoben haben.«

Er kicherte.

»Sie zeigen ein Mitgefühl, das ich niemals von Ihnen erwartet hätte«, sagte er zynisch.

Raven stimmte in sein Gelächter ein.

»Kaum, Rothermere, ich lasse meiner Schwester zur Zeit ihre Neffen zähmen. Es sind wilde, verzogene Jungen, die aus der Schule geworfen wurden. Sie bat mich, ihr zu helfen, die beiden entsprechend zu bestrafen.«

»Aha«, sagte Rothermere nachdenklich. »Trotzdem ist es sehr großzügig von Ihnen, sie alle bei sich aufzunehmen. Das hätte ich für meine Schwester, wenn ich eine hätte, niemals getan.«

Er lehnte sich behäbig in seinem Stuhl zurück und leerte seinen Krug Bier.

Rothermere war zufrieden mit sich, denn er war nun überzeugt, daß Raven nichts mit Taras Verschwinden zu tun hatte. Ravens Geschichte war identisch mit der von Caroline.

Ein zufriedenes Lächeln breitete sich auf Rothermeres Gesicht aus.

»Wunderbares Essen«, bemerkte er. »Ganz hervorragend! Es gibt wohl keine Möglichkeit, Ihnen den Küchenchef auszuspannen, nehme ich an?«

»Nach dem vergangenen Abend könnten Sie vielleicht Glück haben«, antwortete Raven. »Maybury aß unerwarteterweise hier, als er auf dem Weg nach Chartley war, und deshalb schenkten wir den Speisen nicht die gebührende Beachtung. Heute früh hörte ich, daß Anton sehr gekränkt war, weil wir sein gastronomisches Geschick nicht genug gewürdigt hatten.«

Raven lachte.

»Leicester ist schon zurück?«

Rothermeres Augen leuchteten bei dieser Neuigkeit auf.

»Ja«, sagte Raven, »seine Arbeit in Gibraltar hat ihn nicht so lange in Anspruch genommen, wie zu Beginn angenommen. Er kommt noch vor dem Wochenende wieder nach London. Er ist nur nach Chartley gefahren, um Philippa und die beiden Jungen zu holen.«

Raven hielt inne. Hier bot sich eine wunderbare Gelegenheit, die Falle zu stellen, aber er wollte nicht allzu rasch vorgehen und dadurch Rothermeres Mißtrauen wecken.

Ravens Zögern blieb unbemerkt.

»Leicester will morgen wieder in London sein, denn ich habe ihm einen interessanten Herrenabend versprochen.«

Rothermere schnaubte.

»Sie wollen, daß er seiner reizenden Dame einen Abend von der Seite weicht?« fragte Rothermere ungläubig.

»Die Möhre, die ich Leicester vor die Nase hielt, war eine große Versuchung. Der Premierminister selbst wird am Sonntag hier bei mir speisen.«

Rothermere nahm die Nachricht mit Interesse auf. Er beugte sich über den Tisch, wobei sein Korsett knarrte.

»Das ist in der Tat ein Coup, Raven«, sagte er leise. »Ich hatte keine Ahnung, daß Sie eine so illustre Gesellschaft bei sich zu Gast haben werden.«

»Sie ist weder intim noch häufig. Aber Mr. Pitt hat für meine Ideen zur Agrarpolitik Interesse gezeigt. Ich möchte darüber im Oberhaus sprechen, und wir wollen am Sonntag ausführlich darüber diskutieren.«

»Das ist ein Thema, das auch mich interessiert«, sagte Rothermere hastig. Er suchte in seinem Kopf nach irgendwelchen Kenntnissen über Landwirtschaft, um Raven damit zu beeindrucken; denn er wollte unbedingt zu diesem Essen eingeladen werden. Dann wäre der Coup auf seiner Seite; denn sicherlich würde er an diesem Abend wertvolle Informationen erhalten, die für seine französischen Freunde von Interesse wären.

»Ich habe auf verschiedenen Gütern einen Getreidewechsel vornehmen lassen«, fuhr er großspurig fort. »Die Resultate haben mich verblüfft. Sehr eindrucksvoll. Mein Verwalter sagt, daß wir jetzt wieder nur halb soviel ernten.«

»Das ist sehr interessant«, erwiderte Raven und verbarg ein zufriedenes Lächeln. Die Dummheit dieses Mannes war unbegreiflich, denn diese Rotation wurde nun schon seit einer Ewigkeit praktiziert. Daß er dies nicht wußte, war unverzeihlich.

Raven fragte sich, in was für einem Zustand seine Ländereien wohl sein mochten. Und er empfand Mitleid mit den Lehensbauern, die diesen Mann als Herrn hatten. Doch er ließ sich von seiner Verachtung nichts anmerken, als er fortfuhr:

»Vielleicht würden Sie gern an dem Abendessen teilnehmen und uns alle von Ihren Kenntnissen profitieren lassen?«

»Ein verlockender Gedanke«, sagte Rothermere langsam. »Ich lasse Ihnen noch heute ausrichten, ob ich Ihre Einladung annehmen kann, nachdem ich meine Termine geprüft habe. Aber ich glaube nicht, daß dieser Abend schon vergeben ist«, sagte Rothermere eifrig.

»Es wird ein ungezwungener Abend«, erklärte Raven ruhig. »Ich habe Maybury eingeladen, seine beiden Neffen mitzubringen. Ich glaube, es ist an der Zeit, daß sich auch die jungen Männer für die Landwirtschaft interessieren, und ein solches Essen könnte ein Anlaß sein, ihnen die Bedeutung der Landwirtschaft für unser Land vor Augen zu führen.«

»Das ist ein guter Gedanke, mein Junge«, sagte Rothermere und stand auf. »Vielen Dank für Ihre Gastfreundschaft, Raven. Ich hoffe wirklich, ich habe am Sonntag wieder das Vergnügen.«

Raven stand ebenfalls auf und ergriff die ihm hingehaltene fleischige Hand.

»Ich freue mich darauf, von Ihnen zu hören, Rothermere«, sagte er und ließ die schlaffe Hand los.

Raven läutete nach dem Diener.

Als er sicher war, daß Rothermere das Haus verlassen hatte, stieß Raven einen Freudenschrei aus.

»›Komm in meinen Salon, sagte die Spinne zur Fliege‹«, zitierte er. Seine Stimme wurde hart. »Aber für Leute wie Sie, Rothermere, gibt es kein Pardon.«

Einige Zeit später ließ Raven seine Kutsche vorfahren, und innerhalb von zehn Minuten stieg er vor *Madame Esther's* aus, dem exklusivsten und vornehmsten Modesalon Londons.

Sobald er eingetreten war, wurde er diskret in ein Hinterzimmer geführt, und als Madame Esther hörte, wer gekommen war, strahlten ihre Augen bei dem Gedanken daran, wieviel Geld sie nun wieder verdienen würde.

Lord Raven war nicht geizig. Er bestellte immer das Beste und feilschte nie um den Preis.

Madame Esther ordnete sorgfältig ihr Haar, zupfte ihr enganliegendes Kleid zurecht und ging, Lord Raven zu begrüßen.

»Es ist mir eine Ehre, mein Herr«, sagte sie überschwenglich und vergaß für einen Augenblick ihren französischen Akzent. »Wie kann ich Ihnen behilflich sein?«

»Ich brauche eine vollständige Garderobe«, sagte Raven, »von seidener Unterwäsche bis zu pelzbesetzten Mänteln.«

Er beobachtete Madame Esthers Miene. Ihre Augen hatten sich zu einer unglaublichen Größe geweitet, und ihre Haut straffte sich über den vorstehenden Wangenknochen. Raven wußte, daß sie rechnete, was diese Arbeit ihr bringen würde. Aber er machte sich keine Gedanken darüber.

139

»Alles muß aber in drei Tagen fertig sein«, sagte er.

»*Quel horreur!*« rief Madame Esther. »*C'est impossible.* Ich werde meine Mädchen Tag und Nacht arbeiten lassen müssen.«

»Die Kosten spielen keine Rolle«, unterbrach Raven freundlich. »Ich muß nur wissen, ob Sie den Auftrag übernehmen können.«

»Wer ist diese Dame — *la dame* — «, sagte sie stotternd. »Ich muß Maß nehmen —«

Der Herr hat den Verstand verloren, sagte sie sich. Er muß beabsichtigen, mit einer Frau durchzubrennen oder sie vielleicht sogar zu entführen. Aber eine solche Verrücktheit ging sie nichts an.

»*Bien.* Ich 'abe nur *trois jours*, dann müssen wir maßnehmen, *immédiatement*.«

»Die Dame steht Ihnen leider nicht zur Verfügung«, sagte Raven. »Aber wenn Sie mir Ihre Mädchen vorführen, will ich diejenige auswählen, die ihrem Äußeren am nächsten kommt.«

Madame Esther eilte zur Tür und klatschte ungeduldig in die Hände.

»*Mes belles enfants*«, rief sie, und als diese erschienen: »Geht vor dem 'errn auf und ab, eine nach der anderen.«

Die Mädchen gingen langsam an Raven vorbei, wie ihnen befohlen worden war. Raven prüfte die fünf Schönheiten und deutete schließlich auf eine.

»Ah, Alexandra«, sagte Madame Esther. »Komm zu mir, mein Kind. Ihr anderen könnt euch wieder an die Arbeit machen.«

Schwatzend verließen sie den Raum, und Raven bat Alexandra, noch einmal vor ihm auf und ab zu gehen.

»Ziehen Sie Ihr Kleid aus«, befahl er.

Alexandra sah Madame Esther fragend an.

Sie erhielt ein kurzes zustimmendes Nicken und drehte Raven den Rücken zu, damit er ihr beim Aufknöpfen half.

»*Imbecile enfant*«, kicherte Madame Esther. »Komm 'er zu mir, ich 'elfe dir. Du 'ast die Bitte des 'errn mißverstanden.«

Ein paar Sekunden später trat Alexandra anmutig aus ihrem Kleid und drehte sich zu Raven um.

Er sah weder ihre Schönheit noch ihren jugendlichen Körper, den die dürftigen Unterröcke enthüllten. Sein Blick war kritisch, da er das Mädchen mit Tara verglich. Er stand auf und ging langsam um sie herum, prüfte die Größe ihrer Brüste, der Hüften und der Taille.

»Perfekt«, sagte er schließlich, »bis auf die Taille.«

Er legte beide Hände um Alexandras Taille.

»Die Dame, für die die Garderobe bestimmt ist, ist einen Zoll schlanker.«

Madame Esther entließ das Mädchen, aber erst nachdem Raven ihr ein Goldstück in die Hand gedrückt hatte.

»Danke, Sir!« Sie machte einen Knicks. »Vielen Dank!«

Die nächste Stunde verbrachten Raven und Madame Esther damit, Stoffe auszuwählen und über die Schnitte zu sprechen.

Madame Esther war bekannt für ihren guten Geschmack. Einige Male mußte sie mit Raven wegen der Wahl der Farben streiten. Daß die Dame rothaarig war, das war die einzige Information, die sie ihm entlocken konnte.

Raven verließ zufrieden das Geschäft. Er war gespannt, wie Tara modisch gekleidet aussehen würde, und sein Herz schlug schneller, als er sich ihre Reaktion auf die neuen Kleider vorzustellen versuchte. Es kam ihm überhaupt nicht in den Sinn, daß sie sein großzügiges Geschenk ablehnen könnte.

Zwanzigstes Kapitel

Raven schickte seine Kutsche weg und schlenderte über die Regent Street. Er fürchtete, zu spät zu sein, um Sir Jack noch bei *White's* anzutreffen.

Als er am Club vorbeikam, fragte er den Portier. Dieser sagte ihm, Sir Jack sei vor knapp zehn Minuten gegangen.

»Danke«, murmelte Raven und legte eine Münze in die ausgestreckte Hand des Mannes.

Er betrat den Club trotzdem, denn er wollte Sir Jack eine Nachricht hinterlassen, um ihm kurz die neueste Entwicklung in Sachen Rothermere mitzuteilen.

»Hallo, Dominic!« rief eine Stimme.

Raven drehte sich um und sah Sir Anthony Edwards, von seinen Freunden ›Blitzer‹ genannt, denn er hatte strahlend weiße Zähne, die er gern beim Lachen zeigte.

»Schön, dich zu sehen, Anthony«, begrüßte ihn Raven. »Bist du nun bereit, mir deine Pferde zu verkaufen?«

»Nein, ich muß es Gott sei Dank nicht tun. Ich hatte gestern abend eine Glückssträhne, die mir für eine Weile weiterhilft.«

»Dann mußt du mit dem Teufel einen Pakt abgeschlossen haben«, sagte Raven lachend. »Ich war sicher, daß du nach deinen Verlusten in der letzten Woche mein Angebot annehmen würdest.«

»Das stimmt, der Teufel sorgt für die Seinen, aber nur der Herr weiß, daß ich Hilfe brauchte, um mich vor meinen Gläubigern zu retten. Es ist nicht leicht, der zweite Sohn zu sein ohne Aussichten auf eine Erbschaft. Ich bin froh, daß ich dich getroffen habe, Dominic.«

Er hielt inne. »Ich muß dir etwas gestehen. Gestern abend war ich bei Cora... Ich dachte, ich sage es dir am besten selbst, bevor du es von anderen hörst. Die Leute reden so gern.«

Raven war überrascht, daß Cora so rasch Ersatz für ihn gefunden hatte, aber er zeigte es nicht.

»Fürchtest du, ich könnte dich zu einem Duell herausfordern?« fragte er lachend.

»Ich würde deine Herausforderung nicht annehmen«, antwortete Anthony. »Ich bekam gestern nachmittag eine kurze Nachricht von der Dame. Deshalb setzte ich die Mosaiksteine zusammen und schätze, du hast ihr den Laufpaß gegeben.«

»Klug erkannt, Anthony. Und daß ich mich wegen der Reize einer schönen Frau nie schlagen würde, hilft dir enorm«, sagte Raven lächelnd.

»Du siehst... irgendwie anders aus«, sagte Anthony.

Er trat einen Schritt zurück und musterte Raven.

»Wenn ich dich nicht so gut kennen würde, wäre ich versucht zu sagen, du bist verliebt! Deine Gesichtszüge sind eindeutig sanfter, und wenn mich meine Augen nicht trügen...«

»Genug mit deiner Neckerei. Nur weil ich mich von einer Dame getrennt habe, muß das nicht bedeuten, daß eine andere existiert. Du machst mich ja zu einem Romantiker!«

Ravens Blick folgte einem Dandy, der soeben den Club betreten hatte. Seine roten Schuhe mit den hohen Absätzen klapperten laut auf dem Fußboden.

»Ich fürchte, du erwartest von mir, daß ich meine Tage mit Gedichteschreiben verbringe.«

Sir Anthony lachte laut auf, und mehrere Clubmitglieder blickten entrüstet herüber.

»Es wäre interessant, dich einmal in einer dandyhaften Aufmachung zu sehen. Wir alle haben uns so sehr an deinen schlichten Stil gewöhnt, daß wir dich nicht länger als tonangebend in der Mode betrachten«, sagte Sir Anthony.

Beide wußten, daß dies nicht stimmte, und nachdem Raven sich lachend verabschiedet hatte, sah ihm Sir Anthony bewundernd nach.

Raven war groß und schlank, und unwillkürlich sah ihm jedermann nach, egal, wo er war. Er ließ viele Herzen schneller schlagen, dachte Sir Anthony neidlos.

Nun war er froh, daß Raven Coras überdrüssig geworden war. Sie war eine amüsante, reizende Frau, und er mochte sie schon seit langem. Er lächelte glücklich und verließ den Club, um seine neue Freundin zu besuchen.

Raven schrieb rasch eine Notiz für Sir Jack und entschuldigte sich dafür, daß er ihn nicht konsultiert hatte, um mit ihm seinen Plan durchzusprechen. Aber er hoffte, Sir Jack würde Verständnis dafür haben, daß er von der Gelegenheit Gebrauch gemacht hatte, die Rothermere selbst angeboten hatte.

Jetzt war es die Aufgabe von Sir Jack, für die Anwesenheit von Mr. Pitt beim Abendessen am Sonntag zu sorgen.

143

Tara war im Stall und unterhielt sich mit John, als sie eine Kutsche die Einfahrt herauffahren hörten. Sie sah neugierig hinaus und fragte sich ängstlich, ob es wohl Raven war. Sie wußte, daß sie ihm nicht mit Fassung gegenübertreten konnte.

»Wer mag das sein, John?« fragte Tara zaghaft. »Hat Lord Raven erwähnt, daß er zurückkommen will?«

Ihre Stimme zitterte, als sie seinen Namen aussprach.

»Nein, Miß Tara«, sagte John. »Aber bleiben Sie einfach hier im Stall. Ich gehe hinaus und sehe nach, wer gekommen ist. Sie sollten sich vor Fremden sowieso nicht sehen lassen.«

Johns Stimme klang mürrisch. Ihm war das Zittern in Taras Stimme nicht entgangen, und er fragte sich, ob sie vielleicht Zuneigung zu Raven gefaßt haben könnte.

Sie tat John leid, denn er war nicht sicher, ob Raven ihre Gefühle erwiderte. Als er ihn gestern gesehen hatte, war ihm klar gewesen, daß er kurz zuvor mit einer Frau zusammengewesen war. Lord Raven hatte stark nach Parfüm gerochen, und seine zerknitterte Kleidung hatte darauf schließen lassen, daß er sich ohne Hilfe eines Dieners angezogen hatte.

Tara setzte sich auf einen Heuhaufen, denn ihre Knie zitterten.

»Oh, *Thunder*, was soll ich nur tun?« flüsterte sie.

Das Pferd wieherte.

»Ich habe wenigstens dich«, schluchzte sie, »und John.«

Ungeduldig wischte sie sich eine Träne ab und stand entschlossen auf. Niemand darf wissen, wie mir zumute ist, sagte sie sich.

John kam atemlos in den Stall gelaufen.

»Lord Maybury ist gekommen!« rief er. »Ein stattlicher Mann!«

»Lord Maybury?« wiederholte Tara. »Ich dachte, er ist in Gibraltar... du meine Güte!« Dann lachte sie schelmisch. »Der arme Nestor, der arme, arme Nestor. Der Gatte ist zurückgekehrt und sticht ihn aus.«

John war froh, sie wieder lachen zu hören.

Nestor empfand tatsächlich quälende Eifersucht, als er sah, wie selig Philippa ihren Mann begrüßte.

Sie waren im Salon gewesen und hatten ein lebhaftes Gespräch über die Vorzüge der neuesten Hutmode geführt. Nestor gefiel sie nicht, weil sie zu viel vom Gesicht verdeckte.

»Wie soll man da die Schönheit sehen«, fragte er.

»Aber das gibt jeder Dame eine Chance«, argumentierte Philippa. »Ihr Männer seid alle gleich, euch interessieren nur schöne Frauen, alle übrigen laßt ihr links liegen.«

Philippa konzentrierte sich auf einen Seidenfaden, den sie zu entwirren versuchte.

»Bitte, halten Sie dieses Ende, Nestor«, sagte sie. »Ich plage mich noch zu Tode, bis ich die Fäden entwirrt habe.«

Als die Zimmertür geöffnet wurde, sprang Philippa mit einem Freudenschrei auf und ließ die Fäden zu Boden fallen. Sie sahen wie ein verwelkter Blumenstrauß aus.

Nestor stand ebenfalls auf, um zu sehen, was die Ursache für diesen Freudenausbruch war.

Philippa warf sich in die ausgestreckten Arme eines Mannes.

»Giles! Giles! Geliebter!« rief sie. »Bist du es wirklich?«

»Wenn ich es nicht wäre, würde ich sofort eine Erklärung für dein temperamentvolles Verhalten verlangen«, sagte Giles amüsiert und hielt Philippa auf Armeslänge von sich.

Philippa blickte in die strahlenden Augen ihres Mannes und errötete leicht über die Bewunderung, die sie darin sah.

»Mein Liebster«, flüsterte sie. »Ich habe dich so schrecklich vermißt.«

Giles sah zu Nestor hinüber und hob fragend eine Augenbraue. Nestor ging auf Giles zu.

»Ich gestehe, ich bin etwas verwirrt. Sie könnten Nestor sein, oder sind Sie Tara?« fragte Giles leise.

Er nahm einen Arm von der Taille seiner Frau und streckte Nestor eine Hand hin.

»Ich bin Lord Maybury.«

Nestor lachte.

»Ich bin Nestor, mein Herr. Tara ist schlanker als ich.«

Philippa löste ihren Blick von Giles und sah Nestor kritisch an.

»Das ist wahr«, sagte sie neckend, »aber Nestor hat die Manieren eines Gentleman und Tara die eines Schuljungen.«

Alle lachten.

»Hast du mit Dominic gesprochen?« fragte Philippa.

»Ja, ich war bei ihm und wollte ihn herausfordern, weil er dich entführt hat«, sagte Giles scherzend. »Das, was ich von Jenkins gehört habe, brachte mich in Rage.«

Philippa sah ihn kokett an.

»Liebster«, sagte sie und rückte sein Halstuch zurecht, »du sagst mir die nettesten Dinge.«

»Vielleicht sollte ich Tara suchen«, sagte Nestor verlegen über diese offen zur Schau gestellte Zuneigung.

»Oder haben Sie Neuigkeiten aus London, Lord Maybury?« fragte er schüchtern.

Giles sah Nestor mit freundlichem Verständnis an.

»In der Tat, ich habe Neuigkeiten, und es war nachlässig von mir, Sie nicht sofort zu beruhigen. Alles geht gut. Die Falle ist für Sonntagabend gestellt.«

»So bald schon?« murmelte Nestor. »Das ist ja schon in drei Tagen.«

Nestor wich Giles' interessiertem Blick aus.

»Ich suche sofort Tara«, murmelte Nestor.

In diesem Augenblick ging die Tür auf, und Tara betrat den Salon. Sie ging auf Giles zu und machte eine elegante Verbeugung.

Philippa stellte die beiden einander vor.

»Ich wollte dich eben holen«, sagte Nestor. »Lord Maybury bringt Neuigkeiten von Lord Raven mit.«

»Setzen wir uns doch«, sagte Philippa. »Ich bin ungeduldig, alles zu erfahren.«

Giles lächelte Philippa an.

»Möchtest du so rasch meinen Armen entkommen?« neckte er sie und ließ Philippa los.

Dann sah er Tara an, und ihr offener Blick gefiel ihm. So wie sie gekleidet war, konnte er ihre Weiblichkeit nicht beurteilen, aber vermutlich war Raven mit einer Frau von Taras Art besser bedient als mit einer übermäßig verwöhnten Dame.

Giles blickte zu Philippa hinüber, und sie blinzelte ihn wissend an. Er hoffte, seine Gedanken wären für die Wardales nicht so offensichtlich.

»Die Falle ist, wie gesagt, für Sonntag gestellt«, sagte Giles, nachdem sie sich alle gesetzt hatten. »Raven hat mir versichert, daß es Ihnen beiden nichts ausmachen würde, an dem Komplott, das er geplant hat, mitzuwirken.«

»Aber das ist doch sicher nicht notwendig«, erklärte Philippa. »Die arme Tara ist noch nicht von ihrer Verletzung genesen.«

»Lady Maybury, ich möchte sehr gern dabei sein, wenn Rothermere entlarvt wird«, sagte Tara.

»Und Sie werden mich auch nicht davon abhalten«, meinte Nestor hitzig. »Ich kann den Augenblick kaum erwarten, an dem dieser Schurke überführt wird.«

Giles nahm beruhigend Philippas Hand.

»Mache dir keine Sorgen, Liebste. Rothermere wird nichts Gefährliches tun können, denn er wird von den besten Schützen Englands umringt sein.«

»Wie sieht der Plan aus, Lord Maybury?« fragte Nestor gespannt.

»Ganz einfach — Tara ist die Überraschung.« Er wandte sich Tara zu, die nervös auf dem Rand ihres Sessels saß. »Sie werden die Bombe zünden.«

Sie hörten aufmerksam zu, als Giles Ravens Plan schilderte.

Nachdem er geendet hatte, klatschte Philippa begeistert in die Hände.

»Ausgezeichnet! Ich freue mich darauf, dich zu maskieren, Tara«, sagte sie.

Tara lächelte und sagte leise zu Giles:

»Ich lasse Sie nicht im Stich. Ich spiele meine Rolle sehr gern.«

»Trotzdem gefällt mir das nicht, Giles. Tara hat schon soviel durchgemacht«, sagte Philippa besorgt.

»Nein, Lady Maybury«, unterbrach sie Tara. »Für das, was dieser Mann Claude angetan hat und was er meinem Bruder antun wollte, würde ich ihm liebend gern einen Dolch ins Herz stoßen.«

Sie schloß die Augen und stellte sich Rothermere und die Herzogin von Somerset zusammen vor. Und daran, daß sie Ravens Liebe mißbraucht hatte, dachte sie.

»Und auch ich würde gern das gleiche tun für das, was er meiner Schwester antun wollte«, sagte Nestor.

Giles war von den Wardales beeindruckt, denn beide zeigten keine Spur von Angst. Wie töricht war der alte Herzog gewesen, daß er sich die Freude ihrer Gesellschaft versagt hatte.

»Wir brechen am Sonntag früh auf«, sagte Giles. »Bis dahin haben Sie noch viel Zeit, um sich zu erholen, Tara.«

Tara fragte sich, ob sie Raven am Sonntag vor dem Abendessen sehen würde. Sie hoffte es nicht. Sie wußte, daß sie sich am Sonntagabend in einer so erlesenen Gesellschaft beherrschen mußte und dadurch keine Gelegenheit bekam, sich zum Narren zu machen.

Einundzwanzigstes Kapitel

Sir Jack war nachdenklich, als seine Kutsche London in Richtung Reigate verließ.

Er war beunruhigt gewesen, als er die Geschichte über den alten Herzog erfahren hatte, sein Entschluß stand fest, den unduldsamen Einsiedler unverzüglich zu besuchen.

Während der Fahrt blickte er mißbilligend auf das unerfreuliche Bild von halb zerfallenen Backsteinhäusern. Enge Gassen, die von der Hauptstraße abzweigten, tief ausgefahrene Rinnen in den Straßen waren ein Labyrinth von Schmutz und somit ein Nährboden für Krankheiten aller Art. Er konnte sich den Gestank in den Straßen vorstellen;

denn der Mangel an sanitären Anlagen war ihm hinreichend bekannt.

Sir Jack hatte Armut nie kennengelernt, aber er wußte, unter welchen entwürdigenden Bedingungen die Armen lebten. Scham stieg in ihm auf, als er ein junges Mädchen in zerrissenen Kleidern die Straße entlanglaufen sah. Ihr Gesicht war blau vor Kälte. Ihr magerer Körper war ganz offensichtlich unterernährt. Er fragte sich, wie lange es dauern würde, bis sie selbst oder ihr Vater ihren Körper irgendeinem lüsternen Kerl für eine Handvoll Münzen verkaufte.

Die sozialen Verhältnisse waren in England beängstigend, und es gab unterschwellig Unruhe, über die ihm seine Agenten berichteten und die ihm Sorgen bereiteten.

Dankbar lehnte er sich in seinen Sitz zurück, als die öde Gegend Grünflächen Platz machte.

Sir Jack versuchte seine Niedergeschlagenheit abzuschütteln und dachte an den alten Herzog. Es würde interessant sein zu sehen, wie der alte Mann auf seinen Besuch reagierte. Sir Jack war sicher, daß er vom Herzog empfangen werden würde, obwohl er wußte, daß dieser seit vielen Jahren niemanden mehr in sein Haus eingelassen hatte.

Bis zu dem tragischen Unfall, bei dem die Herzogin ums Leben gekommen war, hatte der Herzog an dem gesellschaftlichen Leben teilgenommen. Er hatte im Oberhaus keine Sitzung versäumt, und sowohl er als auch seine Frau waren auf gesellschaftlichen Anlässen ein gern gesehenes Paar gewesen.

Er war jedoch nach dem Unfall, bei dem sein jüngster Sohn und seine Schwiegertochter ums Leben gekommen waren, wunderlich geworden und hatte sich zurückgezogen. Seit damals hatte er London nicht wieder betreten.

Sein Erbe Rodney, Marquess of Sulgrave, war nach Indien in ein selbstauferlegtes Exil gegangen, wie alte Freunde ihm erzählt hatten. Man sprach auch über Familienzwistigkeiten, aber niemand wußte etwas Genaues. Neun Jahre waren seit damals vergangen, und wahrscheinlich hatte der Marquess die Launen seines Vaters nicht länger ertragen.

Sir Jack dachte kurz an Raven, und mit einem Seufzer fragte er sich, wie lange er noch die Dienste des jungen Mannes in Anspruch nehmen konnte. Es bestand für ihn kein Zweifel daran, daß Raven Lady Tara heiraten wollte. Der zärtliche Ausdruck in seinen Augen und die Art, wie er über sie sprach, waren kleine Hinweise darauf, daß dieser zynische Mann endlich eine Frau gefunden hatte, die er lieben konnte.

Sir Jack seufzte. Das wird ein schwarzer Tag für meine Abteilung werden, dachte er. Mein Grundsatz, keine verheirateten Männer zu beschäftigen, wird in diesem Fall für mich selbst schmerzlich sein.

Eines der Wagenräder traf auf einen Stein, und Sir Jack wurde aus seinen Träumereien gerissen. Er bemerkte erstaunt, daß er sein Ziel schon fast erreicht hatte. Er strich sich die Hose glatt und zog an den Ärmeln seines Fracks.

Zwei Diener halfen gerade Cuthbert, Duke of Wardale, die Treppe hinab, als der Türklopfer betätigt wurde.

»Hol's der Henker! Wer, zum Teufel, kann das sein?« fluchte er laut.

Die beiden Diener sahen einander an und zogen Grimassen.

»Ich bin nicht zu Hause!« schrie der Herzog. »Hört ihr! Ich bin für niemanden zu sprechen!«

Er schlug mit seinem Stock auf die Treppenkante.

»Beeilt euch gefälligst, ihr Schlafmützen. Eure Faulheit bringt mich noch ins Grab!«

Der Herzog sah leidend aus, und die Diener versuchten, ein wenig rascher zu gehen, aber die Last, die sie trugen, machte es ihnen schwer.

Als sie atemlos die letzte Treppenstufe erreicht hatten, ertönte wiederum der Türklopfer.

Der Butler eilte herbei und öffnete für den Herzog die Tür zur Bibliothek. Es war ein gemütlicher Raum, angefüllt mit Erinnerungen an vergangene Tage.

Das Bild einer schönen jungen Frau hing über dem Kamin. Der Herzog wurde seitlich davon in einen tiefen Sessel gesetzt.

Wieder wurde der Türklopfer betätigt.

»Steht nicht so faul herum, ihr nichtsnutzigen Einfaltspinsel!« schrie der Herzog. »Stellt dieses infernalische Klopfen ab und schickt die Person weg, wer immer es auch sein mag!«

Er starrte verdrossen in das Feuer.

Der Butler lief hinaus, um seinen Auftrag zu erfüllen.

Ein paar Minuten später klopfte es leise an die Tür.

»Was ist jetzt wieder los?« schrie der Herzog gereizt.

»Ein Sir Jack Newton wünscht Sie zu sprechen, M'lord«, sagte der Butler steif.

»Schicken Sie ihn weg, Sie Narr!« schrie der Herzog. »Wie oft muß ich Ihnen noch sagen, daß ich nicht zu Hause bin?«

»Komm, Cuthbert«, sagte eine sehr ruhige Stimme. »Du wirst doch einen alten Freund nicht ohne Stärkung wegschicken?«

»Wer... was... verdammt!« explodierte der Herzog. »Sie sind unverschämt, mein Herr, und nicht willkommen!«

Sir Jack lächelte, als er in die Bibliothek trat. Er bedeutete dem Butler zu gehen und wartete, bis sich die Tür hinter ihm geschlossen hatte. Dann antwortete er. Dem überraschten Blick des Butlers entnahm Sir Jack, daß die geschlossene Tür diesen nicht daran hindern würde zu lauschen.

Sir Jacks Plan, den Herzog zu einer Fahrt nach Chartley zu überreden, schien nicht durchführbar zu sein. Aber unbeirrt sagte er: »Cuthbert, das ist nicht der Empfang, den ich von einem alten Freund erwartet hätte, zumal ich extra aus London komme, um dir Nachrichten über deine Enkel zu bringen.«

»Nestor! Ich interesse mich nicht für ihn. Er ist ein Schwachkopf, und deine Nachrichten über ihn können nur schlecht sein«, schrie der Herzog.

Sir Jack sah zu dem Bild der jungen Frau, die auf ihn herablächelte.

»Cuthbert«, sagte er leise, »meine Zeit ist knapp, du weißt, ich habe viel zu tun… Aber du kommst jetzt mit mir, um einen Höflichkeitsbesuch abzustatten!«

»Humbug!« erwiderte der Herzog. »Du kannst nicht unangemeldet in mein Haus hereinplatzen und…«

»Das ist nicht wahr«, sagte Sir Jack freundlich, »ich war angemeldet!«

Der Herzog blickte ihn an.

»Streite nicht mit mir! Ich nehme so eine Unverschämtheit von niemandem hin. Hörst du? Von niemandem!«

»Dann entschuldigen Sie mein Eindringen, Sir. Ich verabschiede mich und mache mich wieder auf den Weg«, sagte Sir Jack in einem übertrieben unterwürfigen Ton.

Er drehte sich um und ging zur Tür.

»Bleib stehen, wo du bist«, fauchte der Herzog. »Nachdem du mich nun schon einmal belästigt hast, kannst du mir auch sagen, weshalb… ist der Junge in Schwierigkeiten?«

Sir Jack verbarg ein schwaches Lächeln und wandte sich wieder dem Herzog zu.

»Wann hast du zum letzten Mal dein Haus verlassen?« fragte er.

»Das geht dich gar nichts an…«

»Ich glaube, es ist allerhöchste Zeit, daß du wieder frische Luft in die Lungen bekommst. Ich habe mir die Freiheit genommen und deinen Butler gebeten, deinen Mantel holen zu lassen.«

»Wie kannst du es wagen… du… du…«

»Ich wage es diesem lächelnden Gesicht zuliebe, Cuthbert.« Sir Jack deutete auf das Porträt. »Ich wage es, weil die Herzogin es wünschen würde.«

»Genug, Mann«, schrie der Herzog. »Gehe nicht zu weit…« Er blickte zu seiner Frau hinauf, und seine Miene wurde weicher. »Sag mir, ist der Junge in Schwierigkeiten?« fragte er leise.

Sir Jack fuhr sich mit dem Zeigefinger an die Nase.

»Ich kann hier nicht viel sagen«, flüsterte er und sah zur Tür, um sein Mißtrauen gegenüber dem Butler anzudeuten. »Komm, nehmen wir meine Kutsche. Sie steht vor der Tür.«

»Willst du damit sagen, daß mein eigenes Haus nicht sicher ist?« fragte der Herzog aufbrausend. »Du bist unverschämt...«

»Meine Befürchtungen sind vielleicht übertrieben«, unterbrach ihn Sir Jack ruhig. »Aber ich habe die Erfahrung gemacht, daß Dienstboten lange Ohren haben, und das, was ich dir mitzuteilen habe, ist zu delikat, als daß es irgend jemand mitanhören dürfte.«

Der Herzog sah ihn mißtrauisch an, und eine Spur von Interesse zeigte sich in seinen Augen.

»Du Schurke, Jack. Du hast es immer verstanden, den Leuten deinen Willen aufzuzwingen. Ich habe dieses Haus seit einer Ewigkeit nicht mehr verlassen.«

Er blickte angeekelt auf seinen schweren Körper hinab.

»Dann läute eben mal und sieh zu, ob wir es nicht fertigbringen!«

»Ich glaube nicht, daß du es bereuen wirst, Cuthbert. Du wurdest die letzten Jahre in London vermißt, und ich verspreche dir, mein lieber Junge, daß ich nicht ruhen werde, bis ich dich wieder auf deinem alten Platz im Oberhaus sehe.«

Sir Jacks freundliche Einladung war zuviel für den Herzog.

»Bah!« erwiderte er griesgrämig. »Wenn ich mitkomme, so bedeutet das noch lange nicht, daß ich meine Ansichten geändert habe. Ich lebe schon zu lange allein.« Und streitsüchtig fügte er hinzu: »Und ich genieße es!«

»Das liegt daran, daß du dich von der Gesellschaft zurückgezogen hast, Cuthbert. Aber genug davon, ich bin für den Augenblick schon zufrieden, daß du diesem Ausflug zustimmst.«

Der Herzog blickte finster zum Kutschenfenster hinaus.

»Nun, Jack, was gibt es so verdammt Delikates zu berichten, daß man es nicht vor meinen Dienstboten besprechen kann?« fragte er sarkastisch.

»Die Tapferkeit deiner Enkelkinder, die uns behilflich sind, einen Verräter Großbritanniens zu entlarven.«

»Was?«

»Sie halten sich zur Zeit in Chartley versteckt...«

»Chartley!« fauchte der Herzog. »Wie kommt dieser Wüstling dazu, meine Enkelkinder in sein Haus zu holen?«

»Ich dachte, du würdest sie gern wiedersehen.«

Sir Jack ignorierte den zornigen Ausbruch des Herzogs.

»Sie sind besorgt, nein, sie fürchten, du könntest ihnen keinen Penny mehr geben, wenn du von ihrem Abenteuer erfährst.«

»Das könnte wohl sein«, grollte der Herzog. »Tara hat in England nichts zu suchen. Das war eine der Bedingungen, die ich stellte, als ich Nestor eine Anstellung besorgte. Tara sollte nie wieder englischen Boden betreten...«

Er hielt inne, als er Sir Jacks Stirnrunzeln bemerkte.

»Was ist?« fragte er.

»Du behandelst Harrys Kinder herzlos, Cuthbert. Vielleicht gibt es einen Grund für deine Strenge, von dem ich nichts weiß.«

»Nichts, was jetzt eine Rolle spielt«, sagte der Herzog finster. »Dies ist eine lange Geschichte, auf die ich nicht stolz bin, eine, an die man sich nach dieser langen Zeit am besten nicht erinnert.«

»Manchmal ist es besser, darüber zu sprechen, als es zu verdrängen, Cuthbert.«

Sir Jacks Stimme klang sanft und überzeugend.

»Hat es etwas mit Harry zu tun?« fragte er vorsichtig.

Der Herzog sah ihn finster an.

»Die Wahrheit ist häßlich, Jack. Harry ist Amok gelaufen...«

Die Stimme des Herzogs zitterte bei der Erinnerung daran.

»Harry hat seine Frau ertränkt und sich dann selbst umgebracht.«

154

»Guter Gott!« sagte Sir Jack und legte die Hand auf den Arm des Herzogs. »Das tut mir leid, Cuthbert. Ich hatte keine Ahnung davon.«

»Und ich selbst habe ihn dazu getrieben«, sagte der Herzog. »Es war ganz allein meine Schuld. Ich verlangte zu viel von ihm und verweigerte ihm alles. Als es mir schließlich gelang, ihn gegen seine Frau aufzuwiegeln, war es zu spät. Aber sie war böse, Jack, sie war überhaupt nicht gut.«

Er sah Sir Jack an und fand Trost an dessen Mitgefühl.

»Deshalb schickte ich meine Enkel weg − fort aus England! Ich hätte sie nicht um mich haben können, falls sie ihrer Mutter ähnelten.«

»Das ist keine schöne Geschichte, Cuthbert. Ich werde sie keinem weitererzählen, da kannst du sicher sein. Aber was deine Enkel anbetrifft, so sagt man mir, daß sie tapfer, mutig und schön sind. Ich glaube, es ist höchste Zeit, daß du sie wiedersiehst und beiden ein Heim gibst.«

»Was ist geschehen, Jack? Sind sie in Schwierigkeiten?«

Die Kutsche bog gerade in die lange Einfahrt, die nach Chartley führte, als Sir Jack die Geschichte beendet hatte.

Der Herzog saß schweigend da und sah aus dem Fenster.

»Was war ich doch für ein Tor, Jack, was war ich doch für ein törichter, alter Einfaltspinsel!« Seine Stimme klang traurig. »Ich habe in all diesen Jahren so viel versäumt. Was du über Tara erzählst, hört sich an, als besäße sie den Charakter ihres Vaters...«

»Es ist immer noch nicht zu spät, um alles wieder gutzumachen, Cuthbert«, sagte Sir Jack besänftigend. »Der erste Schritt ist der schwerste, und den hast du schon getan.«

Der Herzog richtete sich auf und drückte die Schultern durch.

»Ich will mein Bestes tun, Jack, da kannst du sicher sein. Aber wenn sie etwas von mir in ihrem Blut haben, dann werden sie meinen Olivenzweig vielleicht nicht so einfach annehmen?«

155

»Versuche es, Cuthbert. Wer nicht wagt, gewinnt nicht.«

»Mir gefällt es immer noch nicht, daß Raven mit im Spiel ist.« Die Stimme des Herzogs klang besorgt. »Ich habe wohl als Einsiedler gelebt, aber ich hörte trotzdem alle Gerüchte aus London. Und sein Ruf eilt Raven voraus.«

»Er ist einer meiner besten Männer, Cuthbert«, sagte Sir Jack eindringlich. »Seine Liebesaffären waren alle nur oberflächlich.«

Sir Jack war zufrieden mit dem, was er bis jetzt beim alten Herzog erreicht hatte. Er beschloß, nichts von seinen Vermutungen zu sagen, die Ravens Heiratsabsichten betrafen. Denn er befürchtete, daß diese Mitteilung eine Versöhnung zwischen dem Herzog und den Wardales beeinträchtigen könnte.

Als die Kutsche hielt, wurde sofort die Tür geöffnet, und während dem Herzog beim Aussteigen geholfen wurde, ging Sir Jack taktvoll voraus, um seine Ankunft anzukündigen.

»Jack, wem oder was verdanken wir dieses Vergnügen?« begrüßte ihn Giles erfreut.

»Giles, mein lieber Junge, was tust du denn hier?«

Sir Jack drehte sich um und begrüßte seinen alten Freund, der eben in Reitkleidung die Treppe herunterkam.

»Ich habe den Herzog von Wardale hergebracht, damit er endlich einmal seine Enkelkinder wiedersieht«, sagte Sir Jack. »Man hilft ihm gerade beim Aussteigen.«

»Guter Gott, ich kann es kaum glauben... wie hast du das fertiggebracht?« fragte Giles.

»Es war gar nicht so schwer«, sagte Sir Jack bescheiden. »Ich glaube, er war langsam seiner eigenen Gesellschaft überdrüssig geworden.«

»Das kann ich mir gut vorstellen. Kennt er unsere Geschichte?«

Sir Jack nickte. »Und er ist bereit, Nestor ein Offizierspatent zu kaufen. Außerdem möchte er, daß Tara bei ihm wohnt.«

»Ich glaube, da wird er eine Enttäuschung erleben«, murmelte Giles. »Ich nehme an, Raven hat seine eigenen Pläne mit Tara.«

»Weißt du das sicher?«

»Nein, Raven hat nicht darüber gesprochen. Aber es ist ihm anzusehen, daß er sie liebt.«

Sie lächelten sich beide verschwörerisch an.

»Dann ist es am besten, wir sprechen so wenig wie möglich darüber«, sagte Sir Jack.

Er wandte sich um und beobachtete, wie der alte Herzog das Haus betrat.

»Ah, Cuthbert! Eine Überraschung erwartet dich, sieh her, wer hier ist — Maybury!«

Der Herzog befreite sich von der stützenden Hand des Dieners und stellte sich breitbeinig hin.

»Schön, Sie wiederzusehen, Maybury«, sagte er mürrisch. »Es freut mich zu sehen, daß es doch noch Männer gibt, die immer noch in der Lage sind, sich wie Gentlemen zu benehmen.«

Er blickte sich in der Eingangshalle um.

»Von Raven ist natürlich keine Spur zu sehen... Ich denke, er ist im Augenblick bei einer seiner vielen Mätressen, während meine Enkel in großer Gefahr schweben..., aber du bist ja hier und nimmst dich ihrer Probleme an!«

Sir Jack widersprach ihm energisch.

Niemand in der Halle hatte bemerkt, daß Tara heruntergekommen war, um zu sehen, was der Lärm zu bedeuten hatte.

Sie hörte die letzten Worte ihres Großvaters und erstarrte.

Die Verachtung, die er empfand, war seiner Stimme deutlich anzuhören.

Sie ging ein paar Schritte zurück und verbarg sich. Ein quälender Schmerz überkam sie, der sich in Zorn verwandelte, Zorn gegen sich selbst und ihre eigene Gutgläubigkeit, und er klärte ihren Kopf.

Sie schlich leise zurück in den Flur, und Sekunden später zwang sie sich, laut zu pfeifen. Sie gewann ihr Selbstvertrauen wieder und pfiff so laut, daß die drei Männer unten es bald hörten.

Giles blickte auf und runzelte die Stirn, als er Tara sah.

Der alte Herzog hatte sehr laut gesprochen, aber nach ihrem kecken Verhalten zu schließen wohl doch nicht so laut, daß sie es im oberen Stockwerk hätte hören können.

Sein Stirnrunzeln verschwand, als er sie begrüßte.

Sir Jack, den die unbedachten Worte des alten Herzogs ärgerten, war froh, daß sonst niemand in Hörweite gewesen war.

Der alte Herzog starrte die Gestalt an, die fröhlich die Treppe herunterkam, und Erinnerungen an seinen Sohn stiegen in ihm auf.

Das muß Nestor sein, dachte er. Die Ähnlichkeit mit seinem Sohn war zu auffallend.

Er klopfte aufgeregt mit seinem Stock auf den Fußboden und fürchtete sich plötzlich vor der Gegenüberstellung.

Die Stimme versagte ihm.

Tara betrat die Halle und ging langsam auf die unbewegliche Gestalt ihres Großvaters zu. Er bot ein rührendes Bild. Seine Kleider waren ihm zu eng geworden, die Perücke saß schief auf seinem Kopf und auf dem rechten Bein seiner samtenen Kniehose war ein Fleck.

Bei seinem Anblick verschwand ihr Groll, den sie ihm gegenüber empfunden hatte, und sie ging rasch auf ihn zu.

»Großvater!« sagte sie, und ihre Stimme klang zärtlich. »Oh, Großvater, es ist schön, dich wiederzusehen.«

Sie ließ sich auf ein Knie nieder, nahm seine Hand und küßte sie.

»Steh auf, mein Junge«, murmelte er. »Steh auf, es gibt keinen Grund für diese Geste.«

Tara stand auf und blickte ihn strahlend an.

»Wir haben uns lange nicht mehr gesehen, Großvater. Du erkennst mich sicherlich nicht mehr. Ich bin Tara.«

Sie lächelte und nahm seinen Arm.

Giles sah Sir Jack an, der die Szene aufmerksam beobachtet hatte, und senkte leicht den Kopf.

Beide Männer gingen weg und ließen Tara und den Herzog allein. Das Lachen des Herzogs folgte ihnen, und sie lächelten einander zufrieden an, als sie ihn sagen hörten:

»Wenn dein Vater noch am Leben wäre, würde er sich über diesen Spaß amüsieren. Tara, mein kleines Mädchen, kannst du jemals einem solchen Narren wie mir vergeben?«

Tara lachte.

»Da ist nichts zu vergeben, liebster Großvater. Ich sollte dich um Verzeihung dafür bitten, daß ich mich deinen Befehlen widersetzt habe und nach England gekommen bin.«

»Unsinn, Mädchen! Unsinn! Dummes Geschwätz!«

Seine Freude war offensichtlich.

»Komm, führe mich zu deinem Bruder, damit die Wiedervereinigung vollständig ist. Ich bin zu alt für die ganze Aufregung.«

Nestor saß mit Philippa im Salon, als die beiden Männer eintraten. Sein Impuls, sofort zum Herzog hinauszulaufen, wurde von Sir Jack gebremst.

»Wie geht es Ihnen, Nestor?« fragte Sir Jack freundlich. »Nun brauchen Sie sich wegen Ihrer Stellung in meiner Abteilung keine Sorgen mehr zu machen. Sie ist immer noch für Sie vorhanden.«

»Vielen Dank, Sir«, erwiderte Nestor höflich. »Es ist gut zu wissen, daß ich in meiner Dummheit nicht alles verloren habe...«

»Hoffentlich haben Sie daraus etwas gelernt«, sagte Sir Jack. »Aber es steht Ihnen auch frei, nicht mehr in mein Büro zurückzukehren...«

»Schwerlich, Sir«, sagte Nestor hastig. »Zumal ich von Großvater nichts zu erwarten habe. Ich glaube, ich brauche dringend diese Stellung.«

Er blickte nervös zur Tür.

»Auch dann, wenn Ihr Großvater Ihnen ein Offizierspatent kauft?« fragte Sir Giles.

»Verzeihung, Lord Maybury, habe ich richtig gehört?« fragte Nestor aufgeregt.

159

»Ich glaube, Sir Jack hat Ihrem Großvater gesagt, wie wenig sinnvoll es ist, Sie zu zwingen, in seinem Ressort zu arbeiten.«

»Sir Jack, ist das wahr?« rief Nestor. Seine Augen strahlten.

»Hören Sie selbst«, erwiderte Sir Jack. »Aber wie ich schon sagte, Ihre Stellung in meinem Ressort bleibt Ihnen immer sicher.«

»Entschuldigen Sie, Lady Maybury, meine Herren... ich will mich mit meinem Großvater wieder bekannt machen...« Er wandte sich an Sir Jack. »Übrigens vielen Dank, Sir.«

Seine Begeisterung war ansteckend, und Philippa klatschte fröhlich in die Hände.

»Das ist wunderbar, Jack!« rief sie. »Was haben Sie mit dem alten Herzog gemacht, daß er seinen Sinn so geändert hat? Und was wird aus Tara?«

»Der Herzog möchte, daß sie künftig bei ihm wohnt, wenn sie will«, sagte Sir Jack. »Glauben Sie, daß sie zusagt, Philippa?«

Er stellte die Frage ganz beiläufig.

»Das weiß ich wirklich nicht. Ich hätte schwören können, daß sie Raven mehr als Bewunderung entgegengebracht hat. Ich habe es mir sehr gewünscht.«

Sie wandte sich an ihren Mann.

»Giles, ich habe mich wirklich nicht eingemischt. Aber gestern war sie völlig verändert, nachdem Nestor Dominics Affäre mit der Herzogin erwähnt hat... Und jetzt ist sie so unnatürlich fröhlich und sehr vorsichtig, wenn sie über Dominic spricht. Das ist alles so kompliziert.«

Die beiden Männer tauschten Blicke aus.

»Dann können wir nur hoffen, daß Raven und Tara es unter sich ausmachen«, sagte Giles. »Wenn Tara eben die Bemerkung ihres Großvaters gehört haben sollte, wäre das nicht gerade eine Hilfe für Dominic. Die Vorstellung, daß Raven ein Frauenheld ist, muß in ihrem Kopf festsitzen.« Er hielt inne, weil die Tür aufging und die drei Wardales eintraten.

Der alte Herzog wurde von seinen Enkeln geführt und sah heiter und glücklich aus.

»Jack, danke, mein Junge!« bellte er. »Danke! Du hast mich zu etwas gezwungen, was längst überfällig war und wofür ich dir immer dankbar sein werde.«

Er sah seine Schützlinge stolz an.

»Fürwahr, Cuthbert«, erwiderte Sir Jack ruhig. »Dein Dank sollte Raven gelten, denn er war es, der mich darum bat, meinen Einfluß bei dir geltend zu machen.«

Sir Jack sah Tara aufmerksam an und bemerkte befriedigt ihre überraschte Miene. Dies würde ihr eine andere Seite Ravens zeigen, dachte er.

»Ich hätte niemals daran gedacht, wenn Raven nicht gewesen wäre«, sagte Sir Jack.

Der alte Herzog war sichtlich überrascht.

»Wenn das so ist, werde ich ihm meinen Dank sagen, sobald ich ihn sehe.«

Er sah Sir Jack finster an und zögerte, als wolle er noch etwas hinzufügen, überlegte es sich dann aber anders.

»Ich... ich werde ihn in London besuchen«, sagte er schließlich.

Mit dem Verlauf der Ereignisse zufrieden, sah Sir Jack auf seine Uhr und sagte entsetzt:

»Beim Zeus, es ist Zeit, daß ich mich verabschiede. Cuthbert, ich trenne dich nicht gern so rasch von deinen Enkelkindern, aber ich muß dich nach Hause bringen. Es wäre nicht gut, wenn deine Dienstboten Giles oder deine Enkel jetzt schon zu Gesicht bekämen. Es steht zuviel auf dem Spiel.«

»Du hast ganz recht, Jack«, sagte Giles. »Wir wissen, daß die Dienstboten hier im Haus loyal sind.«

»Sage nichts weiter«, unterbrach ihn der alte Herzog. »Ich stimme dem zu. Und ich kann wahrlich nicht behaupten, daß meine Leute so zuverlässig sind. Ich kann mich weder für ihre Verläßlichkeit noch für ihre Ehrlichkeit verbürgen; denn ich habe sie übel behandelt und kann daher auch keine Gegenliebe erwarten.«

»Großvater, wir werden das alles ändern, sobald Rothermere entlarvt ist«, sagte Tara. Sie wandte sich an Philippa. »Ich werde zu Großvater ziehen. Er hat mir *carte blanche* gegeben zu tun, was ich will.«

Philippa sah rasch ihren Gatten an, bevor sie antwortete:

»Ich hoffe, das heißt nicht, daß Sie unsere Einladung ablehnen. Lord Maybury und ich freuen uns darauf, Sie bald bei uns zu empfangen.«

»Natürlich wird Tara sie besuchen«, sagte der alte Herzog herzlich. »Wenn Nestor weg ist, wird sie meiner Gesellschaft bald überdrüssig sein. Komm jetzt, Jack, gehen wir, bevor ich es mir anders überlege.«

Er küßte Tara unbeholfen auf die Wange und umarmte Nestor.

»Ich schicke dir am Montag meine Kutsche, Tara. Und du, Nestor, ich freue mich auf dich, wenn du deine Wohnung aufgelöst hast.«

Tara und Nestor stimmten seinen Plänen lächelnd zu.

Giles hob eine Augenbraue.

»Wir werden Ihre Gesellschaft sehr vermissen«, sagte er höflich. »Aber Sie brauchen Ihre Kutsche nicht zu schikken, meine wird Lady Tara zur Verfügung stehen.«

»Danke, Lord Maybury«, sagte Tara. »Ich nehme Ihr Angebot gern an. Ich vermute, Großvaters Kutsche ist altmodisch und unbequem.«

»So eine Unverschämtheit«, protestierte der Herzog lächelnd. »Aber ich danke Ihnen, Giles. Diese Göre hat natürlich recht.«

Er fuhr Tara liebevoll durchs Haar.

Giles blinzelte Philippa und Sir Jack zu, bevor er den alten Herzog aus dem Zimmer begleitete.

Tara blieb zurück.

»Er ist wie verwandelt«, sagte sie und zwang sich, ihre Stimme fröhlich klingen zu lassen. »Ich gestehe, ich kann mein Glück immer noch nicht fassen.«

»Aber Sie verdienen es, mein Kind«, sagte Philippa. »Und ich weiß, Sie werden sehr glücklich sein.«

Tara sah sie ausdruckslos an. Sie spürte Ravens Anwesenheit im Raum, und sie war sich schmerzlich bewußt, daß ihr wahres Glück nur darin bestehen konnte, den Rest ihres Lebens mit ihm zu verbringen.

»Ja, Lady Maybury«, sagte sie traurig. »Ich werde in England glücklich sein.«

Zweiundzwanzigstes Kapitel

Tara nahm ihre schmerzende Schulter als Vorwand, um in ihr Zimmer zu gehen, nachdem ihr Großvater abgefahren war. Es war ihr unmöglich, weiterhin Fröhlichkeit vorzutäuschen. Philippa ließ sie klugerweise gehen und hielt Nestor davon ab, sie zu besuchen.

»Sie braucht jetzt etwas Ruhe, Nestor«, sagte Philippa. »Die Fahrt nach London wird anstrengend werden.«

»Wann brechen wir auf?« fragte er. »Es wäre vernünftig, schon morgen zu fahren, damit Tara ausschlafen kann.«

»Giles ist der gleichen Meinung«, erwiderte Philippa. »John bleibt bis Montag hier. Er bringt *Thunder* in den Stall Ihres Großvaters hinüber. Ich denke, wir fahren morgen nachmittag nach London.«

»Welcher Meinung bin ich auch?« fragte Giles, als er ins Zimmer trat und seinen Namen hörte.

»Wir sprachen gerade über unsere Pläne für die nächsten Tage, Liebster«, antwortete Philippa. »Du mußt noch mit John über *Thunder* sprechen.«

»Das will ich sofort tun. Nestor, begleiten Sie mich? Ich würde gern noch ein wenig ausreiten.«

»Ich komme gern mit«, sagte Giles. »Ich brauche nur zwei Minuten zum Umziehen.« Er war bereits an der Tür. »Vielleicht drei«, sagte er lachend im Hinausgehen.

»Nun, Liebster?« fragte Philippa begierig. »Glaubst du, es wird alles gutgehen?«

Giles sah sie fröhlich an.

»Keine Angst«, sagte er, »du weißt, wenn Raven sich etwas in den Kopf gesetzt hat, gibt er nicht so leicht auf.

163

Aber es wird nicht einfach für ihn sein, zumal der alte Herzog gegen ihn ist.«

Giles nahm Philippas Hände und streichelte sie zärtlich. Er hob sie an seine Lippen und küßte erst ihre Handrücken, dann ihre Handflächen.

»Die Liebe hat immer eine Chance, meine Teuerste.«

Philippa warf sich in seine Arme.

»Giles, Liebling, ich weiß, du hast recht, aber trotzdem mache ich mir Sorgen. Dominic ist so verletzbar und was die Liebe anbetrifft so naiv.«

Giles streichelte Philippas Haar und wickelte sich eine goldene Locke um den Finger.

»Gehe jetzt hinauf und ruhe dich aus«, flüsterte er verführerisch. »Ich komme sofort zu dir, wenn ich von meinem Ausritt zurück bin. Ich bin heute sehr egoistisch und wünsche deine ganze Aufmerksamkeit.«

Er küßte sie auf die Nasenspitze.

»Laß Raven sich um seine eigenen Angelegenheiten kümmern. Konzentrieren wir uns auf die unseren.«

Er zog Philippa an sich.

»Mein süßer Liebling, ich bleibe nicht lange weg.«

Philippa lächelte.

»Solch ein Verhalten bei einem Mann in deiner Position, aber mein Herr!« Sie trat zurück. »Beeile dich, mein Herz. Ich warte auf dich!«

Die Fahrt nach London verlief ereignislos. Tara und Philippa schliefen unruhig. Annie und Sally folgten in der zweiten Kutsche.

Annie, die mit Taras Genesungsprozeß zufrieden war, sorgte sich trotzdem um ihren Schützling; denn niemand weinte sich grundlos in den Schlaf, wie es Tara in den letzten Nächten getan hatte.

Es war früher Abend, als sie vor dem Maybury-Haus vorfuhren. Tara ging sofort die Treppe hinauf und ließ keine Bemerkung über das elegante Haus oder die stilvollen Möbel fallen. Sie hatte sich vorgenommen, Raven aus dem Weg zu gehen, falls er vorbeikommen sollte.

Nestor verabschiedete sich bald, denn er mußte seine Habseligkeiten aus seiner alten Wohnung holen. Er war begierig darauf, einige Andenken auszusortieren, die er während seines Londoner Aufenthaltes gesammelt hatte. Da waren ein paar Strumpfbänder, die sich als peinlich erweisen könnten, farbenprächtige, die von Damen des *corps de ballet* stammten.

»Seien Sie vorsichtig, wenn Sie das Haus verlassen«, sagte Sir Giles. »Es wäre katastrophal, wenn Rothermere Sie sehen sollte.«

»Das ist unwahrscheinlich, Lord Maybury«, erwiderte Nestor. »Selbst wenn er mir begegnen sollte, würde er mich kaum erkennen, denn wir sind uns niemals vorgestellt worden. Aber ich passe auf und verlasse meine Wohnung bis morgen abend nicht. Ich habe mit dem Aufräumen meines Zimmers zu tun.«

Giles lächelte verständnisvoll.

»Und vergewissern Sie sich, daß Sie nichts zurücklassen, was die Wirtin interessieren könnte.«

»Das riskiere ich bestimmt nicht«, sagte Nestor lachend.

Philippa hatte sich eben in den kleinen Salon gesetzt, als Tara hereinstürmte.

»Lady Maybury«, rief sie aufgeregt. »Wie kann ich Ihnen nur danken? Sie sind wunderschön, einfach exquisit. Und die Unterwäsche ist so fein, ich...«

»Wovon sprechen Sie, Kind?« fragte Philippa.

»Von der neuen Garderobe... Sie ist doch von Ihnen, oder nicht?« fragte Tara zögernd. »Die neuen Kleider...«

»Mein Gedächtnis ist nicht besonders gut, liebes Kind... aber ich weiß wirklich nicht, wovon Sie sprechen. Kleider..., was für Kleider?«

»Tageskleider, Abendkleider, Capes, Mäntel und... und... nun, eine ganze Ausstattung«, rief Tara.

»Das muß von Raven sein«, murmelte Philippa leise. »Was für ein Narr!«

Tara sah sie verständnislos an.

»Wenn Sie nichts davon wissen, wer sonst kennt meine Größe?«

»Raven!«

Der Name war Philippa entschlüpft, bevor sie es verhindern konnte. »Ich meine..., ich weiß nicht...«

»Wie kann er sich so erdreisten!« schrie Tara zornig. »Entschuldigen Sie, Lady Maybury, aber seine arrogante Art zeigt jeglichen Mangel an Feingefühl, was andere Menschen betrifft... Es ist unerhört, wenn er glaubt, ich würde Geschenke von ihm annehmen... Er behandelt mich wie eine Mätresse.«

Sie stürzte aus dem Zimmer und stieß an der Tür mit Raven zusammen.

»Sie!« fauchte sie. »Ausgerechnet die Person, die ich jetzt sprechen wollte...«

Raven sah sie überrascht an. Ihre Begrüßung war nicht von der Art, wie er es sich erträumt hatte. Ihm fehlten die Worte.

Er sah Philippas entsetztes Gesicht, und sein Humor verließ ihn. »Ist etwas mit Rothermere?« fragte er ratlos.

»Führen Sie mich sofort in die Bibliothek«, schrie Tara. »Ich möchte mit Ihnen allein sprechen.«

Verwirrt über ihren Zorn, tat Raven, was sie ihm befahl.

»Ich glaube, das wird das Richtige sein«, sagte er. »Niemand wird uns dort stören.«

Er ging auf sie zu und wollte sie an sich ziehen, die tiefen Furchen von ihrer Stirn streicheln, aber der Haß in ihren Augen hielt ihn davon ab.

»Was bedrückt Sie? Ist es Rothermere, mein...«

»Kommen Sie mir nicht zu nahe, mein Herr«, fauchte Tara. »Ich möchte wissen, wer Ihnen das Recht gab, mir Kleider zu kaufen?«

Raven sah sie einen Augenblick verständnislos an. Er begriff ihren Zorn nicht.

»Es tut mir leid, wenn ich Sie dadurch verletzt habe«, sagte er ruhig. »Ich selbst gab mir das Recht dazu... Ich glaube, meine Neugier, Sie in Kleidern zu sehen, ließ mich die Unangemessenheit meiner Handlung vergessen. Es war töricht und gedankenlos von mir, und ich entschuldige mich dafür.«

Seine Stimme klang nun kalt.

Tara bemerkte seine enttäuschte Miene und sein mutloses Achselzucken nicht.

»Sie gaben sich selbst das Recht!« fauchte sie. »Mich als Frau zu sehen! Mich abzuschätzen, so wie Sie Ihre Mätressen abschätzen!« schrie sie. »Sie wollten wissen, ob Sie mich auf Ihre Liste setzen können.«

»Ich habe mich bei Ihnen dafür entschuldigt, Lady Tara«, sagte Raven ruhig. »Und wenn Sie mir einen Augenblick Zeit lassen, will ich es Ihnen erklären.«

»Erklären! Sie können sich Ihre Erklärungen sparen. Sie… Sie… Wüstling! Ich… ich hasse Sie! Und wenn der morgige Tag vorbei ist, werde ich froh sein, Sie niemals wiedersehen zu müssen.«

Ihre Stimme klang bitter.

Raven sah sie überrascht an.

»Der morgige Tag?« fragte er.

»Ja, denn dann ziehe ich zu meinem Großvater.«

Die Entschiedenheit in ihrer Stimme tat Raven weh, und er versuchte ein letztes Mal, sie zu versöhnen.

»Lady Tara… bitte, erlauben Sie mir, daß ich den Kauf der Kleider erkläre…«

»Ich will Ihre Gründe nicht wissen, Lord Raven!« unterbrach ihn Tara barsch. »Sie haben mich einmal als Frau gesehen, und das sollte genügen.«

Sie lief aus der Bibliothek, bevor er sie zurückhalten konnte, und Raven ließ sich wie geschlagen in einen der Sessel fallen.

Ein paar Minuten später kam Giles herein und schloß leise die Tür hinter sich.

»Philippa hat mir erzählt, was geschehen ist, Dominic«, sagte er. »Möchtest du mit mir darüber sprechen?«

Raven schüttelte den Kopf. »Es gibt nicht viel zu sagen. Ich habe alles verdorben.«

Der Schmerz war seiner Stimme anzuhören.

»Ich habe mich wie ein Tor benommen, ein vollkommener Tor. Durch meine eigene Dummheit habe ich sie verloren.«

»Ein schwaches Herz gewinnt niemals eine schöne Frau«, scherzte Giles. »Ich dachte nicht, daß du so leicht aufgibst.«

»Du verstehst es nicht, Giles. Sie haßt mich. Ich war so sicher, daß sie ebenso fühlt wie ich...« Seine Stimme wurde leise. »Ich kann ihr meine Liebe nicht aufzwingen, wenn sie sie nicht haben will.«

Giles' Gelächter brachte Raven auf die Füße, und sein Schmerz machte Zorn Platz.

»Ich finde dein Verhalten rücksichtslos!«

»Komm, Dominic, verstecke dich vor mir nicht hinter deiner Eitelkeit. Ich lache, weil ich für dich glücklich bin. Ich bin mehr als froh, daß du eine Frau gefunden hast, die du lieben kannst, und wenn du die Frauen besser kennen würdest, dann wüßtest du, daß deine Liebe erwidert wird.«

Raven sah seinen Freund erstaunt an.

»Du bist verrückt, vollkommen verrückt, mein Freund. Ja, ich liebe Tara, aber ich liebe sie zu sehr, um sie zu einer Ehe mit mir zu zwingen, die sie nur mit Abscheu erfüllen würde. Ich werde mein möglichstes tun und sie nicht weiter belästigen.«

»Aber sie liebt dich doch«, beharrte Giles. »Und wenn sie es bis jetzt selbst noch nicht wissen sollte, wird sie sich dessen nun bewußt werden. Sie reagierte neulich verräterisch auf eine törichte Bemerkung, die der alte Herzog über dich machte. Er sagte, du seiest bei einer deiner vielen Mätressen, während du es mir überließest, mich um die Probleme seiner Enkelkinder zu kümmern... Offengesagt, alter Junge, sie bildet sich wahrscheinlich ein, die Herzogin Caroline bedeute dir mehr, als du sagst...«

»Glaubst du das wirklich, Giles?«

»Probiere es aus!« sagte Giles.

»Aber wie soll ich das tun, wenn ich nach dem morgigen Abend keine Gelegenheit mehr haben werde, mit ihr allein zu sprechen?«

»Bin ich nicht dein Freund? Kümmere ich mich nicht um dich?«

168

Raven nickte, und ein Hoffnungsschimmer leuchtete in seinen Augen.

»Montag reist Tara zum alten Herzog..., sie fährt in meiner Kutsche. Ich überlasse es dir, die Details auszuarbeiten, aber ich werde mich vergewissern, daß sie hier genau um elf Uhr aufbricht.«

»Du...?«

»Kein Wort mehr, Dominic«, sagte Giles lachend. »Gehen wir statt dessen zu Philippa und beweisen ihr, daß du deine Angelegenheiten unter Kontrolle hast, denn ich schwöre dir, wenn sie nicht aufhört, sich Sorgen zu machen, ob du das Richtige unternimmst, werde ich anderswo Trost suchen müssen.«

Raven schlug seinem Freund auf den Rücken.

»Richte ihr meine Grüße aus... Ich habe viel zu tun und kann keine Zeit mit müßiger Konversation vergeuden. Und vielen Dank, Giles. Ich werde nicht vergessen, dich zu meiner Hochzeit einzuladen.«

Giles lachte glücklich.

»Ich kümmere mich bis morgen um Tara. Sie darf sich nicht zu sehr aufregen. Also, wir sehen uns morgen beim Abendessen.«

Dreiundzwanzigstes Kapitel

Rothermeres Zusage zum Abendessen war wenige Stunden nach dem Frühstück eingetroffen. Sie war wie erwartet überschwenglich abgefaßt.

Sir Jack hatte seine und Mr. Pitts Einladung bestätigt und Raven versichert, daß der Premierminister gut vorbereitet käme, um über die Agrarpolitik zu sprechen, die im Oberhaus diskutiert werden sollte, falls es sich als notwendig erweisen würde.

Die Falle war gestellt, und Raven erwartete ungeduldig den Abend.

Sein intensiver Einsatz bei dieser Angelegenheit hielt

ihn davon ab, an Tara anders als an eine bloße Akteurin in dem Netz zu denken, das er gesponnen hatte.

Die Szene vom vergangenen Tag und seine eigenen Gefühle traten in seinen Gedanken weit in den Hintergrund. Nach dem heutigen Abend würde er das in Ordnung bringen, aber bei dem letzten und wichtigsten Auftrag für Sir Jack mußte er sich ganz seiner Aufgabe widmen. Zu viel hing von dem Ergebnis ab, als daß man unvorsichtig sein durfte.

Er hatte allen seinen Dienstboten bis auf Anton für diesen Abend freigegeben. Sie waren durch besonders ausgebildete Leute aus Sir Jacks Abteilung ersetzt worden.

Jetzt prüfte er mit Henry, dem Ersatzbutler, zum letzten Mal die Speisefolge.

Raven wollte auch sicher sein, daß die Sitzordnung korrekt eingehalten wurde. Für diesen Abend war ein runder Tisch vorgesehen. Normalerweise benutzte er einen langen Mahagonitisch bei formellen Gelegenheiten. Aber Sir Jack hatte gefunden, daß so die kleine Gesellschaft wirksamer gesetzt werden konnte.

Er und Sir Jack würden links von Rothermere sitzen und Mr. Pitt rechts von ihm. Giles, Tara und Nestor würden ihnen gegenüber sitzen.

»Sind die Männer alle instruiert, Henry?« fragte Raven.

»Ja, mein Herr. Das Essen wird um neun Uhr von Mortimer, Gordon und mir selbst serviert. Mortimers Aufgabe wird es sein, die Wardales im Auge zu behalten und dafür zu sorgen, daß sie den Wein aus dieser Flasche eingeschenkt bekommen.«

Henry deutete auf eine Flasche, die genauso aussah wie die drei anderen verkorkten Rotweinflaschen auf dem Büfett, bis auf einen kleinen blauen Punkt auf dem Etikett.

»Und ich werde dafür sorgen, daß Lord Rothermeres Glas niemals leer sein wird«, ergänzte Henry.

»Gut, gut. Ich weiß, Sie werden umsichtig vorgehen. Lord Rothermere darf keinen Verdacht schöpfen, daß wir ihn absichtlich betrunken machen. Sind wir darauf vorbereitet, falls er Champagner bevorzugt?«

Henry nickte.

»Kennen die Männer die Posten, die sie einnehmen müssen, wenn der Tisch abgedeckt ist?« fragte Raven.

»Ja. Alle Ausgänge sind dann bewacht, M'lord«, antwortete Henry. »Und wenn es zu irgendwelchen Schwierigkeiten kommen sollte, benützen wir unsere Pistolen.«

»Hoffentlich kommt es nicht dazu«, sagte Raven grimmig. »Wer steht vor der Tür?«

»George, M'lord. Er kommt herein, wenn er Ihr Codewort hört, und Mortimer folgt ihm, um die Wardales zu beschützen.«

Raven nickte zustimmend. Er sah zum Standleuchter auf dem Büfett hinüber, der seine unmittelbare Umgebung hell beleuchtete und dann zum Kronleuchter hinauf, der ein schwächeres Licht auf den Tisch warf.

Die Wirkung, die Raven damit erzielen wollte, war erreicht. Das Zimmer wirkte gut beleuchtet, aber in Wirklichkeit war es das nicht.

Tara würde im Schatten sitzen.

Raven fragte sich, wie sie wohl aussehen würde, nachdem Philippa sie geschminkt hatte. Eine Perücke, einige wenige Schönheitspflaster und etwas Puder und Rouge genügten, um das Gesicht eines Menschen so zu verändern, daß man ihn nicht wiedererkannte. Er hatte oft selbst zu solchen Hilfsmitteln gegriffen, wenn er unerkannt ausgehen wollte.

Nestor stellte kein Problem dar, bei ihm war nur eine Namensänderung notwendig.

Giles, Sir Jack und Mr. Pitt würden die Gesellschaft vervollständigen. Sechs loyale Menschen gegen einen Verräter. Rothermere hatte keine Chance zu entkommen.

Raven sah zur goldenen Filigranuhr auf dem Kaminsims, als die Stunde schlug. Es war acht Uhr. In zwanzig Minuten würden die Gäste eintreffen.

»Das wäre alles, Henry«, sagte Raven. »Schärfen Sie Mortimer ein, daß er heute abend die wichtigste Aufgabe hat.«

Seine Miene wurde sanft.

»Er beschützt meine zukünftige Frau.«

»Ihr wird nichts zustoßen, M'lord. Machen Sie sich keine Sorgen. Sie werden alle beschützt. Meine Männer sind gut ausgebildet.«

»Danke, Henry. Es macht Freude, mit Ihnen zu arbeiten.«

Die beiden Männer schüttelten sich ernst die Hände.

Das schwache Geräusch des Türklopfers war zu hören.

»Viel Glück«, sagte er leise und ging rasch zur Bibliothek.

Ein paar Minuten später wurde die Bibliothekstür geöffnet.

»Der Honorable Mr. William Pitt, Premierminister von England, und Secretary of State im Kriegsministerium, Sir Jack Newton«, verkündete der Diener.

Raven begrüßte die beiden Männer herzlich.

»Vielen Dank, daß Sie diese kurzfristige Einladung angenommen haben.«

Ravens Stimme klang respektvoll.

»Keine Ursache, mein Junge, keine Ursache«, erwiderte Pitt. »Nur zu froh, hier zu sein. Habe nicht oft dieses Vergnügen. Zu viele Verpflichtungen, denen ich mich nicht entziehen kann.«

Er sah Sir Jack voller Zuneigung an.

»Aber die Entlarvung eines Landesverräters, nein, gerade dieses besonderen Verräters ist ein Ereignis, bei dem ich dabei sein muß. Richtig, Jack?«

Die drei Männer lachten.

»Ich glaube nicht, daß der Abend Sie enttäuschen wird, Herr Premierminister«, sagte Sir Jack. »Schon die Zusammensetzung der Gesellschaft ist hinreichend interessant, und der Höhepunkt, den wir vorbereitet haben, ist kaum zu übertreffen.«

»Das hoffe ich auch«, sagte Mr. Pitt. »Rothermere hat sich als ein listiger und äußerst gefährlicher Fuchs erwiesen. Nach diesem Abend wird er im Tower sitzen.«

»Ich würde eher für das Exil plädieren, Herr Premierminister«, sagte Sir Jack. »Das ist weniger aufwendig.«

»Und wir hätten eine größere Chance, seine englischen Agenten auszukundschaften«, sagte Raven. »Sie würden alle untertauchen, wenn er enthauptet würde.«

»Wahrscheinlich haben Sie recht«, sagte Mr. Pitt zögernd. »Aber ich sehe es nicht gern, wenn so ein Mann die Gelegenheit bekommt, sein Leben in Frieden zu beenden.«

Die Tür öffnete sich wieder.

»Der Honorable, Earl of Leicester, Sir Evelyne Brent und Sir Gareth Brent.«

»Giles, mein lieber Freund, willkommen zu Hause!« sagte Mr. Pitt. »Sie haben gute Arbeit für uns in Gibraltar geleistet.«

Giles verbeugte sich leicht und stellte dann dem Premierminister Nestor und Tara vor.

Raven trat zurück und lächelte. Philippa hatte Tara in der Tat so verwandelt, daß man sie nicht wiedererkannte. Ihre Figur war füllig geworden, und das schöne Gesicht ähnelte einem geckenhaften jungen Mann mit leicht weiblichen Zügen und Gesten. Ihr Arm lag jetzt nicht mehr in der Schlinge, aber das Polster, das Philippa an ihrer Schulter angebracht hatte, schützte die Verletzung.

Raven ging lächelnd zu Tara hinüber.

»Sir Gareth, Lady Maybury verdient ein großes Lob. Sie sehen wie ein Dandy aus und spielen Ihre Rolle perfekt.«

»Ich danke Ihnen, Mylord«, sagte Tara, und ihre Augen blitzten. »Das ist das netteste Kompliment, das ich je erhalten habe.«

Sie war jetzt innerlich ruhig, denn nach der Szene, die sie ihm tags zuvor gemacht hatte, verdrängte sie energisch alle Gedanken an ihn. Nichts sollte sie an diesem Abend davon ablenken, Rothermere zu überführen.

Sie hatte gefürchtet, ihr Herz würde ihr einen Streich spielen, wenn sie Raven wiedersah. Aber seine heitere Miene gab ihr die Kraft, ihre Gefühle zu beherrschen. Sein spöttisches Kompliment bewies ihr, daß er über sein unerhörtes Verhalten nicht im mindesten zerknirscht war.

»Ich schlage vor, Sie treten etwas mehr nach links aus

dem Licht heraus«, sagte Raven ruhig. »Ich glaube nicht, daß Rothermere Sie wiedererkennt, aber wir müssen vorsichtig sein.«

Tara ging zu Sir Jack hinüber.

»Hervorragend«, murmelte er. »Ich kann kaum glauben, daß Sie die gleiche reizende Person sind, die ich vor zwei Tagen kennengelernt habe.«

»Danke, Sir Jack«, sagte sie. »Lady Maybury verdient das Kompliment; denn sie war es, die auf meiner Leibesfülle beharrte.«

Tara klopfte sich auf den runden Bauch und sah dabei ihren Bruder an.

Nestor lächelte gerade über eine Bemerkung, die der Premierminister gemacht hatte.

Tara senkte die Stimme und sagte zu Sir Jack:

»Es ist mir eine Ehre, daß mein Bruder und ich Ihnen helfen können. Wir werden Sie nicht im Stich lassen.«

»Mein lieber Sir Gareth, daran habe ich niemals gezweifelt«, erwiderte Sir Jack ernst. »Raven hat mir Ihre Fähigkeiten ausführlich geschildert, und ich kann mich auf sein Wort verlassen.«

Ihre Antwort wurde unterbrochen, weil der Diener den letzten Gast ankündigte.

»Seine Lordschaft, der Marquess of Rothermere«, rief er, und die Freude, die Tara bei den Worten Sir Jacks empfunden hatte, wich beim Anblick ihres alten Feindes.

Sir Jack stellte sich vor Tara, und in dem Durcheinander der Begrüßung schenkte ihr Rothermere nur einen oberflächlichen Blick, als sie ihm vorgestellt wurde.

Danach bat Henry zu Tisch.

Rothermeres Interesse war vollständig auf Mr. Pitt gerichtet, und seine Überraschung, Sir Jack unter den Gästen zu sehen, legte sich, als Raven dessen Anwesenheit erklärte.

»Der Premierminister hätte beinahe abgesagt. Er und Sir Jack hatten den ganzen Tag versucht, einige innenpolitische Probleme zu lösen. Deshalb bat ich Sir Jack, ebenfalls mit uns zu Abend zu essen.«

Raven lächelte, als wäre er sehr mit sich zufrieden.

»Die zusätzliche Arbeit, die das weitere Gedeck bedeutete, hat Anton heute dazu bewogen, damit zu drohen, sich künftig eine andere Anstellung zu suchen.«

»Dann schicken Sie ihn zu mir«, sagte Rothermere jovial. »Schicken Sie ihn zu mir!«

Sie gingen ins Speisezimmer, und als alle Platz genommen hatten und die Suppe serviert wurde, hatte Rothermere die Anwesenheit der Wardales fast vergessen. Seine ganze Aufmerksamkeit galt ausschließlich Mr. Pitt und Sir Jack.

Als er den Rest der Hummersuppe von seinem Löffel schlürfte, bildete er sich im stillen etwas auf sein Geschick ein, von Raven die Einladung für den heutigen Abend erschlichen zu haben.

Man lobte allgemein die hervorragenden Speisen, die serviert wurden – Lachs, Stint, Curry-Eier, gebratenes Kalbfleisch, Rindfleisch mit Oliven und Wachteln. Die Zahl der Gänge war endlos, und jeder übertraf die Qualität des vorangegangenen. Der Rotwein floß üppig, und falls jemand bemerkt haben sollte, daß Rothermeres Glas häufiger nachgefüllt wurde als die Gläser der anderen, dann machte niemand darüber eine Bemerkung.

Tara, die zwischen Giles und Nestor saß, nippte nur an den Speisen. Sie hatte keinen Appetit, denn sie wartete auf das Stichwort von Giles.

Sie fürchtete nicht, einen Fehler zu machen, aber sie wünschte, der Abend wäre schon vorbei.

»Raven erzählte mir von Ihren Versuchen im Getreideanbau«, sagte Mr. Pitt. »Ich wüßte gern, ob Sie wohl Interesse daran hätten, an einem Experiment in größerem Rahmen mitzuwirken. Ich dachte an ein Gebiet von der Größe von Somerset.«

Rothermeres Wangen röteten sich, weil er gerade ein zu großes Stück Rindfleisch hinunterschluckte.

»Ich wäre geschmeichelt, sehr geschmeichelt«, sagte er. »Aber es wird schwierig sein, die Einwilligung aller Grundbesitzer zu bekommen.«

175

Seine Zunge beschäftigte sich mit einem Stück Fleisch, das sich in einem Backenzahn verfangen hatte.

Er lehnte sich zurück und ließ den Diener seinen Teller abräumen.

»Ich sehe da kein Problem, Sie etwa, Raven?« fragte Mr. Pitt.

»Absolut keins«, sagte Raven. »Giles hat mir seine Hilfe und die seiner Neffen angeboten.«

Raven blickte zu Nestor und Tara hinüber.

»Alle wollen uns helfen, die Pächter für diese Ideen zu gewinnen. Ich sehe keinen Grund, weshalb wir nicht auch Ihr Vorhaben miteinbeziehen sollten, Rothermere.«

»Das wäre mal etwas anderes für Sie, Giles, nicht wahr?« fragte Rothermere höflich.

»Ja, aber etwas, was notwendig ist«, antwortete Giles. »Mein verletztes Bein hindert mich daran, wieder zur See zu fahren.« Er schlug sich auf den Oberschenkel. »Deshalb habe ich beschlossen, mich wieder der Landwirtschaft zu widmen. Und diese beiden Grünschnäbel, die ihre Köpfe sowieso nur voller Spionageaffären haben, werden einen Teil ihrer Energie los, wenn sie mir behilflich sind.«

»Ich möchte nicht vorlaut erscheinen, Lord Rothermere«, sagte Tara, »aber könnten Sie uns etwas über jenen französischen Spion erzählen, den Sie getötet haben?«

Sie betrachtete Rothermere interessiert, und dieser fühlte sich geschmeichelt.

»O ja!« rief Nestor eifrig. »Wir würden so gern Näheres darüber erfahren.«

Er sah sich verlegen im Kreise um, so als würde ihm plötzlich bewußt, wie ungehörig er sich benommen hatte.

Rothermere lachte nachsichtig.

»Es wird mir ein Vergnügen sein..., aber vielleicht ein wenig später...«

Die Konversation wurde unterbrochen, weil die Diener die Teller abräumten und Früchte und Käse für die Gäste brachten.

»Das ist alles, vielen Dank«, sagte Raven.

Mr. Pitt richtete sich auf.

»Auch ich, Rothermere, würde gern eine Schilderung aus erster Hand über Ihr tapferes Verhalten hören«, sagte er leichthin. »Bisher las ich nur einen trockenen Bericht darüber, den Sir Jack verfaßt hatte.«

Sir Jack verzog schmerzlich sein Gesicht.

»Aber William, ich kann doch nur die Fakten berichten. Wir haben so viele Fälle ähnlicher Art, es wäre mir unmöglich, Ihnen über jeden Fall ausführlich zu berichten.«

Rothermere unterbrach ihn:

»Das ist interessant, Jack«, platzte er heraus. »Heutzutage hört man sehr selten, daß Spione überführt werden.«

»Wenn ein Mitglied des Oberhauses für so eine Tat verantwortlich ist, dann lohnt es sich, das zu vermerken«, antwortete Sir Jack leichthin. »Aber meistens fangen wir nur die kleinen Fische. Ja, ich war sehr enttäuscht, als man mir sagte, daß dieser Bursche, den Sie überführt hatten, keine Papiere bei sich trug. Wir hätten sicher eine Menge über das französische Spionagenetz in England erfahren, wenn...«

Nestor räusperte sich.

»Was ist, Evelyne?« fragte Raven ruhig. »War das Essen nicht nach Ihrem Geschmack?«

»Nein, das ist es nicht, Sir«, erwiderte Nestor. »Nur, was Sir Jack eben sagte...« Nestor hielt verwirrt inne.

Rothermere betrachtete Nestor plötzlich mißtrauisch, während er etwas Wein in seinem Mund hin und her rollen ließ. Sein Blick wurde stählern.

Diese Nase, dachte Rothermere. Ich kenne diese Nase! Er begann zu schwitzen. Irgend etwas stimmte hier nicht. Er sah sich in der Runde um. Sein Sehvermögen war plötzlich beeinträchtigt. Er blinzelte und versuchte, seinen Kopf klarzubekommen.

Rothermere prüfte noch einmal die Gesichter. Alle Gäste sahen den jungen Mann an und warteten darauf, daß er fortfuhr.

Rothermere blickte den anderen jungen Mann an, und plötzlich sträubten sich ihm die Nackenhaare.

Er sah Augen, die ihn verächtlich betrachteten. Er sah

177

wieder zu Nestor hinüber und nahm wiederum einen großen Schluck Wein. Sein Kopf war nicht klar, aber er wußte doch, daß diese Nase und diese Augen ihm vertraut waren.

Er spürte plötzlich die Gefahr, die in der Luft lag. Langsam steckte er einen Finger zwischen Kragen und Hals, denn dieser war ihm plötzlich zu eng geworden.

Er blickte sich nach einem Diener um. Sein Glas war leer, und er brauchte mehr Wein. Doch außer den Gästen war niemand im Zimmer. Sein Blick kehrte zu Tara zurück. Nervös ließ er eine Hand vom Tisch gleiten und fand einen gewissen Trost, als er den kalten Griff seiner Pistole in der Rocktasche spürte.

Ravens Stimme unterbrach seine Gedanken.

»Was hat Sie so verwirrt, Evelyne?« fragte er, und seine Stimme klang so freundlich, als spräche er mit einem Kind.

»Ich glaube, er war überrascht, daß Lord Rothermere sagte, er habe keine Papiere bei Claudes Leiche gefunden«, antwortete Tara für ihren Bruder.

Rothermeres Hand umfaßte instinktiv seine Waffe. Er kannte diese Stimme. Sein Herz schlug schneller. Nur eine Person hatte bisher in einem so vernichtenden Tonfall mit ihm gesprochen.

Als er die Wahrheit begriff, spürte er, wie eine Hand seinen Arm packte.

»Ich würde sie an Ihrer Stelle nicht ziehen«, sagte Raven ruhig. »Es nützt Ihnen jetzt nichts mehr!«

»Sie beleidigen mich, Raven«, keuchte Rothermere. Sein Gesicht wurde purpurrot. »Lassen Sie mich augenblicklich los.«

»Damit ich für meine guten Manieren erschossen werde?« spottete Raven. »Das tue ich nicht.«

Er nickte Sir Giles zu, der eine kleine Glocke betätigte, die auf dem Tisch stehengelassen worden war.

Die Tür ging sofort auf, und ein Diener trat ein.

»Ah, George, der Herr hier möchte sich seiner Pistole entledigen«, sagte Raven.

»Sehr wohl, M'lord«, erwiderte George.

Souverän zog er Rothermere die Jacke vom Rücken und umklammerte dessen Arme, bevor er ihm die Waffe abnahm.

Rothermeres Stimme überschlug sich vor Empörung.

»Danke, George«, sagte Sir Jack lächelnd und ignorierte Rothermeres Proteste. »Wenn Sie bitte dort stehenbleiben würden, wo Sie sind. Es könnte sein, daß der Herr Hilfe braucht, um still sitzenzubleiben.«

»Ich dulde diese Unverschämtheit nicht!« schrie Rothermere. »Wie können Sie es wagen, mich so zu behandeln? Ich werde Sie für diese Beleidigung und für Ihr unerhörtes Verhalten mir gegenüber belangen. Lassen Sie mich sofort gehen.«

Seine Stimme klang schrill.

Mr. Pitt lehnte sich zurück und lächelte, als ein zweiter Diener eintrat und sich hinter die Wardales stellte.

»Bitte, fahren Sie fort, Lady Tara!« sagte er. »Sie sprachen von Papieren bei Claudes Leiche?«

Als Mr. Pitt Taras Namen nannte, schrie Rothermere vor Zorn auf. Er wollte sich losreißen, aber der feste Griff des Dieners vereitelte seine Bemühungen.

»Eine Falle!« schrie Rothermere entsetzt. »Eine Falle! Ich hätte Ihnen nicht vertrauen dürfen, Raven! Ein Gesprächsabend über Agrarfragen!«

Die Augen traten ihm aus den Höhlen, als er sah, wie Tara ihre Perücke abnahm. Mit großer Sorgfalt schälte sie die Schönheitspflaster von ihrem Gesicht, und ihr Blick wich dabei nicht von Rothermere.

»Eine Kopie des Briefes, den mein Bruder schrieb, meine Herren«, sagte sie sehr leise.

Rothermere war fasziniert von ihrer Schönheit. Während er sie betrachtete, suchte er in seinen Gedanken nach einer Erklärung, die überzeugend war.

Tara legte ein Blatt Papier auf den Tisch.

»Lord Rothermere sagte mir, er besäße das Original, das er bei Claude gefunden habe, nachdem er ihn erschossen hatte.«

»Sie Närrin!« höhnte Rothermere. »Sie glauben, Sie könnten mich zur Ehe zwingen! Nun, das wird Ihnen nicht gelingen, denn meinem Wort als Ehrenmann wird eher geglaubt als Ihnen. Egal, was Sie auch vorzubringen haben!«

Er blickte in die Runde.

»Ich verstehe dieses Mißverständnis, meine Herren. Es ist nur allzu verführerisch, sich von einem Paar schöner Augen täuschen zu lassen. Auch ich wurde getäuscht von dieser Dame hier. Ja, sie wollte mich hereinlegen und mich für ihre eigenen Zwecke benützen. Aber in Wahrheit wollte mich diese unverschämte Dirne hier erpressen. Sie arbeitete mit Claude Duclos zusammen!« Er legte eine dramatische Pause ein. »Sie ist ebenfalls eine Spionin! Ich wurde von ihr verhext. Ich hätte sie sofort ausliefern sollen.«

»Genug! *Vous polisson*«, schrie Nestor und sprang auf. »Ich dulde es nicht, daß Sie so über meine Schwester sprechen!«

Sir Jack hob die Augenbrauen bei diesem Temperamentsausbruch Nestors. Es freute ihn zu sehen, wie er seine Schwester verteidigte. Der Bursche hatte Mut. Vielleicht konnte er ihm in ein paar Jahren in seinem Ressort sehr nützlich sein.

»Also sind Sie ein weiterer Verräter!« schrie Rothermere.

Er wandte sich an Sir Jack:

»Das ist Ihr Mann, Jack! Er versorgte Duclos mit allen Informationen!«

»Was für einen Beweis haben Sie dafür?« fragte Giles ruhig.

»Was für einen Beweis..., was für einen Beweis...«, fauchte Rothermere. Zu spät wurde ihm bewußt, was er gesagt hatte. Der einzige Beweis war der Brief, von dessen Existenz er angeblich nichts wußte.

»Mein Wort... und... und...«

»Weitere Zeugen?« fragte Sir Jack. »Oder meinen Sie den Brief, den Lady Tara eben erwähnt hat?«

»Ich weiß von keinem Brief!« schrie Rothermere. Er sah kurz zur Tür hinüber. Dort war ein weiterer Diener erschienen. Nun waren es schon drei.

Rothermere sank in seinen Stuhl zurück. Jetzt gab es kein Entrinnen mehr. Die Dame, der er Gehorsam hatte beibringen wollen, sah ihn verächtlich an. Ihm blieben die Worte in der Kehle stecken.

Er fuhr sich mit der Zunge über die trockenen Lippen. Das Zimmer verschwamm vor seinen Augen, als ein stechender Schmerz seine Brust zusammenpreßte.

Der letzte Mensch, den er sah, bevor er vornüber auf den Tisch fiel, war Raven, der ein zufriedenes Gesicht machte.

Alle starrten Rothermere an, und sein plötzlicher Fall überraschte sie.

Raven reagierte als erster. Er sprang auf und tastete nach Rothermeres Puls.

»Er ist tot«, sagte Raven grimmig. Dann bedeutete er Mortimer, Tara und Nestor aus dem Zimmer zu führen.

Taras Gesicht war weiß und ihre Augen riesig vor Angst.

Raven hatte den Wunsch, sie in die Arme zu nehmen und zu trösten, aber er beherrschte sich.

»Ist er wirklich tot?« fragte Tara mit zitternder Stimme. »Wie furchtbar.«

Nestor legte einen Arm um sie und führte sie rasch aus dem Zimmer. Er wollte ihr den weiteren Anblick Rothermeres ersparen.

Dessen Perücke war heruntergefallen, und sein kahler Schädel lag zwischen den Speiseresten. Die Augen waren weit geöffnet und schienen Raven auch jetzt noch voller Haß anzustarren.

»Komm, Tara«, sagte Nestor. »Sein Tod ist das beste, was geschehen konnte. Auf diese Weise gibt es keinen Skandal...«

»Aber was wird aus Claude?« fragte sie. »Wird sein Name nun jemals reingewaschen?«

Mortimer schloß die Tür hinter ihnen. Die vier Männer

sahen einander an, während George und Mortimer die Leiche mit einem Tuch zudeckten.

»Der Bursche hat ganz recht«, unterbrach Mr. Pitt das Schweigen. »Erstklassiges Denken! Was sagen Sie dazu, Jack?«

»Ideal. Absolut ideal. Kein Skandal, keine Entlarvung. Die Franzosen werden nicht erfahren, daß wir einen ihrer Agenten entlarvt haben. Rothermere starb plötzlich während eines Essens mit Freunden.«

Sir Giles lächelte.

»Dieser Verräter hat uns einen großen Gefallen getan, und ich bin ganz Ihrer Ansicht, meine Herren.«

Nur Raven wirkte beunruhigt.

»Ich glaube, Lady Tara hat eine gute Frage gestellt. Auch ich sehe nun keine Möglichkeit, Claudes Namen reinzuwaschen. Sie etwa, Jack?«

»Nein!«

Sir Jacks Stimme klang energisch.

»Vielleicht kommt einmal der Tag, an dem wir Claude rehabilitieren können. Das Schicksal hat uns in der Nacht, in der Claude getötet wurde, einen häßlichen Streich gespielt, aber heute abend alles wieder gutgemacht. Die Franzosen werden nichts von unseren Kenntnissen erfahren, und das kann unsere Position nur stärken.«

Sir Jack sah Raven mitfühlend an.

»Es tut mir leid, Raven«, sagte er. »Ich weiß, wieviel Claude Ihnen bedeutet hat und wie sehr Sie sich bemüht haben, seine Ehre wieder herzustellen.«

»Wenn Sie mich dann entschuldigen, meine Herren«, sagte Raven. »Ich werde dafür sorgen, daß Rothermere nach Hause gebracht wird. Und wenn Sie damit einverstanden sind, Sir Jack, fahre ich mit. Vielleicht finde ich eine Gelegenheit, seine Papiere durchzusehen. Man wird keinen Verdacht schöpfen, wenn ich vorgebe, nach einem Testament für die Erben und Verwandten zu suchen; denn sie alle müssen ja von seinem Tod benachrichtigt werden.«

»Das ist dann Ihre letzte Arbeit für mich, mein Junge«, sagte Sir Jack. »Seien Sie vorsichtig!«

»Die letzte Arbeit?« fragte Mr. Pitt. »Warum denn das?«

»Raven wird heiraten«, antwortete Sir Jack. »Habe ich nicht recht, Dominic?«

Raven schüttelte überrascht den Kopf.

»Sie sind unheimlich, Sir Jack... Aber es ist in der Tat der Fall, Mr. Pitt, obwohl ich es bis gestern abend selbst noch nicht wußte.«

Giles lachte.

»Ist es dir nie in den Sinn gekommen, Dominic, daß Sir Jack allwissend ist?«

Raven stimmte zu.

»Wer ist die Dame, die Sie schließlich eingefangen hat?« wollte Mr. Pitt wissen.

»Lady Tara«, antwortete Sir Jack und zwinkerte. »Lady Tara Wardale.«

Vierundzwanzigstes Kapitel

Tara war gereizt und schüttelte die stützende Hand des Dieners ab, als sie in die Kutsche stieg.

Annie hatte sich beim Aufwachen an diesem Morgen nicht wohl gefühlt, und um zehn Uhr hatte Philippa sie wieder ins Bett geschickt. Danach hatte Tara mürrisch Philippas Angebot abgelehnt, ihr eines ihrer eigenen Mädchen mitzugeben.

Tara war müde. Es war am vergangenen Abend spät geworden. Immer wieder hatten sie über Rothermeres Tod gesprochen. Philippa wollte jedes einzelne Detail wissen.

Die Befriedigung über die Enthüllung, die Tara erwartet hatte, blieb durch Rothermeres Tod aus. Sie empfand jetzt eine merkwürdige Gleichgültigkeit der ganzen Angelegenheit gegenüber. Selbst Sir Jacks eingehende Erklärung, weshalb Claudes Ehre nicht reingewaschen werden konnte, hatte ihr nur eine gleichgültige Bemerkung entlockt.

Sie dachte jetzt mit Widerwillen an den Kognak, den Nestor ihr aufgedrängt hatte, während sie in der Bibliothek auf die anderen Gäste warteten. Denn das hatte dazu geführt, schmerzliche Erinnerungen an die andere Gelegenheit in ihr zu wecken, bei der sie gezwungen worden war, Kognak zu trinken.

Raven war nur kurz erschienen, um ihr für die Hilfe zu danken. Er erwähnte kein Wiedersehen, und ebensowenig versuchte er, mit ihr allein zu sprechen.

Die Schuld daran lag wohl bei ihr, denn sie hatte ihm vorgestern abend sehr deutlich gezeigt, daß sie ihn nicht wiedersehen wollte.

Worte des Lobes und der Bewunderung hatte sie nur von Mr. Pitt und Sir Jack gehört. Aber selbst diesen hatte sie wenig Beachtung geschenkt, denn sie sah nur ein Paar graue Augen vor sich, deren Besitzer ihr Lebewohl gesagt hatte.

Die Gleichgültigkeit, die er an den Tag gelegt hatte, war ein deutliches Zeichen dafür, wie wenig er sich aus ihr machte, sagte sie sich.

»*Merde!*« rief sie. »Wenn er mich jetzt als seine Mätresse haben wollte, wäre ich damit einverstanden. Absurdes Geschöpf, das du bist, vergiß deine Träume!«

Sie rieb sich die Schulter, die immer noch ein wenig steif war, aber gut heilte. Die Narbe blieb die einzige Erinnerung an ihn, denn Philippa hatte kurz nach ihrem Aufbruch die beleidigende Garderobe entfernt.

Philippa hatte mit Tara darin übereingestimmt, daß Raven gedankenlos gehandelt hatte und Tara dadurch die Gelegenheit genommen, sich weiterhin wütend darüber zu äußern.

Tara sah zum Wagenfenster hinaus und beobachtete, wie der Regen am Fenster herunterlief. Träge verfolgte sie einen Regentropfen.

Plötzlich hörte sie einen kurzen Ruf. Dann schwankte die Kutsche, und die Pferde blieben stehen.

Tara blieb reglos sitzen und wartete darauf, was als nächstes geschehen würde. Sie hatte keine Waffe bei sich, denn Raven hatte ihr die Duellpistole nicht zurückgegeben.

Die Kutschentür ging auf, und ein maskierter Mann sah herein. Ein Hut verdeckte sein Gesicht.

»Aussteigen, Mädchen!« befahl er. Obwohl die Stimme verstellt war, kam sie ihr vertraut vor. »Beeilen Sie sich!«

Tara stand langsam auf.

»Was wollen Sie von mir?« herrschte sie den Mann an. »Sie können mein Geld haben, aber Juwelen oder andere Werte besitze ich nicht.«

»Sparen Sie sich Ihre hübschen Reden, und tun Sie, was ich Ihnen sage!«

Tara lachte sarkastisch.

»Ich habe keine Waffe bei mir, um mich zu verteidigen, aber wenn ich eine hätte...«

»Ruhe, Mädchen, genug der Reden. Steigen Sie aus!«

Tara sprang aus der Kutsche und blickte sich um. Vor ihr standen zwei Männer, die zu allem entschlossen zu sein schienen.

»Wer bezahlt euch für solch einen absurden Scherz?« fragte sie.

»Stellen Sie keine Fragen!« sagte der zweite Mann und zog ein schwarzes Tuch aus seiner Tasche.

»Was soll das?« rief Tara mit zitternder Stimme. »Rühren Sie mich nicht an!«

»Nur eine kleine Augenbinde. Halten Sie still!« sagte er.

»Sie können sich die Mühe sparen«, fauchte Tara. »Ihr Herr wird sehr verstimmt sein, wenn er feststellt, daß es bei mir nichts zu holen gibt.«

Sie hob stolz das Kinn.

»So ist es besser«, sagte der Mann neben ihr leise. »Endlich nehmen Sie Vernunft an.«

Sie spürte, wie eine Hand sie am Arm faßte.

»Kommen Sie und steigen Sie ein, es ist nur eine Kutsche.«

Sie wurde erstaunlich sanft in eine Kutsche geschoben. Der Mann stieg hinter ihr ein, und die Kutsche setzte sich in Bewegung.

Sie wollte aufschreien, aber sie biß sich auf die Lippen, denn sie wollte ihre Angst nicht zeigen.

185

»Was jetzt?« fragte sie.

Sie spürte den Mann neben sich. Eine Hand umfaßte ihr Kinn, und Lippen preßten sich auf ihren Mund. Der Kuß war leidenschaftlich und tief.

Sie spürte, wie eine Hand an ihrem Körper entlangstrich und zuerst die eine und dann die andere Brust umfaßte.

Ein Taumel, den sie nie zuvor empfunden hatte, erstickte ihre Proteste.

»Mein Liebling, Tara«, flüsterte ihr die vertraute Stimme ins Ohr. »Wann wirst du mich heiraten?«

Die Augenbinde wurde ihr abgenommen, und sie sah Raven an.

»Sie...«, begann sie, aber er küßte sie wiederum, und sie spürte, wie sie seine Leidenschaft erwiderte.

Ihre Hand glitt zu seinem Nacken, und als er seinen Kuß unterbrach, preßte sie ihren Mund auf seinen. Sie konnte es nicht ertragen, von ihm getrennt zu sein.

Ihr Kuß war süß und unschuldig.

Raven kämpfte um seine Selbstbeherrschung, aber als ihre Hand sein Haar zu liebkosen begann, stöhnte er auf vor Ekstase, und seine Finger suchten in den Falten ihres Rocks, bis sie ihre nackte Haut erreicht hatten.

»Liebling«, murmelte er, »wie habe ich mich nach diesem Augenblick gesehnt. Ich liebe dich..., ich liebe dich bis zum Wahnsinn..., und ich dachte schon, ich hätte dich verloren.«

Tara lehnte sich an seine Schulter, während eine unerwartete Schüchternheit sie überwältigte. Sie spürte ein tiefes Gefühl von Glück, und sie suchte nach Worten, um ihre Freude auszudrücken.

»Du bist ein Schurke!« sagte sie schließlich. »Aber ich liebe dich zu sehr, um mich zu beklagen.«

Er umarmte sie, während sie sprach.

»Wie bald können wir heiraten?«

Glücklich zog Raven sie an sich.

»Wenn du bis morgen warten kannst...«

Er grinste jungenhaft vor Freude, und sie las in seinen Augen, daß er sie liebte.

»Wenn du darauf bestehst, daß es noch heute geschieht, wird John unser einziger Trauzeuge sein«, sagte Raven.

»John?« fragte Tara erstaunt.

»Ja, er hat mir geholfen, dich zu entführen«, sagte Raven lachend.

»Mein John?« fragte Tara verwundert. »Wo ist er?«

»Er spielt den Kutscher«, sagte Raven. »Er wird uns in immer größer werdenden Kreisen herumfahren, bis du zustimmst, mich zu heiraten. Sollen wir ihn beruhigen?«

Tara nickte glücklich, und Raven gab John das Signal anzuhalten.

Tara lehnte sich aus dem Kutschenfenster.

»Glückwünsche sind fällig, John«, rief sie hinaus. »Wünschst du uns alles Gute?«

John drehte sich auf dem Sitz um.

»Aye, Lady Tara«, sagte er grinsend. »Aber ich möchte Lord Raven sagen...«

Raven streckte seinen Kopf zum Fenster hinaus.

»Erwarten Sie kein leichtes Leben«, sagte John.

»Fahren Sie weiter, John, der alte Herzog erwartet uns.«

Raven schloß das Fenster und strich Tara eine Locke aus der Stirn.

»Großvater weiß davon?« fragte sie verwirrt. »Wie hast du ihn überredet? Ich weiß, er schätzt dich nicht besonders.«

»Ich war am Sonntag sehr beschäftigt«, sagte Raven. »Ich stattete deinem Großvater einen Besuch ab, und ich bin sicher, seine Gefühle mir gegenüber haben sich geändert. Er ist nicht glücklich darüber, dich so rasch wieder zu verlieren, aber er begnügt sich mit meinem Versprechen, daß wir die meiste Zeit in Chartley leben werden.«

Tara lachte fröhlich.

Raven blickte sie liebevoll an.

»Was ist, mein Liebling?« fragte er.

»Ich habe morgen nichts anzuziehen«, sagte Tara, und ihre Augen blitzten schelmisch. »Glaubst du nicht, die Leute werden es merkwürdig finden, wenn du einen jungen Mann heiratest?«

Raven stimmte in ihr Gelächter ein und zog sie an sich.

»Philippa würde das niemals dulden«, sagte er. »Die Kleider, die du zurückgewiesen hast, warten auf dich.«

Tara spürte, wie seine Hände zitterten, aber sein Blick wich nicht von ihr.

»Keine Mätressen mehr, mein Herr?« fragte sie.

»Du allein besitzt mein Herz, mein Liebling. Und wenn du es mir nicht zurückgeben willst, gehört es dir für immer.«

Er vergaß ihre Verletzung und zog sie an sich. Der Schmerz in ihrer Schulter war rasch vergessen, als sie sich seiner leidenschaftlichen Umarmung hingab.

HEYNE
TASCHENBÜCHER

Klassiker unter den Frauenromanen: fesselnde Lebens- und Schicksalsromane von Weltautorinnen.

Gwen Bristow:
Der unsichtbare Gastgeber
01/7911

01/7934

01/7794

01/7863

Wilhelm Heyne Verlag München

GWEN BRISTOW

Die großen Südstaaten-Romane im Heyne-Taschenbuch

Morgen ist die Ewigkeit
01/6410

Die noble Straße
01/6597

Am Ufer des Ruhmes
01/6761

Alles Gold der Erde
01/6878

Der unsichtbare Gastgeber
01/7911

01/8044

01/8161

Wilhelm Heyne Verlag München

JANET DAILEY

Janet Dailey ist weltweit eine der meistgelesenen amerikanischen Autorinnen leidenschaftlicher Liebesromane.

01/6914

01/7620

01/7715

01/7809

01/7999

01/8073

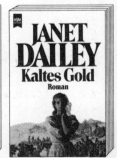

01/8146

Wilhelm Heyne Verlag München

MICHAEL BURK

Der beliebte Bestseller-Autor, ein Erzähler ersten Ranges, ein begeisternder Gestalter von Menschen und Schicksalen. Seine großen, mitreißenden, spannenden Romane im Heyne-Taschenbuch.

01/6578

01/6608

01/6706

01/6786

01/6917

01/6981

01/7723

01/8057